레슨 인 케미스트리 ②

레슨 인 케미스트리

LESSONS *in* CHEMISTRY

보니 가머스 장편소설 · 심연희 옮김

다산
책방

『레슨 인 케미스트리』가 거머쥔 찬사들

아마존 베스트셀러 1위,
60주 연속 베스트셀러

뉴욕타임스 베스트셀러 1위,
74주 연속 베스트셀러

굿리즈 베스트셀러 1위

선데이타임스
베스트셀러 1위

슈피겔 베스트셀러 1위

굿리즈, 아마존 독자 평점
100만 개 돌파

굿리즈 초이스 어워즈 수상

전 세계 38개국
번역 출간

데뷔작 사상 최고
선인세(한화 23억 원)에
출판권 계약

애플TV 드라마화

뉴욕타임스, 워싱턴포스트,
NPR, 엘르, 오프라 데일리,
뉴스위크, 굿리즈, 북페이지,
커커스가 뽑은 올해의 책

뉴욕타임스, 버슬, 리얼 심플,
퍼레이드, CNN, 투데이,
E!뉴스, 도서관저널이 뽑은
올해 가장 기대되는 책

김초엽, 남궁인, 김겨울
이유미, 엄지혜, 스티븐 킹,
오프라 윈프리 강력 추천

롤러코스터처럼 내달리는 소설. 여성 화학자로서, 방송인으로서 온갖 풍파를 헤치며 숨 가쁘게 달려가는 엘리자베스의 이야기를 읽다 보면 그의 여정을 기꺼이 따르고 싶어진다. 엘리자베스는 자연에 내재한 규칙과 질서에서 힘을 얻기에 인간 세상의 불합리는 그를 꺾지 못한다. 실험실과 주방과 스튜디오를 오가는 내 내 세상은 위협적인 산성 용액처럼 부글거리지만, 엘리자베스는 어떤 용액에도 녹지 않는 궁극의 돌멩이처럼 굴하지 않고 용암 위를 데굴데굴 구른다. 절로 이런 응원이 나올 수밖에. '부디 살아남아 행복해지기를, 용기와 담대함이 우리 모두에게 함께하기를!'

—김초엽(작가)

'한번 잡으면 놓을 수 없는 책'이 되기 위해서는 시시각각 다가오는 역경과 극복해 나가는 힘, 세세한 장면 묘사와 시대에 맞는 고증, 속도감과 위트 있는 대사, 방향으로 나아가는 주제 의식이 모두 필요하다. 이 책에는 단언컨대 그 모든 것이 있다.

—남궁인(작가)

1960년대 사회가 받아들일 수 없는 여성의 영웅 서사. 주인공을 응원하면서 난관을 같이 헤쳐 나가는 재미가 쏠쏠하다. 굉장히 재미있게 읽었다.

—김겨울(작가)

올 여름 휴가에 읽을 책을 추천하라면 1초의 망설임도 없다. 단언컨대 당분간 『레슨 인 케미스트리』를 능가할 멋지고 재미있는 소설을 만나진 못할 것.

—이유미(작가)

충격적으로 재미있다. 책 권태기를 극복하게 해줄 소설이다.

—엄지혜(작가)

사랑과 화학 앞에서는 모든 수단이 정당하다.

—반스&노블

재미있고 대담한 이 데뷔작이 올해의 출판 센세이션을 일으켰다.

—더 타임스

올바른 코믹 공식.

—옵저버

합리주의와 성평등에 대한 이보다 더 사랑스러운 호소는 찾기 어렵다.

—커커스

이 책이 올해 가장 많이 검색되고 화제가 되리라고 장담한다. 이 문장으로 충분하다. "요리는 화학이고 화학은 삶입니다. 자신을 포함한 모든 것을 바꾸는 능력은 여기에서 시작됩니다."

—보그 이탈리아

진정한 사랑은 외면하기 어렵다. 이 사랑의 실들이 아름답게 얽힌 『레슨 인 케미스트리』는 기발하고 따스하다.

-애틀랜틱

절대 내려놓을 수 없을 올해 최고의 책. 엘리자베스만큼 불의에 타협하지 않는 캐릭터는 다시 만나지 못할 것이다. 삶의 빼어난 교훈을 담고 있다.

-우먼&홈

여성의 시간이다.

-BBC라디오

과학자에서 유명 셰프까지 아우르는 주인공의 흥미진진한 1960년대 우화.

-텔레그래프

인종차별과 여성혐오에 지쳤다면, 지금쯤 반드시 근절되어야 할 사회적 악습에 지쳤다면 읽어야 할 책.

-굿모닝 아메리카

책의 첫 장이 끝나기 전에 펀치를 맞게 될 것이다. 보기 드문 야수 같은 책이다. 데뷔작이라고 믿기 어려울 정도다.

-가디언

역사를 돌아보면 현상 유지를 거부한 여성들, 순종적인 삶을 비웃었던 여성들의 긴 목록을 찾을 수 있다. 그런 강인함과 유머를 엘리자베스에게서 찾을 수 있다.

-퍼레이드

『레슨 인 케미스트리』에 대한 모든 칭찬과 찬사는 정당하다. 유머러스하고 독창적이며 페이지가 우아하게 넘어간다. 인간적이면서도 명석하고 용감한 여주인공과 그녀의 영리한 아이, 지금까지 소설에 등장했던 개 중 최고의 개를 비롯해 열광할 만한 캐릭터로 가득하다.

-아이리시 이그재미너

독자들은 이미 여러 권을 구입해 친척과 친구의 손에 이 책을 들려주고 있다. 보니 가머스는 페미니즘을 먹음직스러울 뿐 아니라 맛있게 만들었다.

-아이뉴스

이 우상파괴적인 여성이 겪는 여정은 개인적 상실부터 가혹한 성차별에 이르기까지, 숨 가쁠 정도로 다채롭다. 그녀는 울퉁불퉁한 길을 따라 모든 계층과 시스템에 도전한다. 이 이야기에는 단 한 순간도 거짓이 없다. 인생의 회복력과, 새롭게 발견된 가족에 대한 재치 있고 날카로운 드라마다. 그녀와 그녀의 임시변통 가족에 진절머리를 낼 수 없을 것이다. 몇 번이고 되풀이해서 읽어야 할 이야기다.

-북페이지

좌절한 화학자가 혁명을 촉발하는 요리 쇼의 지휘봉을 잡았다! 거부할 수 없는 매혹적인 연료로 가득 찬 소설. 변화에는 항상 적절한 시간과 열이 필요하다는 것을 상기시켜 준다.

―뉴욕타임스

올해 읽은 소설 중 가장 재미있고 신선하다. 끊임없이 정의를 추구하는 페미니스트 영웅에 대한 이야기다. 읽는 동안 큰 소리로 웃었다!

―필립 갈라네스, 뉴욕타임스

엘리자베스 조트는 많은 사람들에게 중요한 인물이 될 것이다. 이건 절대적인 화학 법칙이다.

―NPR

이 책에는 잊을 수 없는 여성 캐릭터, 확실하게 새로운 목소리, 가슴 저미는 러브 스토리가 있다. 엘리자베스는 자신의 야망에 대한 준비가 되지 않은 세상에서 페미니스트이자 현대 사상가로 활약한다. 그녀는 우리가 만화를 갈망하는 바로 그 순간에 우리에게 찾아와 주었다.

―워싱턴 포스트

엘리자베스는 '여성 보스'나 '여자 화학자'가 아니다. 획기적인 화학진화 전문가다. 이 소설은 시대를 앞서 태어난 모든 여성, 지성 있지만 운이 좋지 않아 외면당한 여성들을 궁금해하게 만든다. 우리가 지금까지 어디까지 왔는지뿐만 아니라, 여전히 어디까지 가야 하는지를 상기시켜 준다.

―뉴욕타임스 북 리뷰

주인공은 쓰라린 불행 속에서도 매력과 에너지, 희망으로 가득 차 있다. 이 책이 코믹 소설처럼 들리지 않을지도 모르지만 정말 유쾌하다.

―피플

부정할 수 없는 삶의 회복력과 우리를 지탱하는 사랑에 대한 멋진 찬사.

―오프라 데일리

페미니즘, 삶의 회복력, 합리주의를 재미있고 신선하게 다룬다.

―버즈피드

독자는 엘리자베스 조트가 허구의 인물이 아니길 바라는 자신을 발견하게 될 것이다. 많은 사람들이, 심지어 줄리아 차일드도 「6시 저녁 식사」를 즐겨봤을지 모른다.

―시애틀 타임스

과학과 요리와 유머가 섞여 촉매제가 된다. 주인공 엘리자베스는 '한계'라는 개념을 받아들이길 거부한다. 그녀는 타협하지 않을 때 가장 빛난다.

―크리스천 사이언스 모니터

유머 없이 유머 넘치는 이야기. 『레슨 인 케미스트리』는 승자의 자질을 가지고 있다.

-미니애폴리스 스타 트리뷴

대담하고 영리하며 웃음을 자아낸다. 올해 최고의 책.

-리얼 심플

친숙한 이야기를 완전히 독창적인 목소리로 들려준다. 엘리자베스 조트는 잊을 수 없는 주인공으로, 논리적이고 완전히 자기 자신이다. 당당하고 힘 있는 목소리를 바라는 사람들에게 추천한다.

-히스토리컬 노블

줄리아 차일드가 루실 볼과 퀴리 부인의 과학적인 재능을 어떤 TV 채널에 쏟아붓는 것을 상상할 수 있다면, 이 소설에서 빛을 발하는 유머와 재치, 따뜻함을 잘 알아볼 수 있을 것이다.

-미네소타 공영라디오

이 책은 비범하다. 삶, 종교, 편협함, 여성혐오, 인간의 어리석음에 대한 통찰력 있는 시선이 누구나 공감할 만한 문장들로 이어진다. 웃고, 슬퍼하고, 엘리자베스를 응원할 준비를 하라.

-북 리포터

지칠 줄 모르는 엘리자베스는 여성의 일이 세상에서 어떻게 받아들여지는지에 대한 한계를 뛰어넘는다.

-북 리스트

여성혐오, 페미니즘, 가족애, 자아실현이라는 심각한 주제에 집중하지만 교조적이지 않다. '엘리자베스는 이제 무엇을 할까?'라고 물으며 채널을 돌리는 자신을 발견할지도 모른다.

-LA 데일리 뉴스

화학 원소들을 우승 공식에 결합시켰다. 문학적, 상업적으로 모두 성공한 미국 작가들의 히트작을 좋아하는 독자들에게 어필할 책이다.

-선데이타임스 UK

나에 대해 알아볼까요? – 매들린 조트

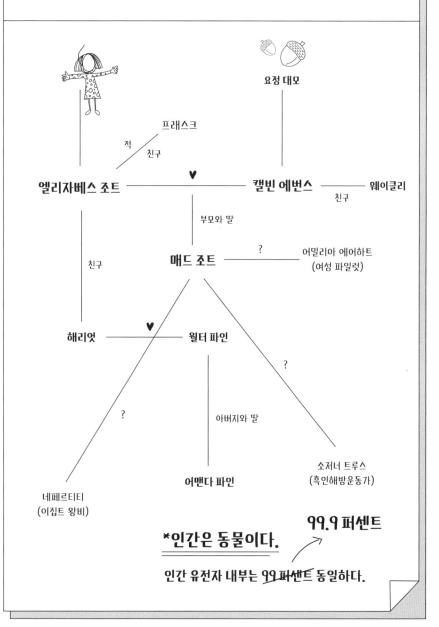

요정 대모

프래스크

적 / 친구

엘리자베스 조트 ——— ♥ ——— 캘빈 에번스 ——— 웨이클리
                                          친구

부모와 딸

매드 조트 ——— ? ——— 어밀리아 에어하트
                      (여성 파일럿)

친구

해리엇 ——— ♥ ——— 월터 파인

?

?

네페르티티   아버지와 딸   소저너 트루스
(이집트 왕비)   (흑인해방운동가)

어맨다 파인

*인간은 동물이다.   99.9 퍼센트

인간 유전자 내부는 99 퍼센트 동일하다.

나의 어머니
메리 스왈로우 가머스에게 바칩니다.

차례

LESSONS *in* CHEMISTRY

제 2 5 장

평범한 아줌마

지금 와서 생각해 보면, 월터는 처음부터 엘리자베스에게 세트장을 보여줬어야 했다.

음악이 들리기 시작했다. 월터가 지나치게 큰 돈을 줘가며 작곡을 의뢰했지만, 엘리자베스는 듣자마자 싫어한 발랄하고 재미있는 곡이었다. 곡이 연주되는 가운데 엘리자베스가 무대로 성큼성큼 나왔다. 월터는 숨을 짧게 훅 들이마셨다. 그녀는 펑퍼짐하고 긴 원피스를 입고 나왔다. 작은 단추가 목부터 치맛단 앞까지 쭉 이어져 있는 디자인이었다. 허리에는 주머니가 잔뜩 달린 새하얀 앞치마를 질끈 맸고, 손목에는 아주 큰 소리로 똑딱거리는 타이멕스 손목시계를 찼다. 초침 소리가 어찌나 큰지 밴드의 드럼 소리를 뚫고 들리는 것 같왔다. 머리에는 고글이 얹혀 있었다. 왼쪽 귀에 끼워진 HB연필이 보였다. 한 손에 공책을, 다른 손에는 시험관 세 개를 든 그녀는 호텔 메이드와 폭탄 처리 전문가 사이 어디쯤 같았다.

월터는 노래가 끝나기를 기다리며 세트장을 구석구석 훑어보는 엘리자베스를 지켜보았다. 입술을 꾹 다물고 어깨에 힘을 준 그녀의 모습에는 불만이 서려 있었다. 밴드가 연주를 마치자 엘리자베스는 큐 카드 내용을 쭉 읽더니 시선을 돌렸다. 그런 다음 공책과 시험관을 조리대에 놓고 싱크대로 걸어가서 카메라를 등진 채 가짜 창문으로 허리를 숙여 가짜 풍경을 가만히 보았다.

"이거 역겹네요."

그녀는 마이크에 대고 말했다.

촬영하던 카메라맨은 눈을 둥그렇게 뜬 채 월터를 쳐다보았다. 월터는 그에게 새된 소리로 말했다.

"지금 생방송이라는 걸 다시 알려줘."

'생방송이에요!!!' 카메라맨의 조수가 커다란 칠판에 급히 글씨를 휘갈겨 쓴 다음 엘리자베스에게 보이도록 들어 올렸다.

엘리자베스는 칠판을 본 다음 1초 안에 끝내겠다는 듯 손가락을 하나 들어 올리더니 혼자만의 세트장 투어를 계속했다. 그녀는 주방 벽에 세심하게 걸어둔 액자 하나하나 앞에 멈추어 섰다. "이 집을 축복하소서"라고 수놓인 자수 액자와 예수님이 우울한 얼굴로 무릎 꿇고 기도하는 그림, 바다를 항해하는 배가 있는 아마추어 화가의 그림 등이었다. 그런 다음 엘리자베스는 물건이 잔뜩 놓인 조리대로 가서 안전핀이 잔뜩 든 반짇고리와 아무도 안 쓰는 단추가 가득한 메이슨 도자기, 갈색 털실 뭉치, 박하사탕이 들어 있는 이 빠진 단지,

경건한 글씨체로 "일용할 양식"이라고 쓴 팻말이 붙어 있는 빵 바구니를 보고 깜짝 놀라 눈썹을 찌푸렸다.

바로 어제 월터는 자신의 취향에 딱 맞게 무대를 꾸민 디자이너에게 참 잘했다고 칭찬했었다. "저 소품들이 특히 마음에 드네요. 주방에는 저런 게 있어야죠"라고 말하기도 했다. 그런데 오늘 엘리자베스 앞에 놓인 걸 보니 전부 쓰레기 같았다. 월터는 그녀가 다른 쪽 조리대로 다가가는 모습을 지켜보았다. 엘리자베스는 그곳에 놓인 암탉과 수탉 모양 소금 후추 병을 보더니 눈에 띄게 핼쑥해졌고, 토스터에 씌워놓은, 분홍색 실로 뜬 덮개를 적개심 어린 눈초리로 노려보았으며, 고무줄을 칭칭 감아 만든 묘하게 생긴 작은 공을 보고는 질겁해서 물러섰다. 공 왼쪽에는 뚱뚱한 독일 여자가 프레즐을 만드는 형상으로 빚어진 쿠키 단지가 있었다. 엘리자베스는 갑자기 멈춰 서서 와이어에 걸린 커다란 시계를 올려다보았다. 움직이지 않는 시곗바늘은 6시에 고정되어 있었고, 표면에는 반짝이는 '6시 저녁 식사'라는 글자가 쓰여 있었다.

엘리자베스는 손차양을 하고 밝은 불빛을 바라보며 말했다.

"월터, 월터, 잠깐 이야기 좀 하시죠."

"광고! 광고 틀어!"

그녀가 무대에서 내려와 월터가 앉은 자리로 다가오기 시작하자 그는 카메라맨에게 새된 소리를 질렀다.

"당장 틀어! 당장!"

월터는 의자에서 벌떡 일어나 그녀에게 달려가며 소리쳤다.

"엘리자베스, 이러면 안 돼요! 어서 돌아가요! 생방송이라고요!"

"그런가요? 음, 하지만 이대로는 못 해요. 세트장이 제대로 설치

17

가 되어 있지 않습니다."

"아뇨, 모든 건 잘 작동해요. 스토브도 되고, 싱크대도 돼요. 다 확인해 봤어요. 그러니 이제 돌아가요."

월터는 두 손으로 그녀의 등을 떠밀었다.

"내 말은, *나한테* 맞는 설치가 되어 있지 않다는 겁니다."

"봐요, 지금 당신 초조해서 그래요. 그래서 오늘 방청객 없이 진행하는 거고요. 당신에게 적응할 기회를 주려고요. 그렇다고 취소할 수는 없어요. 생방송 중이란 말이에요. 해야 할 일이 있잖습니까. 이건 파일럿이니까 필요한 게 있으면 나중에 조정 하면 돼요."

"그렇다면 변경할 수 있다는 말씀이군요. 아주 많은 변경이 필요할 겁니다."

엘리자베스는 허리에 다시 손을 얹으며 세트장을 살펴보았다. 월터는 걱정스럽게 말했다.

"알았어요. 아니, 안 돼요. 분명히 말씀드리는데, 세트장 변경은 못 해요. 지금 보시는 세트장은 우리 무대 디자이너가 몇 주간 단단히 연구해서 만든 거예요. 이런 주방이 요즘 여자들이 딱 원하는 거라고요."

"음, 나는 여자로서 이런 걸 원하지 않습니다."

"당신 이야기가 아니에요. 제가 말한 건 평범한 아줌마들이에요."

"평범하다라."

"무슨 뜻인지 아시잖아요. 일반적인 가정주부 말이에요."

엘리자베스는 고래가 물을 뿜는 듯한 소리를 냈다. 월터는 옆으로 하릴없이 손을 흔들면서 목소리를 낮추어 말했다.

"알았어요. 알았다고요. 알았으니까, 보세요, 다 이해해요. 하지만

명심해요. 이건 그저 우리 좋자고 하는 프로그램이 아니에요, 엘리자
베스. 방송국 프로그램이에요. 방송국에서 우리한테 돈을 주면서 시
키는 일이니까 보통은 그들이 원하는 대로 해주는 게 맞는 방식이
죠. 회사라는 곳이 어떻게 돌아가는지 알잖아요. 당신도 직장생활을
해봤으니까요."

하지만 엘리자베스는 반박했다.

"우리가 궁극적으로 바라봐야 하는 대상은 시청자입니다."

월터는 애원했다.

"맞아요. 그런 셈이죠. 아니, 잠깐. 정확히 그렇지는 않아요. 시청
자들이 스스로 뭘 원하는지 모를 때도 그들이 원하는 걸 주는 게 우
리 일이에요. 오후 프로그램이 어때야 하는지 제가 설명했죠? 반쯤
죽어 있는 사람을 정신 번쩍 차리게 만들어야 한다고요. 알겠죠!"

"광고 계속 틀까요?"

카메라맨이 속삭이자 엘리자베스는 재빨리 말했다.

"그럴 필요 없습니다. 여러분, 죄송합니다. 이제 준비됐습니다."

"우리 같은 입장인 거 맞죠? 네?"

월터가 세트장으로 돌아가는 그녀를 보며 소리쳤다.

"네, 평범한 아줌마에게 이야기하듯이 하라고 하셨습니다. 일반적
인 가정주부에게 말이죠."

월터는 어쩐지 그녀의 말투가 마음에 들지 않았다.

"5—"

카메라맨이 소리쳤다.

"엘리자베스."

월터는 경고를 날렸다.

"4—"

"당신이 읽어야 할 대본을 다 써놨어요."

"3—"

"그러니 그냥 큐 카드를 읽어요."

"2—"

"제발 부탁입니다. 대본 아주 잘 썼다고요!"

월터는 급기야 애원했다.

"1…… 액션!"

엘리자베스는 카메라를 똑바로 바라보며 말했다.

"안녕하세요. 저는 「6시 저녁 식사」의 진행을 맡은 엘리자베스 조트입니다."

"지금까진 좋아."

월터는 혼잣말을 속삭였다. 그러고는 손으로 입꼬리를 당기는 시늉을 하며 그녀에게 '웃어요'라고 애원했다.

하지만 엘리자베스는 단호했다. 실망한 표정의 예수님이 액자 속에서 그녀의 왼쪽 어깨를 내려다보았다.

"제 주방에 오신 여러분 환영합니다. 오늘 우리는 아주……."

그녀는 '재미있을 겁니다'라고 말해야 하는 부분에서 말을 뚝 끊었다.

어색한 침묵이 이어졌다. 카메라맨은 월터를 바라보며 손짓으로 물었다.

"다시 광고 돌릴까요?"

월터는 입 모양으로 절규했다.

"안 돼. 안 돼! 이런 제길. 꼭 이래야만 하냐! 이런 제기랄, 엘리자베스!"

그는 손을 마구 저으며 소리 없는 아우성을 쳤다.

하지만 엘리자베스는 그저 넋을 놓고 있었다. 월터가 아무리 손을 휘저어도, 카메라맨이 광고를 준비해도, 메이크업 담당자가 엘리자베스를 위해 남겨둔 퍼프로 자기 얼굴을 닦아도 꿈쩍도 하지 않았다. 대체 왜 저러는 거야?

마침내 월터는 음향 담당자에게 입 모양으로 말했다.

"음악, 음악 넣어."

하지만 음악이 시작되기 전, 엘리자베스는 자기 손목시계에서 나는 똑딱 소리에 다시 정신을 차렸다.

"죄송합니다. 자, 어디까지 했었죠?"

그녀는 큐 카드를 슬쩍 보더니 다시 말을 멈추었다. 그러더니 갑자기 머리 위에 달린 커다란 시계를 가리켰다.

"시작하기 전에 여러분께 말씀드릴 것이 있습니다. 저 시계는 무시하세요. 가지 않습니다."

월터는 PD 자리에 앉은 채로 짧은 숨을 후 내쉬었다.

"저는 요리를 진지하게 생각합니다. 여러분도 요리를 진지하게 여긴다는 걸 알고 있습니다."

엘리자베스는 큐 카드를 완전히 무시한 채 말을 이으면서, 조리대에 있던 반짇고리를 열린 서랍에 쓸어 넣었다. 그러고는 이날 세트장에서 우연히도 자신의 취향에 맞게 준비된 몇 안 되는 주방 도구를 바라보았다.

"여러분의 시간이 참 소중하다는 것도 알고 있습니다. 어, 제 시간도 소중하고요. 이렇게 합시다. 여러분과 저는……."

캘리포니아 밴나이즈 지역의 어느 가정집에서 TV를 보던 꼬마가 지루한 목소리로 소리쳤다.

"엄마, TV가 안 움직여."

그러자 아이의 엄마는 주방에서 소리를 질렀다.

"그럼 꺼! 엄마는 지금 바빠! 밖에 나가서 놀아!"

"엄마아아아아…… 엄마아아아아……."

꼬마는 계속 소리쳤다.

"어휴, 너 진짜 왜 이러니, 피티."

여자는 어쩔 줄 모르는 표정으로 젖은 손에 반쯤 깎은 감자를 들고 방에 들어왔다. 주방에서는 아기 의자에 앉은 아기의 울음소리가 들려왔다.

"엄마가 일일이 다 해줘야 해?"

그녀가 TV를 끄려던 순간 엘리자베스가 다시 말을 시작했다.

"제가 경험한 바로는 아내와 어머니, 여자로 살아가는 데 드는 희생과 노고를 알아주지 않는 사람이 너무나 많습니다. 음, 저는 그 희생과 노고를 잘 알아요. 우리가 함께 30분을 보낸 뒤에는 그럴 가치가 있는 결과물을 얻게 될 겁니다. 눈에 확 띄는 무언가를 만들어낼 수 있다는 뜻입니다. 우리는 저녁 식사를 만들 겁니다. 참 중요한 것이죠."

"이게 뭐니?"

피티의 엄마가 말했다.

"몰라."

피티가 말했다.

"그럼, 시작합시다."

엘리자베스가 말했다.

방송이 끝난 뒤 헤어와 메이크업 담당자 로자는 엘리자베스의 분장실에 작별 인사를 하러 잠깐 들렀다.

"참고로 말씀드리면 저는 머리에 꽂은 연필이 좋더라고요."

"참고로 말씀하신다고요?"

"레벤스멀이 월터에게 20분 동안 소리 지르고 있거든요."

"연필 때문에요?"

"아뇨, 선생님이 대본대로 안 하셔서요."

"아, 그랬죠. 큐 카드가 읽을 수 없는 수준이라 그랬습니다만."

그러자 로자는 눈에 띄게 안도했다.

"아, 그래서였군요? 글씨가 너무 작았나 봐요?"

"아뇨, 그게 아닙니다. 대본 내용이 잘못되었다는 뜻이었어요."

엘리자베스가 고개를 저으며 답하는 순간 월터가 시뻘게진 얼굴로 분장실에 들어왔다.

"엘리자베스!"

"어쨌든 그럼 우리가 다시 볼 일은 없겠네요. 잘 가요."

로자는 이렇게 속삭이며 그녀의 팔을 살짝 쥐고 인사를 남겼다.

"어서 와요, 월터. 지금 당장 바꿔야 할 몇 가지의 목록을 만드는 중입니다."

월터는 쏘아붙였다.

"어서 오기는 무슨. 대체 왜 이러는 거예요?"

"대체 왜 이러다뇨. 제가 보기엔 괜찮았습니다. 솔직히 말하면 제

법 잘됐다고 생각해요. 처음에 좀 매끄럽지 못했던 건 인정합니다만, 깜짝 놀라서 그런 거죠. 세트장을 고치고 나면 다시는 그럴 일 없을 겁니다."

월터는 발을 쿵쿵대며 저쪽 의자로 다가가 털썩 앉았다.

"엘리자베스, 이건 일이에요. 당신에겐 두 가지 의무가 있어요. 미소를 짓고 대본대로 할 의무 말이에요. 아시겠습니까. 세트장이나 큐 카드에 대해서는 아무런 발언권이 없어요."

"난 있다고 생각합니다."

"없다니까요!"

"어쨌든 대본을 읽을 수가 없었어요."

"말도 안 돼요. 우리 온갖 크기의 폰트로 다 연습했잖아요, 기억 안 나요? 그놈의 큐 카드 읽을 수 있었던 거 다 안다고요. 제길, 엘리자베스, 레벤스멀이 벌써 이 프로그램을 폐지할 준비를 다 끝냈어요. 당신 때문에 우리 둘 다 위험해졌다는 거 모르겠어요?"

"미안합니다. 내가 레벤스멀 씨에게 지금 가서 말해보겠습니다."

"아, 안 돼요. 당신은 안 돼요."

월터가 급히 말하자 그녀는 반문했다.

"왜죠? 몇 가지 분명히 말해두고 싶은 게 있는데. 특히 세트장에 대해서요. 대본으로 말할 것 같으면 미안하지만, 월터, 글자가 안 보인다는 뜻이 아니에요. 양심상 그 대본을 읽을 수 없다는 뜻입니다. 너무 역겨워서요. 누가 썼습니까?"

월터는 입술을 오므렸다.

"내가 썼는데요."

엘리자베스는 소스라치게 놀랐다.

"아, 대본이 좀 그렇던데요. 전혀 나답지 않은 대사였습니다."

월터는 이를 악물고 말했다.

"그렇죠. 일부러 그렇게 썼어요."

엘리자베스는 다시금 놀랐다.

"저번에는 *나답게* 하라고 말씀하셨잖습니까."

"*그렇게까지* 당신답게 하란 말은 아니었어요. 정말이지 '이런 식으로 일을 복잡하게 만들 정도로' 당신답게 하란 말은 아니었다고요. '아내와 어머니, 여자로 살아가는 데 드는 희생과 그들의 노고를 알아주지 않는 사람이 너무나 많다'라고 하는 당신답게는 안 돼요. 그런 소릴 듣고 싶어 하는 사람은 아무도 없어요, 엘리자베스. 진행자라면 긍정적이고 행복하고 낙관적인 태도를 보여야죠!"

"하지만 그건 나답지 않습니다."

"그런 모습을 가졌던 적도 있을 텐데요."

엘리자베스는 자신의 인생을 쭉 떠올리고는 고개를 저었다.

"한 번도 없습니다."

월터의 가슴이 불안하게 두근거렸다.

"말싸움은 그만하면 안 돼요? 난 오후 프로그램 전문가예요. 이 바닥이 어떻게 돌아가는지는 이미 다 설명했잖아요."

엘리자베스는 딱 잘라 말했다.

"나는 여자입니다. 모든 여성 시청자에게 이야기하는 여자 진행자란 말입니다."

그때 분장실 문가에 비서가 나타났다.

"파인 씨, 프로그램 문의 전화가 오고 있어요. 어떻게 해야 할지 모르겠어요."

"하나님 맙소사, 제발. 벌써 항의가 들어오네."

"항의가 아니라 준비할 재료 때문에요. 시청자들이 내일 재료가 뭔지 모르겠다고 문의했어요. 특히 CH_3COOH가 뭐냐고 묻네요."

엘리자베스가 말했다.

"아세트산입니다. 식초라고도 하죠. 4퍼센트 농도의 아세트산입니다. 죄송합니다. 일반인들이 쓰는 용어로 써야 했다는 생각이 드는군요."

"당신, 생각이란 걸 하긴 하는군요?"

월터가 말했다.

"고맙습니다."

비서는 이렇게 말하고 사라졌다. 월터는 다그쳤다.

"대체 그 재료 목록은 어디서 나온 생각입니까? 준비물 목록 같은 건 논의한 적 없잖아요. 게다가 화학 용어를 쓰다뇨."

"나도 압니다. 세트장으로 막 출발하는 순간 문득 생각났어요. 좋은 생각인 것 같은데, 그렇지 않습니까?"

월터는 엘리자베스의 말에 두 손으로 머리를 감싸 쥐었다. 좋은 생각이긴 했다. 다만 인정하고 싶지 않을 뿐이었다. 그는 목멘 소리로 말했다.

"이럴 수는 없어요. 당신이 하고 싶은 대로 다 할 수는 없다고요."

엘리자베스는 꼬집어 말했다.

"나는 하고 싶은 대로 다 하고 있지 않습니다. 정말 하고 싶은 대로 했다면 난 지금쯤 연구실에 있었겠죠. 보세요, 내가 틀린 게 아니라면 당신은 지금 코르티코스테론 수치가 높아져 있습니다. 전에 말한 대로 '오후의 저기압대'에 들어선 거죠. 뭘 좀 드세요."

월터는 뻣뻣하게 말했다.

"나한테 지금 오후의 저기압대를 운운하는 겁니까?"

그 뒤로 몇 분간 두 사람은 분장실에 말없이 앉아 있었다. 하나는 바닥을, 또 하나는 벽을 멍하니 바라보았다. 둘 사이엔 아무 말도 오가지 않았다.

다른 비서가 고개를 들이밀었다.

"파인 씨? 레벤스멀 씨가 지금 비행기 타러 가는 중이라 이렇게만 전하라고 하셨어요. 이번 주 내로 '그걸' 고쳐놓으래요. 죄송하지만 '그게' 뭔지는 모르겠어요. 어쨌든 '그걸' 고쳐놓는 게 좋을 거라고 하셨어요."

그녀는 다시 쪽지를 보더니 이렇게 말했다.

"섹시하게요."

그러더니 비서는 얼굴을 붉게 물들이고 덧붙였다.

"이것도 있어요."

그녀가 건넨 쪽지에는 레벤스멀이 마구 휘갈겨 쓴 말이 적혀 있었다. "이런 제길, 왜 칵테일은 빼먹어?"

"고마워요."

월터의 말에 비서는 대답했다.

"죄송해요."

두 번째 비서가 자리를 뜬 순간 첫 번째 비서가 다시 돌아왔다.

"파인 씨, 시간이 늦었어요. 집에 가야 하는데 자꾸 전화가⋯⋯."

"그냥 가요, 폴라. 내가 알아서 할게요."

월터의 말에 엘리자베스가 물었다.

"도와드릴까요?"

"당신은 오늘 충분히 도와줬어요. 고맙지만 괜찮습니다. 솔직히
말하면 하나도 안 고맙지만요."

이윽고 그는 비서의 책상으로 갔다. 엘리자베스도 그 뒤를 따라갔
다. 그는 전화를 들고 힘없는 목소리로 말했다.

"KCTV입니다. 네. 죄송합니다. 식초입니다."

엘리자베스도 다른 전화에 대고 말했다.

"식초입니다."

"식초입니다."

"식초입니다."

"식초입니다."

월터가 아동용 광대 프로그램을 할 땐 한 번도 받아본 적 없던 전
화가 마구 쏟아졌다.

제 2 6 장

장례식

"안녕하세요. 「6시 저녁 식사」의 진행을 맡은 엘리자베스 조트입니다."

월터는 PD 자리에 앉은 채 눈을 질끈 감고 속삭였다.

"제발, 제발, 제발, 제발."

오늘로 벌써 열다섯 번째 방송을 맞이한 월터는 녹초 상태였다. 그는 몇 번이고 거듭해서 설명했다. 지금 자기가 앉은 책상을 직접 선택한 게 아니듯, 그녀도 요리할 주방을 직접 선택할 수 없다고. 개인이 집에서 쓰는 게 아니잖은가. 세트장은 책상과 마찬가지로 조사를 거치고 예산을 들여 고른 것이다. 하지만 월터가 이렇게 주장할 때마다 엘리자베스는 이해한다는 듯 고개를 끄덕이고 나서 "네, 그렇지만 말입니다"라고 반박했고, 논쟁은 다시 원점으로 돌아갔다.

대본 역시 마찬가지였다. 월터는 엘리자베스에게 그녀의 역할은 관객을 지루하게 하는 게 아니라 '참여'시키는 거라고 말했다. 지겨운 화학 이야기를 중얼중얼대는 엘리자베스는 너무 지루했다. 월터는 마침내 세트장에서 6미터 떨어진 곳에 방청객을 들일 때가 왔다고 판단했다. 6미터 앞에 진짜 사람을 앉혀두면 지루한 진행이 얼마나 위험한 짓인지 엘리자베스도 즉각 깨닫겠지.

"오늘은 방청객과 함께하는 첫 번째 방송이 되겠습니다. 모두 환영합니다."

지금까지는 좋아.

"월요일부터 금요일까지 오후가 되면 우리는 함께 저녁 식사를 만들 겁니다."

대본대로 정확하게 하고 있어.

"그럼 오늘 저녁 식사인 시금치 캐서롤을 만들어보겠습니다."

드디어 말을 듣는구나. 명령대로 하고 있잖아.

"하지만 그전에 먼저 우리의 작업 공간을 정리해야겠습니다."

월터의 눈이 휘둥그레졌다. 엘리자베스는 갈색 실 뭉치를 들더니 방청객 쪽으로 던졌다.

안 돼. 이러지 마. 월터는 말없이 애원했다. 관객들이 불안한 웃음을 터뜨리는 가운데 카메라맨이 월터를 슬쩍 돌아보았다.

"고무줄 필요한 분 있습니까?"

엘리자베스는 고무줄 뭉치를 들며 물었다. 몇몇 사람이 손을 들자 그녀는 고무줄 역시 방청객에게 던졌다.

말문이 막힌 월터는 앉아 있던 캔버스 간이 의자의 팔걸이를 움켜쥐었다.

"저는 일할 공간이 넉넉한 게 좋습니다. 일할 곳이 넓어야 여러분과 제가 앞으로 할 일이 한층 중요해진 듯한 기분이 드니까요. 오늘 우리는 할 일이 많으니, 공간을 더 확보하려면 여러분이 도와주셔야겠습니다. 누구 쿠키 단지 필요하신 분?"

월터가 경악하는 동안 방청객이 대부분 손을 들었다. 이게 무슨 일인지 파악하기도 전에 사람들이 세트장으로 이리저리 몰려들기 시작했다. 엘리자베스가 방청객더러 원하는 게 있으면 뭐든 가져가라고 권했기 때문이다. 1분도 지나지 않아 소품이 빠짐없이 싹 사라졌다. 사람들은 심지어 벽에 걸린 액자도 떼어갔다. 남은 것이라고는 가짜 창문과 커다란 시계뿐이었다.

방청객이 자리로 돌아가자 엘리자베스는 진지한 어조로 말했다.

"좋습니다. 이제 시작합시다."

월터는 목을 가다듬었다. 재미있어야 한다는 규칙 말고도 TV의 첫째가는 규칙 중 하나는 무슨 일이 벌어지더라도 다 계획된 연출인 척하라는 것이다. TV프로그램 진행자들은 모두 이런 돌발 상황에 대처하는 훈련을 받는다. 월터는 이제껏 프로그램 진행자가 되어본 적은 없지만 지금 한번 그래보기로 마음먹었다. 그는 의자에 앉아 몸을 숙이면서 지금 TV에서 벌어지는 듣도 보도 못한 상황을 직접 연출한 척했다. 물론 다들 월터가 연출한 게 아니라는 걸 알고는 있었기에 저마다의 방식으로 월터의 무능함을 받아들였다. 카메라맨은 고개를 저었고 음향 담당자는 한숨을 쉬었으며 무대 제작자는 세트장 오른쪽에서 월터에게 손가락질했다. 그동안 엘리자베스는 무대에서 이제껏 그가 봤던 것 중에서 가장 거대한 칼로 산더미처럼 쌓인 시금치를 잘게 썰었다.

레벤스멀이 그를 가만두지 않을 거다.

월터는 잠시 눈을 감고 스튜디오에 앉은 방청객의 소음에 귀를 기울였다. 자리에서 몸을 뒤척이는 소리와 작은 기침 소리가 들렸다. 저 멀리서 엘리자베스의 말이 들려왔다. 칼륨과 마그네슘이 신체에 작용하는 역할에 관한 이야기였다. 원래 이 부분은 월터가 대본에서 특히 마음에 들어 한 내용이었다. *시금치 색깔 예쁘죠? 초록색이잖아요. 이 색을 보면 봄이 떠올라요.* 그런데 엘리자베스는 그 대사를 건너뛰었다.

"시금치는 고기와 비슷한 양의 철분을 함유하고 있어서 시금치를 먹으면 튼튼해진다고들 생각합니다. 하지만 사실 시금치에는 옥살산이 많이 들어 있습니다. 옥살산은 철분 흡수를 방해하죠. 그러니 뽀빠이가 시금치를 먹고 튼튼해졌다는 말은 믿으면 안 됩니다."

환장하겠네. 지금 뽀빠이가 거짓말쟁이라는 건가.

"그래도 시금치에는 여러 영양소가 풍부합니다. 그 점에 대해서는 잠깐 쉰 다음에 더 이야기해 보죠."

그녀는 카메라를 향해 칼을 보란 듯이 휘둘렀다.

하느님 맙소사 제기랄. 월터는 굳이 일어서지도 않았다.

잠시 후 엘리자베스가 그의 옆으로 다가와 말을 걸었다.

"월터, 어땠습니까? 당신이 충고한 대로 했어요. 방청객을 참여시켰죠."

그는 딱딱하게 굳은 얼굴로 엘리자베스를 바라보았다.

"당신이 이제껏 말했던 '재미'를 정확히 추구해 보았습니다. 조리대를 더 넓게 써야겠다고 생각하다가 야구가 떠올랐어요. 야구장에서 땅콩 장수들이 관중에게 땅콩을 던져주잖아요. 해봤더니 효과가 있었습니다."

월터는 딱딱하게 대답했다.

"그렇군요. 그래서 관중을 경기장에 불러두고 홈 플레이트에다 배트랑 글러브까지 널려 있는 건 죄다 집어 가게 했단 말이군요."

엘리자베스는 놀란 표정이었다.

"화나신 것 같네요."

카메라맨이 말했다.

"30초 남았어요, 조트."

월터가 차분하게 말했다.

"아뇨, 아닙니다. 화만 난 게 아니라 분노가 폭발할 것 같아요."

"하지만 재미있게 하라고 하셨잖아요."

"아뇨. 당신이 저지른 짓은 말이죠, 자기 것도 아닌 물건을 싹 쓸어다 남한테 줘버린 거라고요."

"하지만 전 넓은 공간이 필요했습니다."

"월요일에 죽을 준비를 해둬요. 제가 먼저 죽고 그다음이 당신이 될 테니."

엘리자베스는 돌아섰다.

"여러분, 돌아왔습니다."

그녀의 짜증 섞인 목소리 뒤에 방청객의 박수가 어서 오란 듯이 따라왔다. 고맙게도 월터는 그 뒤로 소리가 거의 들리지 않았다. 속이 쓰리고 심장이 쿵쿵 뛰었기 때문이었다. 차라리 심각한 병에 걸린 거면 좋겠네. 월터는 눈을 감고 어서 죽음이 다가오길 기다렸다.

뇌졸중이든 심장 마비든 기꺼이 받아들여 주마.

고개를 들고 엘리자베스를 보니, 그녀는 텅 빈 주방에서 팔을 흔들면서 말하고 있었다.

"요리는 화학입니다. 화학은 생명이지요. 모든 것을 바꾸는 여러분의 능력, 바로 자신을 바꾸는 능력도 바로 여기서 시작됩니다."

맙소사.

월터의 비서가 허리를 굽히고 레벤스멀이 아침에 출근하자마자 보자는 말을 남겼다고 속삭였다. 그는 다시 눈을 감고서 혼잣말을 했다. *긴장 풀어. 숨 쉬라고.*

감은 눈 앞에 보고 싶지 않은 장면이 떠올랐다. 바로 장례식, 그것도 *자신의* 장례식에 사람들이 온갖 알록달록한 옷을 입고 밀려드는 장면이었다. 누군가의 말이 들려왔다. 비서 같았는데, 월터가 어떻게 죽었는지 들려주었다. 재미없는 이야기라 마음에 들지 않았지만 오후 프로그램에 어울리긴 했다. 그는 주의 깊게 귀를 기울이면서 자기 삶의 평가에 칭찬도 좀 섞여 있기를 바랐다. 하지만 다들 하는 이야기라고는 "그래서 이번 주말에는 뭐 할 거야?"라는 잡담뿐이었다.

저 멀리서 엘리자베스 조트가 노동의 중요성을 이야기하는 소리가 들렸다. 또 설교를 늘어놓으면서 장례식에 참석한 사람들의 머릿속에 자존감이라는 개념을 불어넣는 중이었다.

"위험을 감수하십시오. 실험을 두려워하지 마십시오."

그러니까 한마디로 '*월터처럼 살지 말라*' 이거로군.

그런데 장례식에 올 때는 검은 옷을 입는 게 예의 아니야?

엘리자베스 조트는 단언했다.

"주방에서 두려움 없이 행동한다는 것은 곧 삶에서 두려움 없이 행동한다는 뜻입니다."

대체 누가 내 장례식에서 엘리자베스에게 추도사를 요청한 거야? 필인가? 무례하네. 자신이, 즉 월터 파인이 딱 한 번 위험을 감수하고 엘리자베스를 발탁하는 바람에 그 즉시 이른 죽음을 맞았다는 점을 생각하면 어처구니가 없었다. 위험을 감수하라고? 실험을 두려워하지 말라고? 조트, 웃기지 마. 그래서 지금 누가 죽었냐고.

지금 누가 죽은 줄 아느냐 말이야.

고집스럽게 탁탁 내리치는 칼질 소리 너머로 엘리자베스의 목소리가 계속 들려왔다. 한 10분 지나자 그녀의 마무리 멘트가 들렸다.

"그럼 얘들아, 상을 차려라. 너희 어머니는 이제 자기만의 시간을 가져야 한다."

다시 말하자면, 월터가 죽은 척할 시간은 끝났다는 뜻이다. 현실로 돌아올 때였다.

조문객 같던 방청객은 열광적으로 손뼉을 쳤다. 이젠 드디어 술 한잔할 시간이었다.

그 뒤엔 별거 없었다. 안타깝게도 월터가 상상한 죽음은 그의 삶과 아주 비슷했다. '지루해서 죽을 지경'이라는 표현은 그저 말뿐만이 아니었다는 생각마저 들었다.

"파인 씨?"

"월터?"

누군가 그의 어깨에 손을 얹었다. 어떤 사람의 목소리가 들렸다.

"의사를 불러야 할까요?"

다른 사람의 목소리가 들렸다.

"그래야 할지도 모르겠어요."

눈을 떠보자 엘리자베스 조트와 로자가 옆에 서 있었다. 먼저 조트가 말했다.

"기절한 줄 알았어요."

이어서 로자가 말했다.

"힘없이 쓰러져 계셔서요."

"맥박이 빠릅니다."

엘리자베스가 그의 손목을 잡고 말하자 로자가 다시 물었다.

"의사를 불러야 할까요?"

"월터, 뭘 좀 드셨습니까? 마지막으로 식사하신 게 언제죠?"

"난 괜찮아요. 그만 가보세요."

월터는 쉰 목소리로 대답했지만 실은 별로 상태가 좋지 않았다.

"파인 씨는 점심을 안 드셨어요. 카트에 실려 있던 음식을 아무것도 안 집으셨잖아요. 어제 저녁도 안 드셨으면서. 다 알아요."

로자의 말에 엘리자베스는 상황을 파악했다.

"월터, 이걸 댁에 가져가세요."

엘리자베스는 커다란 오븐용 접시를 그의 손에 들려주었다.

"방금 만든 시금치 캐서롤이에요. 오븐에 넣고 190도에서 40분 동안 구워요. 할 수 있죠?"

그는 일어섰다.

"아뇨. 못 합니다. 게다가 어맨다는 시금치를 싫어해요. 안 가져갈 겁니다."

말을 뱉자마자 심통이 난 아이처럼 말했다는 생각이 든 월터는 헤어 메이크업 담당자를 바라보았다. 이 여자 이름이 뭐더라? 그는 그녀의 이름일 법한 온갖 이름을 불분명하게 주워섬기면서 말했다.

"걱정하게 해서 정말 미안하지만 난 아무 문제도 없어요. 이제 가서 즐거운 저녁 시간 보내요."

아무 문제가 없다는 걸 증명하기 위해 월터는 의자에서 일어나서 비틀비틀 사무실로 걸어갔다. 그러고는 두 사람 다 방송국에서 나갔을 거라고 생각될 때까지 혼자 방에서 기다렸다. 그런데 주차장에 가보니 자동차 후드 위에 캐서롤 그릇이 놓여 있는 게 아닌가. 쪽지도 붙어 있었다. "190도에서 40분."

집에 돌아온 월터는 그 망할 놈의 그릇을 오븐에 넣고 말았다. 그저 저녁을 준비하기에는 너무 피곤했기 때문이다. 잠시 후 어린 딸과 저녁 식사를 하려고 앉았다.

세 입 만에 어맨다는 지금껏 먹어본 음식 중 가장 맛있다고 선언했다.

제 2 7 장

나에 대해 알아볼까요

1960년 5월.

봄이 되자 머드포드 선생님이 유치원 아이들에게 말했다.

"우리 친구들, 이번에는 새로운 과제를 해볼 거예요. 바로 '나에 대해 알아볼까요'예요."

매드는 숨을 헉 들이쉬었다.

"어머니에게 가서 이걸 써달라고 하세요. 가계도라는 거예요. 이 가계도를 보면 아주 중요한 사람에 대해서 알 수 있어요. 그 중요한 사람이 누구냐고요? 힌트를 줄게요. 우리의 새로운 과제 이름이 뭐였죠? 바로 '나에 대해 알아볼까요'죠? 여기에 답이 있어요."

아이들은 선생님의 발치에 찌그러진 반원형으로 모여 앉아 두 손으로 턱을 받치고 있었다. 머드포드 선생님은 어서 대답해 보라고 권유했다.

"누가 먼저 말해볼까요? 그래, 토미."

"화장실 가고 싶어."

"'화장실에 가도 될까요?'라고 공손하게 말해야지. 그리고 안 돼. 수업이 거의 끝나가니까 조금 기다렸다가 가."

"대통령!"

레나가 말하자, 머드포드 선생님은 문장을 알려주었다.

"'혹시 대통령 아닐까요?'라고 문장으로 물어봐야지. 그리고 대통령은 아니란다, 레나."

"혹시 「명견 래시」 아닐까요?"

어맨다가 물었다.

"아니야, 어맨다. 이건 가계도지 개집이 아니라고. 우리는 동물이 아니라 '사람'에 대해서 이야기하는 거란다."

"사람도 동물이에요."

매들린이 말하자 머드포드 선생님은 씩씩댔다.

"아니야, 매들린. 사람은 인간이야."

"곰돌이 푸요!"

누가 또 물었다. 머드포드 선생님은 짜증스럽게 대답했다.

"'혹시 곰돌이 푸 아닐까요?'라고 물어봐야지. 그리고 당연히 아니야. 가계도엔 곰이 들어가면 안 돼. 그리고 만화 캐릭터도 당연히 안 돼. 우리는 사람이라고!"

"하지만 사람도 동물인데요."

매들린이 주장하자 머드포드 선생님은 쏘아붙였다.

"매들린, 그만해!"

"우리가 동물이야?"

토미는 눈을 휘둥그레 뜨고 매들린에게 물었다.

"아니야! 우리는 동물이 아니라니까!"

머드포드 선생님이 소리를 질렀다.

하지만 토미는 벌써 겨드랑이에 손을 넣고 침팬지처럼 울부짖으며 교실 안을 폴짝폴짝 뛰기 시작했다.

"우! 우!"

토미가 다른 아이들을 향해 소리치자, 절반 정도 되는 아이들이 곧바로 동참했다.

"우! 우! 까! 까! 우! 우!"

"그만해! 토미! 너희 다 그만해! 교장실로 끌려가고 싶지 않으면 당장 그만둬!"

머드포드 선생님이 소리를 질렀다. 성난 목소리와 교장실에 끌려갈지도 모른다는 협박이 함께 작용하자 아이들은 도로 바닥에 주저앉았다. 머드포드 선생님은 딱 부러지는 목소리로 말했다.

"이제, 아까 말했던 대로 여러분은 아주 중요한 사람에 대한 새로운 사실을 배울 거예요. 동물이 아닌 '사람' 말이에요."

그녀는 매들린을 노려보며 강조했다.

"자, 이 '사람'은 누굴까요?"

아무도 손을 들지 않았다.

"누구냐니까?"

선생님이 다그쳤다.

아이들 몇이 모르겠다며 고개를 저었다.

"어휴, 얘들아, 그 사람은 바로 '너'라고."

그녀가 화난 목소리로 소리치자 주디가 살짝 놀라서 물었다.

"응? 왜요? 나 뭐 잘못했어요?"

"바보 같은 말 좀 하지 마, 주디. 어휴, 정말!"

"우리 엄마가 그러는데요, 학교에 더는 한 푼도 못 내겠대요."

까칠하게 생긴 로저라는 아이가 말했다.

"누가 지금 돈 이야기하랬니, 로저!"

머드포드 선생님은 비명을 질렀다.

"그 가계도 볼래요."

매들린이 말하자 머드포드 선생님이 호통을 쳤다.

"'제가 가계도를 볼 수 있을까요?'라고 물어야지."

"제가 가계도를 볼 수 있을까요?"

"아니, 안 돼."

머드포드 선생님은 꽥 소리를 지르며 종이를 두 번 접었다. 이렇게 종이를 접기만 해도 매들린이 건드릴 수 없다는 듯이.

"이 가계도는 너 보라고 주는 게 아니야, 매들린. 이건 너희 어머니가 쓰셔야 해."

머드포드 선생님은 상황을 통제하려고 안간힘을 썼다.

"자, 여러분, 이제 한 줄로 서볼까요. 윗옷에 이 종이를 달아줄게요. 그런 다음 집에 가도록 해요."

"우리 엄마가 그러는데요, 선생님이 나한테 종이 좀 그만 붙였으면 좋겠대요. 자꾸 옷에 구멍 난대요."

주디가 말했다.

네 어머니는 거짓말이나 떠벌리는 년이야. 머드포드 선생님은 이렇게 말해주고 싶었지만 참았다.

"알겠어, 주디. 그럼 네 종이에는 스테이플러를 찍어줄게."

아이들은 한 명씩 머드포드 선생님이 스웨터에 메모를 붙이기를 기다린 다음 문밖으로 줄지어 나갔다. 아이들은 문을 넘어서자마자 몇 시간이나 묶여 있던 조랑말처럼 쏜살같이 달리기 시작했다.

그런데 머드포드 선생님이 매들린 앞을 가로막았다.

"넌 안 돼, 매들린. 너는 남아."

매드가 늦은 이유를 밝히자 해리엇이 말했다.

"그러니까 네 말은, 사람이 동물이라고 말했다는 이유로 선생님이 남으라고 해서 늦었다는 거니? 아가, 왜 그런 말을 했어? 별로 좋은 말이 아니잖니."

매들린은 어리둥절해져 물었다.

"안 좋아요? 왜요? 우리는 동물이 맞는데요."

해리엇은 과연 매드의 말이 옳은지 생각해 보았다. 사람이 동물인가? 잘 모르겠네.

"내 말은 있지, 때로는 굳이 말싸움하지 않는 편이 낫다는 거야. 선생님은 존중받아 마땅한 분이거든. 가끔은 선생님 말씀에 동의하지 않을 때도 그냥 동의해 줘야 해. 사교적 능력이란 그런 거란다."

"사교적 능력이란 착하게 행동하는 건 줄 알았는데요."

"그래, 맞아. 내 말이 그거야."

"선생님이 틀린 말을 해도 그래야 해요?"

"응."

매들린은 입술을 깨물었다.

"너도 가끔 실수를 저지르잖니? 그럴 때 누군가가 많은 사람 앞에서 네 실수를 지적하는 건 원치 않잖니? 머드포드 선생님도 아마 당황했을 거야."

"선생님은 당황한 표정이 아니었어요. 선생님은 전부터 우리에게 틀린 정보를 여러 번 줬다고요. 지난주에는 하느님이 세상을 창조했다고 했어요."

"사람들은 많이들 그렇게 믿어. 그 믿음이 잘못된 건 아니란다."

"아주머니도 그렇게 믿어요?"

해리엇은 재빨리 말을 돌리며 매들린의 스웨터에서 종이를 떼어냈다.

"우리 같이 이 종이가 뭔지 볼까?"

"가계도 만들기 프로젝트예요. 엄마가 써야 해요."

매들린은 도시락을 조리대에 턱 내려놓으며 말했다.

"나는 이런 거 별로야."

해리엇은 나무 모양으로 어설프게 그려놓은 가계도를 가만히 살펴보며 말했다. 나뭇가지에는 친척의 이름을 적으라고 되어 있었다. 살아 있든 죽었든 생사 불명이든 상관없이, 결혼과 출생으로, 때론 악연으로 친척이 돼버린 타인의 이름을 모두 적으라는 요구였다.

"짜증나게 별걸 다 꼬치꼬치 캐묻네. 혹시 어머니 모시고 오라는 말도 있었니?"

"엄마도 모셔 가야 해요?"

매들린이 경악한 얼굴로 묻자 해리엇은 종이를 접으며 대답했다.

"이런 가계도를 만들면 다른 사람을 통해서 너를 알 수 있다고들

하지만, 내가 보기엔 오히려 문제가 더 많은 것 같아. 흔히 이런 것 때문에 사생활 침해가 일어나거든. 네 어머니가 이걸 보면 무척 화를 낼 거야. 나라면 엄마한테 안 보여줄 텐데."

"하지만 여기 뭐라 써야 할지 하나도 모르겠는걸요. 아빠에 대해서 아는 게 없으니까요."

매드는 그날 아침 어머니가 도시락 통 속에 넣어둔 쪽지를 떠올렸다. "사서는 학교에서 가장 중요한 교육자야. 모르는 게 생길 때마다 사서는 도서관에서 직접 찾아볼 수 있거든. 이건 단순한 생각이 아니라 사실이야. 하지만 그 사실을 머드포드 선생님에게는 말하지 말렴."

매들린이 학교 도서관 사서에게 가서 케임브리지대학교 졸업앨범을 가리키며 꺼내달라고 하자, 사서는 눈살을 찌푸리더니 앨범 대신 《하이라이트》* 최신호를 주었다.

해리엇이 말했다.

"너는 아버지에 대해 이미 많은 걸 알고 있어. 예를 들어 아버지의 부모님, 그러니까 조부모님이 젊었을 때 기차 사고로 돌아가셨다는 걸 알잖아. 그 뒤에 아버지는 고모님과 살았는데 고모님이 차로 나무를 들이받고 돌아가셨다는 것도 알고. 그다음 네 아버지는 보육원에서 자랐어. 그 보육원 이름이 뭔지는 잊어버렸네, 뭔가 여자 이름 같은 동네에 있었는데. 그곳에서 네 아버지는 마치 동화책에 나오는 요정 대모 같은 분의 후원을 받았어. 물론 대모는 가계도에 올라가는 사이는 아니지만 말이야."

• 　미국의 어린이 잡지.

대모라는 말을 하자마자 해리엇은 아차 싶었다. 이 말은 하지 말걸. 그녀가 대모의 존재를 알게 된 건 염탐했기 때문이었다. 게다가 그 대모라는 이도 진짜 대모가 아니라 안 보이는 곳에서 몰래 손을 쓰는 요정 같은 사람이라는 정도밖에 몰랐다. 해리엇이 이걸 안 건 오래전, 캘빈이 엘리자베스를 만나기도 전의 일이다. 어느 날 캘빈이 급히 집을 나서느라 현관문도 닫지 않은 걸 보고 해리엇은 친절한 이웃으로서 몸소 그 문을 닫아주러 간 적이 있었다.

그러다 해리엇은 자연스럽게 그 집에 들어갔다. 그녀는 오지랖이 아주 넓은 사람인지라, 집이 혹시 도둑에게 털리지는 않았는지 확인하고 싶었다. 물론 캘빈이 집을 떠난 지 46초밖에 되지 않았으니 종합적으로 따져보면 아무 일도 없었으리라는 생각이 들기는 했지만.

일단 안에 들어가자 몇 가지 사실을 알 수 있었다. 첫째, 캘빈 에번스는 나름 거물급 과학자였다. 잡지 표지에 얼굴이 실려 있으니까. 둘째, 캘빈 에번스는 게으름뱅이였다. 셋째, 그는 수 시티Sioux City에 있는 보육원에서 자랐다. 긴 이름이 덕지덕지 붙은 보육원은 종교색이 짙은 듯했다. 그녀는 쓰레기통에서 구겨진 종이를 꺼내 봤다가 보육원에 대해 알게 됐다. 해리엇이 그걸 굳이 꺼낸 이유는, 버리면 안 되는 건데 실수로 버리는 상황을 방지하기 위해서였다.

어쨌든 그 편지에 따르면 보육원은 돈이 필요했다. 예전에는 보육원 소년들에게 '과학 교육의 기회와 건강한 야외 활동'을 보장하는 큰손 기부자가 있었는데 이제는 없어졌다는 이야기였다. 현재 보육원은 한때 그곳에서 자란 사람들에게 손을 벌리고 있었다. 혹시 캘빈 에번스가 도와줄 수 있을까? 그렇다고 해! 올 세인츠 보이즈 보육원에 오늘 기부하라고!

캘빈의 답장 역시 쓰레기통에 들어 있었다. 답장을 간단히 풀어 쓰자면 이랬다. 어떻게 감히 네놈들이 나에게 이런 부탁을 하지? 꺼져. 네놈들은 모두 감옥에 가야 해.

"대모가 뭔데요?"

매들린의 질문에 해리엇은 기억을 거두고 대답했다.

"가족이나 친척의 친한 친구란다. 너의 영적인 삶을 보살펴 주기로 되어 있는 사람이지."

"나한테도 있어요?"

"대모가 있느냐고?"

"영적인 삶요."

"아, 그건 모르겠네. 넌 보이지 않는 존재를 믿니?"

"난 마술이 좋아요."

"난 싫어. 마술을 보고 있으면 바보가 되는 기분이야."

"하지만 해리엇은 신을 믿잖아요."

"음, 그렇지."

"왜 믿어요?"

"그냥 믿어. 많은 사람들이 아무 이유 없이 믿어."

"우리 엄마는 안 믿어요."

"알아."

해리엇은 못마땅함을 애써 감추며 대답했다.

해리엇이 생각하기로 신을 믿지 않는 건 잘못이었다. 겸손하지 못한 태도였다. 그녀에게 신을 믿는 건 양치질이나 속옷을 입는 것처럼 꼭 필요한 일이었다. 점잖은 사람은 모두 신을 믿지 않는가. 심지어 점잖지 않은 사람, 예를 들어 자기 남편 같은 인간도 신을 믿는데. 두 사람은 신 때문에 아직도 갈라서지 않고 부부로 살고 있고, 신 때문에 이 짐덩이 같은 결혼 생활을 감당하며 살고 있었다. 이건 신께서 나에게 주신 짐이니까. 하느님 스스로도 큰 짐덩이를 지고 가시기에 모든 사람에게도 짐을 하나씩 나눠주셨단 말이다. 게다가 신을 믿지 않는다면 천국과 지옥도 믿지 않는다는 뜻인데 그럴 수는 없었다. 해리엇은 슬로운 씨가 지옥에 가는 꼴을 너무나 보고 싶기 때문이다.

그녀는 자리에서 일어섰다.

"네 밧줄 어딨니? 이제 매듭 만들 시간이 된 것 같네."

"매듭 만드는 법은 다 알아요."

"눈 감고도 할 수 있어?"

"네."

"등 뒤로 손을 돌리고도? 그렇게도 할 수 있어?"

"네."

해리엇은 매드의 이상한 취미를 지지해 주는 척했지만 사실은 그렇지 않았다. 얘는 바비 인형이나 너클본즈*를 갖고 놀지 않았다. 매드는 매듭 만들기나 전쟁과 자연재해에 관한 책을 좋아했다. 어제는 매들린이 시내 도서관의 사서에게 크라카타우 화산에 대한 퀴즈를 내는 걸 엿듣기도 했다. 선생님은 그 화산이 언제 다시 폭발할 거라고 생각하세요? 폭발하면 주민들에게 어떻게 대피 경고를 해야 할

• 　서양식 공기놀이에서 사용하는 공깃돌.

까요? 폭발하면 대략 몇 명이 죽을까요?

해리엇은 가계도를 응시하는 매들린을 보았다. 아이는 커다란 회색 눈으로 텅 빈 나뭇가지를 빤히 바라보며 계속 아랫입술을 잘근 잘근 씹고 있었다. 캘빈도 생전에 입술을 참 많이 씹었지. 저런 것도 유전이 되나? 알 수 없었다. 해리엇은 이제껏 네 아이를 길렀지만, 넷은 서로 닮은 점이 전혀 없었고 엄마인 해리엇과도 딴판이었다. 지금은 어떠냐고? 모두 남이 되어 서로 멀리 떨어진 채 각자 애를 낳고 알아서 산다. 해리엇은 그래도 자신과 아이들을 영원히 이어주는 강철 같은 단단한 유대가 있다고 생각하고 싶었지만, 그런 일은 없었다. 가족이란 알고 보면 끊임없이 유지 보수가 필요하다.

"배고프니? 치즈 먹을래?"

해리엇이 냉장고 안으로 손을 뻗는 사이 매들린은 가방에서 책을 꺼냈다. 『콩고 식인종과 함께 보낸 5년』이라는 제목이 붙어 있었다.

해리엇은 어깨 너머로 책을 흘깃 보았다.

"아가, 선생님이 그 책 읽는 거 알고 있니?"

"아뇨."

"그럼 계속 모르시게 해."

해리엇과 엘리자베스가 여전히 의견 일치를 보지 못하는 영역이 있다면 독서였다. 15개월 전만 해도 해리엇은 매들린이 그저 책을 읽는 척할 뿐이라고 생각했다. 애들은 부모 따라 하기를 좋아하니까. 하지만 곧 엘리자베스가 매들린에게 읽기를 가르쳤을 뿐 아니라 대단히 복잡한 책을 읽으라고 주었다는 게 드러났다. 신문과 소설 그리고 《포퓰러 매커닉스》 같은 전문 잡지 말이다.

해리엇은 혹시 애가 천재는 아닐까 궁금했다. 아버지가 천재였으니까. 아니, 하지만 얘는 아니야. 매드는 그저 엘리자베스 덕에 교육을 잘 받은 것뿐이다. 엘리자베스는 한계를 받아들이길 거부하는 사람이니까. 본인뿐만 아니라 다른 이의 한계도 거부하는 사람이었다. 에번스 씨가 죽은 지 1년쯤 지났을 때였던가, 해리엇은 엘리자베스의 책상에 널려 있는 쪽지를 우연히 읽었다. 어처구니없게도 엘리자베스가 여섯시-삼십분에게 단어를 가르치려고 만든 종이 같았다. 그때 해리엇은 엘리자베스가 잠깐 미쳤다고 생각했다. 뭐, 너무 슬프면 그럴 수 있지. 하지만 매드가 세 살이 됐을 때던가, 아이가 혹시 자기 요요를 못 봤냐고 묻자 1분 뒤에 여섯시-삼십분이 요요를 물어다가 매드의 무릎에 놓는 것을 보았다.

「6시 저녁 식사」 역시 엘리자베스 특유의, 불가능에 도전하는 면이 있는 프로그램이었다. 엘리자베스는 매 방송 첫머리에서 요리란 쉽지 않으며 앞으로 30분 동안 아주 고통스러울 거라고 말했다.

바로 어제도 그녀는 이렇게 말했다.

"요리라는 것은 정확한 과학이 아닙니다. 제가 들고 있는 토마토는 여러분이 들고 있는 토마토와는 다릅니다. 여러분은 갖고 계신 재료를 잘 살펴보셔야 합니다. 그걸로 실험해 보십시오. 맛보고, 만져보고, 냄새를 맡고, 들어보고, 시험해 보고, 평가해 보십시오."

엘리자베스는 시청자들에게 화학적 분해를 아주 자세하게 설명하기 시작했다. 특정한 조건 하에서 열이 가해진 이질적 성분들이 결합해 분해가 일어나면, 효소의 상호작용이 복잡하게 뒤섞이며 뭔가 먹기 좋은 것이 만들어진다는 이야기였다. 산성과 염기성, 수소 이온 이야기도 많이 나왔는데, 몇 주 듣고 있자니 정말 이상하게도 해리엇은 점차 화학을 이해하게 되었다.

시청자들은 엘리자베스가 진지한 얼굴로 설명하는 이야기를 들으면 어느새 어려운 도전 과제를 해결하고 있는 기분이 되었다. 엘리자베스는 시청자들이 유능하고 사고가 풍부한 존재이며 자신은 그들을 믿는다고 말해주었다. 아주 이상한 프로그램이었다. 사실 딱히 재미는 없었다. 굳이 말하자면 등산에 가까운 재미라는 말이 맞겠다. 뭔가 기분이 좋기는 하지만, 다 하고 나서야 좋지 막상 하고 있을 때는 재미없는 면이 그랬다.

어쨌든 해리엇과 매들린은 매일 「6시 저녁 식사」를 함께 보았다. 둘은 숨을 죽이고 방송을 보면서 오늘을 끝으로 프로그램이 폐지될 거라고 굳게 믿었다.

책을 편 매들린은 어떤 남자가 다른 사람의 넓적다리뼈를 갉아 먹는 판화를 유심히 바라보다가 물었다.

"사람은 맛있나요?"

해리엇은 아이 앞에 치즈 조각을 몇 개 놓으며 말했다.

"몰라. 그거야 어떻게 조리하느냐에 달렸겠지. 네 어머니라면 분명히 뭐든 맛있게 만들걸."

하지만 그녀는 속으로 생각했다. 슬로운 씨만 빼고. 그 인간은 썩었으니까.

매들린은 고개를 끄덕였다.

"다들 엄마가 만든 요리를 좋아해요."

"다들이 누구야?"

"애들요. 이젠 나랑 같은 음식을 점심으로 싸 오는 애도 있어요."

해리엇은 놀라서 물었다.

"정말? 먹고 남은 걸? 전날 저녁 식사로 먹던 걸 말이니?"

"네."

"그 애 엄마들도 너희 엄마 방송을 본다고?"

"그런 것 같아요."

"정말?"

"네, 정말이에요."

매들린은 해리엇의 이해력이 느리다는 듯 강조해서 말했다.

해리엇은 「6시 저녁 식사」를 보는 시청자가 거의 없을 거라고 생각했다. 엘리자베스도 6개월간의 시험 방송 기간이 끝나간다고 털어놓았다. 그녀는 이 기간이 내내 전쟁 같았고, 그래서 절대 재계약이 이어질 리 없다고 말했기에 해리엇은 더더욱 시청자가 별로 없을 거라고 생각했다.

그때 해리엇은 애써 좌절감을 감추며 엘리자베스에게 이렇게 물었다. 그녀는 엘리자베스를 TV에서 보는 게 참 좋았다.

"하지만 분명히 타협할 수 있을 텐데요? 하다못해 웃어라도 봐요."

하지만 엘리자베스가 무어라 했던가.

"웃으라고요? 의사들이 맹장 수술 중에 웃을까요? 아니죠. 수술 중에 의사들이 웃기를 바라세요? 아니죠. 요리도 수술과 마찬가지로 집중력이 필요한 일이에요. 어쨌든 필 레벤스널 말로는, 내가 말하는 대상이 바보인 것처럼 굴라더군요. 하지만 난 그러지 않을 거예요, 해리엇. 여자가 무능하다는 낭설에 일조할 생각이 없다고요. 나를 해고하고 싶으면 그러라죠. 다른 일을 찾으면 되니까."

하지만 해리엇은 이만큼 돈을 많이 주는 일은 없을 거라고 생각했다. TV 출연료 덕분에 엘리자베스는 예전 약속대로 그녀에게 임금을 지급할 수 있었다. 해리엇이 생전 처음 받아보는 임금이었다. 이 돈을 받게 되자 해리엇은 이루 말할 수 없을 정도로 강해진 기분이 들었다.

해리엇은 조심스럽게 의견을 내놓았다.

"나도 그렇게 생각하지만, 그래도 그들이 바라는 대로 하는 척이라도 할 순 있잖아요. 그러니까 내 말은, 장단을 맞춰주라는 거죠."

엘리자베스는 고개를 갸웃거렸다.

"장단을 맞춰주라고요?"

"내 말 알잖아요. 당신은 똑똑해요. 파인 씨나 레벤스멀이라는 인간은 그런 모습을 받아들이기 힘들 수도 있어요. 남자들이 어떤지 당신도 잘 알면서."

엘리자베스는 이 말을 생각해 보았다. 아니. 자신은 남자들이 어떤지 모른다. 캘빈과 죽은 오빠 존, 메이슨 박사는 빼고, 어쩌면 월터 파인까지 제하더라도, 이제껏 봐온 남자들은 최악이었다. 남자들은 엘리자베스를 멋대로 휘두르고, 만지고, 지배하고, 입 다물리고, 교정하고, 이래라저래라 하고 싶어 했다. 왜 남자들은 자신을 평등한 인간으로, 동료로, 친구로, 동등한 존재로, 하다못해 그냥 길거리에 지나가는 낯선 사람으로도 봐주지 않는 걸까. 그녀는 이해할 수 없었다. 사람을 죽인 다음 뒷마당에 묻어놓았다가 발각된 범죄자를 맞닥뜨린 게 아니고서야, 누굴 처음 봤으면 당연히 존중받아 마땅한 사람으로 여겨야 하는 것 아니야?

엘리자베스의 진정한 친구는 해리엇뿐이었다. 이 두 사람은 대부분 생각이 같았지만 이 점만큼은 아니었다. 해리엇의 말에 따르면 남자는 여자와 다른 세계의 존재였다. 남성이라는 존재는 아첨을 받아야 하고 연약한 자아를 지니고 있으며, 여성의 지능이나 기술이 본인을 넘어서는 상황을 두고 보지 않았다.

"해리엇, 그건 말도 안 돼요. 남성과 여성은 둘 다 인간인데요. 인간으로서 우리는 양육 과정의 부산물이자 결함 많은 교육 시스템의 희생자이며 우리 행동을 직접 선택하는 존재라고요. 다시 말해 여성이 남성보다 뭔가 부족하다는 생각이나 남성이 여성보다 더 높다는 생각은 생물학이 아니라 문화에 근거한 사상이에요. 그 모든 논의는 '분홍색과 파란색'이라는 두 단어에서 시작되죠. 바로 거기서부터 모든 것이 걷잡을 수 없게 치솟아 버린다고요."

결함 많은 교육 시스템이라는 말이 나와서 말인데, 지난주 엘리자베스는 그 문제를 논의하기 위해 머드포드 선생님의 교실로 소환되었다. 보아하니 매들린이 소꿉놀이 같은 여자아이의 활동에 참여하기를 거부한 모양이었다.

머드포드 선생님은 말했다.

"매들린은 남자애들에게 어울리는 일을 하고 싶어 합니다. 그건 올바르지 못해요. 어머님께서도 분명히 아시다시피 여자의 자리는 가정에 있지 않습니까?"

머드포드 선생님은 살짝 기침하며 말을 이어갔다.

"어머님께서도 그 '텔레비전 쇼'에서 요리를 하시잖아요. 그러니 애한테 말씀 좀 해주세요. 매들린은 이번 주에 경찰 역할을 하고 싶어 했어요."

"그게 왜 문제가 됩니까?"

"경찰은 남자애들만 하는 역할이에요. 남자가 여자를 보호하는 거잖아요. 남자가 덩치가 더 크니까요."

"하지만 매들린은 반에서 제일 큰 아이인데요."

그러자 머드포드 선생님이 대답했다.

"그것 역시 문제입니다. 여자애의 키가 너무 커서 남자애들이 기분 나빠한다고요."

엘리자베스는 다시 현실의 문제로 돌아오며 날카롭게 말했다.

"난 싫어요, 해리엇. 장단 맞추지 않을 거예요."

해리엇은 손톱에 낀 때를 빼내면서 엘리자베스가 여성에게 배정된 종속적 역할을 두고 불평하는 소리를 들었다. 어째서 작은 몸집을 뇌가 작다는 생물학적 표시라고 여기는지 모르겠다고, 왜 여성이 선천적으로 열등하며 그만큼 예쁘장하게 태어난다고 생각하는지 모르겠다고 말이다. 더 나쁜 것은 이런 개념을 주입받은 많은 여성이 그걸 다시 아이들에게 전수한다는 것이라고 그녀는 말했다. '남자애는 남자다워야지'라든가 '여자애들이 어떤지 알잖아' 같은 말을 해 대면서 말이다.

"여자들은 왜 이러는 걸까요? 왜 이런 문화적 고정관념을 곧이곧대로 받아들이죠? 게다가 왜 그걸 점점 더 굳건하게 만들까요? 아마존에는 여성이 지배권을 가지는 부족이 숨어 산다는 사실을 왜 모르죠? 마거릿 미드의 책이 절판된 것도 아닌데?"

엘리자베스는 계속 주장했다. 그러다 해리엇이 자리에서 일어서면서 기탄없는 말들의 상대가 되고 싶지 않다는 기색을 드러내자 비로소 멈추었다.

"해리엇, 해리엇, 듣고 있어요? 해리엇, 그 사람 어떻게 됐는데요? 그 사람도 죽었어요?"

매들린이 물었다.

"누가 죽었다고?"

해리엇은 멍하니 물었다. 머릿속으로는 마거릿 미드의 책을 한 번도 안 읽어봤다는 생각을 하고 있었다. 그게 누군데? 『바람과 함께 사라지다』를 쓴 작가인가?

"대모님요."

"아, 대모님. 모르겠어. 어쨌든 그 여자분은, 아니 남자일 수도 있겠구나. 그분은 엄밀히 말하자면 대모가 아니었어."

"하지만 아까 해리엇이……."

"동화책에 나오는 요정 대모 같은 거라고 했지. 네 아빠가 자란 보육원을 후원했으니까. 대모라고 말한 건 그래서였어. 동화책 속 요정 대모 말이야. 그리고 그 여자분, 아니 남자일 수도 있는 그분은, 보육원의 모든 아이에게 후원한 거란다. 너희 아빠만이 아니라."

"그 사람이 누군데요?"

"난 모르지. 그게 중요하니? 요정 대모님이란 다시 말해 박애주의자란다. 어떤 명분으로 돈을 기부하는 부자 말이야. 앤드루 카네기가 도서관에 기부했듯이. 비록 자선 사업을 하면 세금 감면 혜택을 받으니 완전히 이타적인 행동은 아니라 해도 말이야. 그런데 그 망할 놈의 가계도 말고 다른 숙제는 없니?"

"아빠가 자란 보육원에 편지를 써서 그 요정 대부가 누구였는지 물어볼 수 있을 거예요. 그러면 그분 이름을 가계도 나무에 쓸 수 있잖아요. 나뭇가지에 쓸 수 없다면 도토리를 따로 그려서 거기에 쓸

래요. 가계도 빈칸을 다 채우지는 못해도요."

"안 돼. 첫째, 가계도엔 도토리 같은 거 달면 안 돼. 그리고 둘째,
요정 대모님, 그러니까 돈 많은 박애주의자는 사생활을 중요하게 생
각하는 사람들이란다. 보육원은 그런 거물급 부자가 누군지 절대로
알려주지 않을 거야. 마지막으로, 요정 대부란 건 없어. 요정은 언제
나 여자니까."

"왜요? 대부라는 말은 마피아 같아서요?"

해리엇은 놀라움과 짜증이 뒤섞인 한숨을 커다랗게 쉬었다.

"내 말의 요점은 이거야. 요정 대모든 대부든 그 사람 이름을 가
계도에 써 넣을 수는 없어. 첫 번째 이유는 혈연관계가 아니라서고,
두 번째 이유는 그들이 사생활을 중시해서야. 이름이 알려지면 사람
들이 죄다 돈 좀 달라며 못살게 굴 게 뻔하거든."

"하지만 비밀로 덮어두는 건 잘못이에요."

"꼭 그렇지는 않아."

"해리엇도 비밀을 덮어둬요?"

"아니."

해리엇은 거짓말을 했다.

"우리 엄마도 비밀을 덮어두는 사람일까요?"

"아니."

해리엇은 대답하면서 내심 엘리자베스가 그러면 얼마나 좋을까
생각했다. 그냥 몇 가지는 비밀로 하면 얼마나 좋을까. 적어도 의견
만큼은 입 밖에 내지 않거나. 어쨌든 해리엇은 계속 말을 이었다.

"자, 그럼 가계도에 아무 이름이나 써 내자. 너희 선생님은 모를
거야. 그런 다음 너희 엄마 방송을 같이 보자."

"나보고 거짓말을 하라고요?"

해리엇은 짜증스럽게 대답했다.

"매드, 내가 언제 거짓말하랬니?"

"요정은 피가 없어요?"

"당연히 요정도 피가 있지!"

해리엇은 결국 새된 소리를 질렀다. 그러고는 이마에 손을 얹은 다음 말했다.

"이건 잠깐 미뤄두자. 밖에 나가서 놀아."

"하지만……."

"가서 여섯시-삼십분이랑 공놀이해."

"해리엇, 여기 사진도 붙여 가야 해요. 온 가족이 다 나온 사진요."

탁자 아래에서 나온 여섯시-삼십분은 매드의 앙상한 무릎에 머리를 얹었다. 매들린은 강조했다.

"온 가족이 다 나와야 한댔어요. 그러니까 아빠도 있는 사진이어야 해요."

"아니야. 안 나와도 돼."

여섯시-삼십분은 일어나서 엘리자베스의 방으로 갔다.

"여섯시-삼십분이랑 공놀이하고 싶지 않으면, 둘이 같이 도서관에 갔다 와. 네가 빌려온 책의 반납 기한이 지났잖니. 엄마 방송 시작 전에 갔다 올 시간도 있어."

"안 가고 싶어요."

"음, 가끔은 하고 싶지 않은 일도 해야 할 때가 있단다."

"해리엇은 안 하고 싶은데 해야 하는 일이 있어요?"

해리엇은 눈을 감고서 슬로운 씨를 떠올렸다.

제 2 8 장

세인츠

"매들린, 오늘은 뭘 도와줄까?"

시립 도서관 사서가 말했다.

"아이오와주에 있는 어떤 곳 주소를 알고 싶어요."

"따라오렴."

사서는 매들린을 데리고 좁은 서가를 이리저리 지났다. 중간에 잠깐 멈춰 책의 모서리를 접으며 읽는 사람을 꾸짖고, 옆 의자에 다리를 올려놓은 사람을 혼내기도 했다. 사서는 화난 목소리로 속삭였다.

"여기는 카네기 도서관입니다. 평생 출입 금지를 내려버리는 수가 있어요."

이윽고 사서는 전화번호부가 놓인 서가로 아이를 데려갔다.

"여기 위에 있단다. 아이오와라고 했지? 어느 동네를 찾니?"

사서는 두꺼운 전화번호부 세 권을 꺼내며 물었다.

"소년 보육원을 찾고 있어요. 그런데 보육원은 여자 이름 같은 동네에 있어요. 아는 건 그뿐이에요."

매들린의 말에 사서가 대답했다.

"그것만으로는 찾을 수 없어. 아이오와는 작은 동네가 아니야."

"그 동네는 분명히 수 시티일 겁니다. 내기할까요?"

뒤에서 누군가의 목소리가 들렸다. 사서는 돌아보며 대답했다.

"수는 여자 이름이 아니에요. 인디언식 이름이지. 아, 목사님. 안녕하세요. 정말 죄송하게도 말씀하셨던 책을 깜빡 잊고 못 찾았어요. 지금 바로 찾아드릴게요."

"하지만 수라는 이름은 여자 이름으로 생각할 수 있지 않습니까? 수Sue와 착각할 수 있죠. 아이들은 그런 실수를 할 만합니다."

어두운 예복을 입은 목사가 말했지만 사서는 고개를 저었다.

"얘는 그런 실수 안 해요."

15분 뒤 매들린은 손가락으로 B 항목을 훑어 내려가며 말했다.

"여긴 없어요. 소년 보육원Boys Home이란 데는 없네요."

목사는 도서관 테이블 맞은편에 앉아 말했다.

"아, 미리 말해줄걸 그랬구나. 가끔 그런 보육원은 성인聖人의 이름을 따서 짓기도 한단다."

"왜요?"

"다른 사람의 자녀를 돌보는 사람들은 성인이거든."

"왜요?"

"아이를 돌보는 일은 힘들기 때문이지."

매들린은 못마땅한 기색으로 눈을 흡떴다.

"세인트 빈센트Saint Vincent로 찾아보렴."

그는 바람이 통하도록 손가락으로 로만 칼라*를 당겼다. 매들린은
전화번호부의 S 항목을 찾아 책장을 넘기면서 물었다.

"뭐 읽으세요?"

"종교적인 글이란다. 나는 목사거든."

"아니요, 저는 다른 걸 물어본 거예요. 이거요."

매들린은 목사가 성경 사이에 끼워둔 잡지를 가리켰다. 그는 당황
해서 대답했다.

"아, 이건 그냥 재미로 읽는 거야."

"《매드》**네요."

아이는 숨겨둔 잡지를 홱 빼내며 큰 소리로 제목을 읽었다. 목사
는 재빨리 잡지를 가져가며 설명했다.

"유머 잡지란다."

"봐도 돼요?"

"네 어머니가 안 좋아하실 것 같은데."

"누드 사진이 실려 있어요?"

"아니! 아니야, 아니다. 그런 잡지가 아니야. 가끔 웃고 싶을 때 이
걸 읽는단다. 난 직업 특성상 웃을 일이 많지 않거든."

• 　성직자용 예복의 목 부분에 달려 있는 가늘고 딱딱한 흰 칼라.

•• 　1952년부터 EC코믹스가 발행한 잡지로, 연예계부터 정치계까지 다양한 분야의 화제와
　　사건 사고를 풍자하는 내용을 주로 다룬다.

"왜요?"

목사는 주저했다.

"왜냐하면 하나님은 그다지 재미있는 분이 아니시기 때문이지. 적어도 내 생각은 그래. 그런데 너는 왜 보육원을 찾고 있니?"

"우리 아빠가 자란 곳이라서요. 나는 가계도를 만들고 있어요."

목사는 미소를 지으며 대답했다.

"그렇구나. 음, 가계도 만들기라니 아주 재미있겠네."

"그건 논란의 여지가 있어요."

"논란의 여지?"

"그러니까, 여러 의견이 있을 수 있다고요."

매드의 말에 목사는 놀랐다.

"그러게나 말이다. 혹시 뭘 좀 물어봐도 되겠니? 너 몇 살이니?"

"그건 개인 정보라서 말씀드릴 수 없어요."

목사는 얼굴이 빨개졌다.

"아, 물론 그렇지. 너 참 똑똑하구나."

매들린은 지우개 끝을 물어뜯었다. 목사는 계속 말했다.

"어쨌든 조상을 알아간다는 건 재미있는 일 아니겠니? 내가 보기엔 그렇단다. 가계도는 어디까지 만들었니?"

매드는 테이블 아래로 다리를 달랑거리며 말했다.

"음, 엄마 쪽 가족을 보면요, 외할아버지는 방화를 저질러서 사람을 죽인 죄로 감옥에 있고요, 외할머니는 세금 문제 때문에 브라질로 이민 갔고, 외삼촌은 죽었어요."

"아……."

"아빠 쪽 가족은 아직 하나도 못 찾았어요. 하지만 보육원에 살았던 사람들도 가족 같지 않을까 생각해요."

"왜 그렇게 생각하니?"

"그분들이 아빠를 돌봐주셨으니까요."

목사는 목덜미를 문질렀다. 그가 아는 바에 따르면 이런 소년 보육원에서 일하는 사람 중에는 소아성애자가 많았다.

"아까 그런 사람들이 성인이라고 하셨잖아요."

아이는 그가 했던 말을 되풀이했다.

목사는 속으로 한숨을 쉬었다. 목사라는 직업의 문제점은 하루에도 몇 번씩 거짓말을 해야 한다는 것이다. 사람들은 현 상황이 나쁘고 엄연히 더 나빠질 수밖에 없는 처지여도, 지금은 물론이고 앞으로도 괜찮을 거라는 확신을 끊임없이 필요로 하기 때문이다. 지난주에 집전한 장례식에서도 그랬다. 교인 중 하나가 폐암으로 죽었는데, 목사는 고인이 하루에 네 갑씩 담배를 피우는 습관 때문이 아니라 하나님의 부르심을 받고 천국에 간 것이라고 설교했다. 유가족 역시 하나같이 굴뚝처럼 담배를 피워대는 인간들이었기에, 다들 숨을 깊이 들이마시면서 목사의 지혜로운 발언에 감사를 표했다.

"그런데 왜 보육원에 편지를 쓰는 거니? 그냥 아빠한테 물어보지 않고?"

"아빠도 죽었어요."

아이는 한숨을 쉬었다.

"이런, 주여! 참 마음이 아프구나."

목사는 고개를 저으며 말했다. 매들린은 진지한 태도로 대답했다.

"말씀 고맙습니다. 어떤 사람들은요, 한 번도 가져보지 못한 걸 그리워할 수는 없대요. 하지만 난 경험한 적 없어도 그리워할 수 있다고 생각해요. 아저씨는 어떻게 생각하세요?"

"그럼, 당연히 그리워할 수 있고말고."

그는 목 뒤를 더듬다가 좀 긴가 싶은 머리카락 한 타래를 찾아냈다. 언젠가 그는 친구를 만나러 리버풀에 갔다가 비틀스라는 신생 그룹의 공연을 본 적이 있었다. 멤버는 모두 영국인이었고 앞머리가 있었다. 남자가 앞머리를 기른다는 건 전례 없는 일이었지만, 어느새 그는 비틀스의 음악만큼이나 그 외모를 좋아하게 되고 말았다.

"그 책에서 뭘 찾으세요?"

아이는 그의 책을 가리키며 물었다.

"영감을 얻으려고 읽는단다. 주일 설교에 인용할, 사람들의 영혼을 움직일 만한 내용을 찾고 있어."

"요정 대모님 이야기는 어때요?"

"요정이라니?"

"요정 대모님이 우리 아빠가 있던 보육원을 도와줬대요. 대모님이 보육원에 돈을 줘서요."

"아, 기부자 말이로구나. 보육원에는 기부자가 많지. 그런 시설을 운영하려면 큰돈이 필요하거든."

"아네요. 제 말은 요정 대모님이 있었다고요. 알지도 못하는 사람에게 돈을 주려면 마법을 좀 부릴 줄 알아야 한다고 생각해요."

목사는 다시금 놀라서 아이의 말에 순순히 고개를 끄덕였다.

"그건 그렇지."

"하지만 해리엇이 그러는데요, 월급을 타는 게 더 낫대요. 해리엇은 마법을 좋아하지 않아요."

"해리엇이 누구니?"

"우리 이웃 아주머니요. 해리엇은 천주교 신자예요. 그래서 이혼할 수가 없어요. 해리엇은 내가 가계도에 아무 이름이나 써 내야 한댔어요. 하지만 난 그러고 싶지 않아요. 그러면 우리 가족에 뭔가 문제가 있는 것 같단 말이에요."

"음, 해리엇은 너무 사적인 정보를 쓰지 말라는 뜻이었을 거야."

목사는 조심스럽게 대답했다. 속으로는 이 아이의 가족에 분명히 뭔가 문제가 있는 것처럼 들린다고 생각했다.

"비밀을 쓰지 말라는 이야기인가요?"

"아니, 내 말은 개인 정보를 말하는 거야. 예를 들면 내가 너한테 몇 살이냐고 물어봤을 때 네가 제대로 대답했잖니. 그건 개인 정보라고. 그건 비밀이 아니지. 단지 나한테 말해도 될 만큼 나를 잘 알지 못하니까 말해주지 않은 것뿐이야. 하지만 비밀을 숨기는 이유는 다르단다. 누군가가 우리 비밀을 알아내서 우리에게 불리하게 쓰거나 기분 나쁘게 할 수 있어서 숨기는 거야. 비밀이란 보통 부끄러운 걸 포함하거든."

"아저씨도 비밀이 있어요?"

그는 순순히 시인했다.

"그럼, 있지. 너는 비밀이 있니?"

"나도 있어요."

"누구나 비밀은 있다고 생각해. 특히 비밀이 없다고 말하는 사람이야말로 알고 보면 비밀이 있지. 평생 아무것도 부끄러워하거나 민망해하지 않고서 살 수는 없거든."

매들린은 고개를 끄덕였다.

"어쨌든 사람들은 이런 가계도를 통해 스스로를 더 잘 알 수 있다고 생각하지만, 사실 이건 한 번도 만난 적 없는 사람의 이름을 잔뜩 써놓은 나뭇가지일 뿐이란다. 예를 들자면 내가 아는 사람 중에 본인이 갈릴레오의 직계 후손이라며 엄청나게 자랑하는 사람이 있지. 또 어떤 사람은 자기 조상 중에 메이플라워호*에 탄 청교도가 있다고 으스댄단다. 둘 다 자신이 훌륭한 혈통을 타고났으니 대단한 사람인 것처럼 말하지만 사실은 아니야. 조상이 아무리 훌륭하다 해도 네가 중요하거나 똑똑한 사람이 되는 건 아니란다. 너를 너답게 만드는 건 조상이 아니야."

"그럼 나를 나답게 만드는 건 뭐예요?"

"네가 선택하는 것들이지. 네가 인생을 살아가는 방식이 너를 너답게 만든단다."

"하지만 많은 사람이 인생을 살아가는 방식을 스스로 결정하지 못해요. 노예처럼요."

"뭐, 그것도 사실이구나."

아이의 말에 담긴 단순한 진리에 목사는 어쩐지 분해졌다.

둘은 잠시 조용히 앉아 있었다. 매들린은 전화번호부를 손가락으로 짚으며 훑어보았고, 목사는 기타를 사면 어떨까 생각했다. 그러다 먼저 입을 열었다.

"어쨌든 그 사람의 뿌리를 이해하려고 가계도를 본다는 건 그리 똑똑한 생각은 아닌 것 같구나."

매들린은 고개를 들고 그를 바라보았다.

---

* 1620년 잉글랜드인 102명을 북아메리카 대륙으로 수송한 선박으로, 그 배에 탄 이들을 가리켜 '필그림 파더스'라고 부른다.

"하지만 몇 분 전에 아저씨가 그랬잖아요. 내 조상이 누군지 알아보면 재미있을 거라면서요."

"맞아. 그런데 그건 내가 거짓말한 거야."

그의 고백에 둘은 그만 웃고 말았다. 저쪽에서 사서가 고개를 들더니 조용히 하라고 눈치를 주었다.

목사는 눈살을 찌푸린 사서에게 사과의 뜻으로 고갯짓한 다음 조용히 속삭였다.

"나는 웨이클리 목사란다. 장로교 제1교구 담당이야."

"나는 매드 조트예요. 아저씨 잡지랑 이름이 똑같아요."

매들린이 대답했다. 웨이클리는 '매드'라는 이름이 분명히 프랑스어일 거라 생각하고 조심스럽게 말했다.

"음, 매드. 만약 세인트 빈센트로 찾았는데 나오지 않으면 세인트 엘모Saint Elmo로 찾아보렴. 아니, 잠깐. 올 세인츠All Staints로 찾아봐. 성인을 한 명만 고를 수 없을 때 올 세인츠라는 이름을 붙이거든."

매드는 A 항목을 넘겼다.

"올 세인츠라고요. 올. 올. 올. 잠깐만, 여깄다. 올 세인츠 소년 보육원!"

하지만 아이의 탄성은 금세 그쳤다.

"주소가 없어요. 전화번호밖에 없어요."

"그러면 안 되니?"

"엄마가 장거리 전화는 누가 죽었을 때만 거는 거랬어요."

"음, 내가 사무실에서 대신 전화를 걸어줄게. 나는 언제나 장거리 전화를 걸거든. 교인을 돕고 있다고 말하면 되니까."

"또 거짓말하시는 거네요. 아저씨는 거짓말을 그렇게 많이 해요?"

"이건 선의의 거짓말이야, 매드."

그는 살짝 짜증이 났다. 내 일이 모순적인 걸 이해해 주는 사람이 정녕 아무도 없는 건가? 그는 뾰족한 목소리로 대꾸했다.

"아니면 그냥 해리엇이 말한 대로 아무 이름이나 가계도에 적으면 되잖니. 그건 별로 나쁜 생각이 아니야. 왜냐하면 과거는 그저 과거로 남겨두는 게 좋은 법이니까."

"왜요?"

"모든 게 말이 되는 건 과거뿐이거든."

"하지만 우리 아빠는 과거의 사람이 아니에요. 아빠는 여전히 내 아빠인데요."

목사는 조금 부드러운 목소리로 말했다.

"물론 네 말이 옳아. 그러니까 내 말은, 내가 올 세인츠 보육원에 전화해 주면 그쪽 사람들이 나와 이야기하는 걸 더 편하게 생각할 거라는 뜻이야. 우리는 같은 종교인이니까. 마치 네가 학교에서 반 아이들과 학교 이야기를 하는 게 더 편한 것처럼. 비슷한 이치지."

매들린은 깜짝 놀란 표정을 했다. 그는 학교에서 반 아이들과 이야기하는 게 편했던 적이 한 번도 없었다.

목사는 이제 이 일에서 아예 벗어나고 싶었다.

"아니면 어머니한테 전화를 걸어달라고 부탁하면 되겠구나. 어머니에겐 남편의 일이니까. 보육원에서도 분명히 도와주실 거야. 그쪽에서 뭔가 확실하게 도움이 되는 증명서 같은 걸 내주기 전에 결혼했다는 증거를 요구할 수도 있지만, 그거야 쉽게 해결되지 않겠니."

매들린은 그만 얼어붙고 말았다. 그러더니 재빨리 종이쪽지에 두 단어를 휘갈겨 썼다.

"다시 생각해 보니까요, 아저씨가 전화 좀 해주시는 게 좋겠어요. 이게 우리 아빠 이름이에요."

아이는 자기 집 전화번호를 마저 적은 다음 목사에게 건네주었다.

"언제쯤 전화해 주실 수 있어요?"

웨이클리 목사는 이름을 슬쩍 내려다보았다.

"캘빈 에번스?"

그는 놀라서 뒷걸음질을 쳤다.

하버드 신학대학을 다니던 시절, 웨이클리는 화학 강의를 하나 청강했었다. 청강 목표는 신학의 적진이라 할 과학계에서 창조를 어떻게 설명하는지 알아내 반박하려는 것이었다. 하지만 화학 강의를 1년 듣고 나자 오히려 곤경에 빠져버린 건 자신이었다. 새롭게 얻은 원자와 물질, 원소와 분자에 관한 지식 덕분에 이제는 하나님께서 세상을 창조하셨다는 믿음을 지키기가 어려워졌으니까. 하늘도 땅도 그분이 창조하신 게 아닌 것 같았다. 심지어 피자 한 판도.

5대째 목회자 집안 출신에다 세상에서 가장 권위 있는 신학대학에 다니는 웨이클리에게 그것은 참으로 큰 문제였다. 가족의 기대를 저버리는 것만이 문제가 아니었다. 과학 그 자체도 문제였다. 과학은 웨이클리가 앞으로 일할 분야에서 좀처럼 볼 수 없는 것을 끈질기게 요구했다. 바로 증거였다. 그 증거의 한가운데에 한 젊은이가 있었으니, 그의 이름은 캘빈 에번스였다.

그때 에번스는 RNA 연구원들로 구성된 학술 대회에 토론자로 참석하러 하버드에 왔다. 웨이클리는 토요일 밤에 별달리 할 일이 없었기에 학술 대회에 참석했다. 에번스는 토론자 중 단연 어렸고 말수도 극히 적었다. 그 자리에 있던 이들은 화학적 결합이 어떻게 형성되었다가 깨지는지, 그리고 또 어떻게 '효과적인 충돌'이라 불리는 현상에 의해 재형성되는지 전문 용어로 이야기했다. 솔직히 좀 지루했다. 토론자 중 한 명은 진정한 변화가 어떻게 운동 에너지의 작용을 통해서만 이루어지는지에 대해서만 계속 떠들어댔다.

그때 청중 하나가 비효율적인 충돌이 뭔지 예를 하나 들어달라고 했다. 에너지가 부족해서 절대로 변하지 않지만, 그런데도 영향력이 아주 큰 것에는 무엇이 있느냐는 것이었다. 그러자 에번스가 앞에 놓인 마이크에 대고 몸을 숙이더니 이렇게 말했다.

"종교입니다."

그런 다음 일어서서 자리를 떴다.

종교에 대해 에번스가 한 말은 웨이클리를 심하게 괴롭혔고 결국 웨이클리는 에번스에게 편지를 써서 자신의 심정을 이야기했다. 그런데 정말 놀랍게도 에번스가 답장을 보냈다. 웨이클리는 다시 에번스에게 편지를 보냈고, 에번스가 또 답장을 쓰는 식으로 이어졌다. 물론 두 사람은 동의하지 않았지만 그들은 분명히 서로를 좋아했다. 일단 종교와 과학이라는 장애물에서 벗어나자 둘의 편지가 사적인 내용으로 바뀐 것도 그래서였다. 이윽고 둘은 서로가 동갑일 뿐 아니라 공통점이 두 가지 더 있다는 걸 알아냈다. 바로 수상 스포츠를 광적이다시피 좋아한다는 점(캘빈은 조정을 했고 웨이클리는 서핑을 했다), 그리고 맑은 날씨에 집착한다는 점이었다. 게다가 둘 다 여자친구가 없었으며 둘 다 대학원을 싫어했다. 또한 졸업 후의 인생이 어떻게 될지 확신이 없었다.

하지만 웨이클리는 자신이 아버지의 뒤를 어떻게 잇고 있는지에 대해 말하는 바람에 그만 모든 걸 망쳐버리고 말았다. 그는 에번스도 아버지의 뒤를 잇는지 궁금했다. 캘빈은 답장에서 대문자로 자신은 아버지가 밉다고, 아버지가 죽었으면 좋겠다고 썼다.

웨이클리는 충격을 받았다. 에번스가 아버지에게 깊은 상처를 받았다는 건 분명해 보였다. 이제껏 알아온 에번스의 모습에 따르면, 이 증오심은 분명 더없이 비정한 사실에 근거할 터였다. 바로 증오할 만한 이유가 있다는 것이다.

그는 에번스에게 몇 번이고 답장하려 했지만 그때마다 무슨 말을 해야 할지 알 수 없었다. 그에게 목사로서 무슨 말을 해줄 수 있단 말인가. 자신이 지금 '현대 사회에서의 위로의 필요성'이라는 제목의 신학 박사 논문을 쓰고 있다고? 차라리 아무 말도 하지 말자.

그리하여 둘의 펜팔은 끝났다.

그런데 졸업한 지 얼마 되지 않아 웨이클리의 아버지가 예기치 않게 세상을 떠났다. 그는 캘리포니아 커먼스로 돌아가서 장례식을 치른 다음 그곳에 정착하기로 했다. 그리고 아버지의 교구를 물려받은 다음 해변 옆에 단출하게 지낼 곳을 얻었다. 서핑은 그만두었다.

그곳에서 몇 년 지내던 웨이클리는 마침내 에번스도 캘리포니아 커먼스에 살고 있다는 사실을 알아냈다. 믿을 수가 없었다. 이 무슨 우연이란 말인가? 그런데 유명해진 옛 친구에게 다시 연락해 볼 용기를 미처 내기도 전에, 에번스가 기묘한 사고를 당해 죽고 말았다.

과학자의 장례식을 집전해 줄 사람이 필요하다는 소문이 퍼졌다. 웨이클리는 자원했다. 자신이 추앙하는 몇 안 되는 사람 중 하나에게 경의를 표해야겠다는 의무감이 들었다. 에번스의 영혼을 평안한 곳으로 인도하는 일을 어떻게든 돕고 싶었다. 게다가 웨이클리는 궁금했다. 장례식엔 누가 올까? 이 총명한 남자를 잃고 슬퍼하는 이는 누굴까?

정답은 어떤 여자와 개 한 마리였다.

매들린이 덧붙였다.

"혹시 도움이 될지도 모르니까 말해줄게요. 우리 아빠가 조정을 했다고 말해주세요."

웨이클리는 잠시 멈칫하며 유난히 길었던 관을 떠올렸다.

그는 묘지 옆에 서 있던 젊은 여자에게 정확히 무어라 말했는지 떠올리려고 애썼다. 마음이 매우 아프시지요, 라고 했던가? 분명 그랬을 것이다. 그는 장례식이 끝난 뒤 그녀와 대화해 볼 참이었지만, 마지막 기도를 하기도 전에 여자는 자리를 떴다. 그 뒤를 개가 바짝 따랐다. 나중에 그 여자를 보러 가야겠다고 생각했지만 사실 그녀의 이름도 사는 곳도 몰랐다. 솔직히 마음만 먹으면 찾기야 어렵지 않았겠지만 웨이클리는 나서지 않았다. 그녀를 보아하니 굳이 찾아가서 에번스의 영혼이 어쩌고저쩌고 하면 오히려 상황이 나빠질 것 같았기 때문이었다.

장례식이 끝나고도 몇 달 동안이나 웨이클리의 머릿속에서는 에번스의 짧은 삶이 계속 맴돌았다. 이 세상에 중요한 일을 하는 사람은 너무나도 적다. 세상을 바꿀 발견을 해낸 사람들 말이다. 그중에서 에번스는 미지의 틈새로 미끄러져 들어가 신학이 완전히 등 돌린 방식으로 우주를 탐험했던 사람이었다. 그리고 그 아주 짧은 시간

동안 자신이 바로 그 우주의 일부라고 느꼈던 사람이었다.

그때는 그때고 지금은 지금이다. 웨이클리는 목사다. 그에겐 과학이 필요 없었다. 웨이클리에게 정말로 필요한 것은 양 떼 같은 그의 교인들에게 점잖게 행동하라고, 서로에게 너무 못되게 굴지 말라고, 얌전하게 있으라고 한층 창의적으로 말할 방법이었다. 마음속으로 계속 의심하긴 했어도 결국 그는 목사가 되었다. 하지만 여전히 대단한 사람이던 에번스를 생각했다. 그런데 지금 에번스의 딸이라고 주장하는 소녀가 나타나다니. 하나님은 참으로 알 수 없는 방식으로 움직이시는구나.

"정확히 확인 좀 해보자. 지금 말하는 사람이 캘빈 에번스라면 5년 전에 교통사고로 죽은 분 말이니?"

"정확히 말하자면 목줄 때문에 죽었지만 네, 맞아요."

"아아, 하지만 좀 이상한 부분이 있구나. 캘빈 에번스에게는 아이가 없었어. 사실 에번스는……."

웨이클리는 주저했다.

"뭔데요?"

"아니야."

그는 재빨리 대답했다. 이 꼬마는 심지어 사생아구나. 그건 확실하다.

"그런데 이건 뭐니? 숙제가 더 있니?"

웨이클리는 매드의 공책에서 삐죽 튀어나와 있는 노란 신문기사 조각을 가리키며 물었다.

"가족사진도 가져가야 해서요."

아이는 아직도 개의 침이 축축하게 묻어 있는 신문기사 조각을 잡으며 말했다. 그러고는 마치 무엇과도 절대 바꿀 수 없는 보물인 것처럼 조심조심 들어 보였다.

"우리 가족이 모두 나와 있는 사진은 이것뿐이에요."

웨이클리는 종이를 조심스럽게 폈다. 캘빈 에번스의 장례식 기사였다. 사진 속에 그 여자와 개가 있었다. 웨이클리가 축복을 내린 바로 그 관이 입을 쩍 벌린 땅속으로 들어가는 광경을 여자가 바라보고 있는 사진이었다. 그들은 카메라를 등지고 있었지만 황폐한 심정만큼은 선연히 드러났다. 웨이클리의 온몸에 우울감이 덮쳐왔다.

"그런데 매드, 대체 이게 왜 가족사진이라는 거니?"

매들린은 엘리자베스의 등을 가리키며 말했다.

"음, 이게 우리 엄마고요."

다음으로 아이는 개를 가리켰다.

"이 애는 여섯시-삼십분이에요."

아이는 엘리자베스를 다시 가리키며 말했다.

"나는 바로 여기 엄마 안에 있어요. 아빠는 상자 속에 있어요."

웨이클리는 지난 7년간 사람들을 위로해 왔지만 이 아이가 아버지를 잃은 것을 너무나 무미건조하게 말하는 모습을 보자 정신이 아득해졌다.

그는 사진에 자신의 손도 찍혀 있다는 걸 알아채고 큰 충격을 받은 채로 말했다.

"매드, 내 말 잘 들으렴. 가족은 이런 나무 같은 가계도로는 표현할 수 없어. 사람은 사실 식물이 아니라서 그럴지도 모르지. 우리는 동물의 일종이니까."

그러자 매들린이 숨을 헉 들이쉬었다.

"맞아요. 내가 머드포드 선생님에게 말하려던 게 바로 그거예요."

웨이클리는 이 아이가 자신의 가족에 대해 설명하면서 얼마나 많은 슬픔을 견뎌야 할지 걱정되어 덧붙였다.

"사람이 나무였다면 우리는 좀 더 현명했을지도 몰라. 오래 살기도 했을 거고."

하지만 그 순간 캘빈 에번스가 그다지 오래 살지 못했다는 게 떠오르면서, 어쩌면 방금 한 말이 에번스가 별로 똑똑하지 못해서 단명했다는 의미로 들릴 수도 있겠다는 걱정이 들었다. 난 참 형편없는 목사로구나. 아니, 최악의 목사야.

매들린은 이 대답을 곰곰이 생각하는 듯하더니 이윽고 테이블 위로 몸을 숙였다. 그러고는 낮은 목소리로 말했다.

"웨이클리 아저씨, 이제 난 엄마를 보러 가야 해요. 하지만 궁금한 게 있어요. 아저씨는 비밀을 지켜줄 수 있나요?"

"지킬 수 있단다."

그는 아이가 엄마를 보러 간다는 뜻이 뭘까 궁금했다. 혹시 애 엄마가 아픈 걸까?

아이는 혹시 웨이클리가 또 거짓말을 하는 건지 확인하려는 듯 그를 빤히 바라보다가 의자에서 일어섰다. 그러고는 옆으로 다가와 그의 귀에 무언가를 열심히 속삭였다. 웨이클리는 놀라서 눈이 휘둥그레졌다. 그는 자기도 모르게 손을 모으고 아이의 귀에다 속삭였다. 이윽고 둘은 깜짝 놀라 서로에게서 멀찍이 떨어졌다.

"그게 그렇게 나쁜 건 아니에요, 웨이클리 아저씨. 정말로요."

매들린은 이렇게 말했다. 반면에 웨이클리는 아이에게 뭐라 해야 할지 알 수 없었다.

결합

"안녕하세요. 「6시 저녁 식사」의 진행을 맡은 엘리자베스 조트입니다."

벽돌색으로 윤곽을 그린 입술에 숱 많은 머리카락을 질끈 묶어 올려 HB연필로 고정한 머리를 한 채 허리춤에 손을 얹은 엘리자베스는 눈길을 들어 카메라를 똑바로 바라보았다.

"흥미로운 소식을 알려드리겠습니다. 오늘 우리는 세 가지 서로 다른 화학 결합을 공부할 겁니다. 바로 이온ionic 결합, 공유covalent 결합, 수소hydrogen 결합입니다. 왜 결합을 공부해야 할까요? 결합을 공부하면 인생의 가장 중요한 기초를 파악할 수 있기 때문입니다. 우리가 잠시 공부하는 동안 케이크가 오븐에서 구워질 겁니다."

캘리포니아 남부의 모든 집에서 여자들이 종이와 연필을 꺼냈다.

엘리자베스는 조리대 뒤에서 나와 이젤에 종이를 올려놓고 그림을 그려가며 설명을 시작했다.

"이온 결합은 '반대끼리 끌리는' 화학 결합입니다. 예를 들어 여러분이 자유 시장 경제에 대한 박사 논문을 쓴다고 칩시다. 하지만 여러분 남편은 돈을 벌기 위해 여기저기 차를 타고 돌아다닌다고 가정해보죠. 여러분과 남편은 서로 사랑하지만 아마도 남편은 보이지 않는 손*에 대해 들려줘도 별로 관심이 없을 겁니다. 그렇다 해서 남편을 비난할 수는 없습니다. 여러분도 보이지 않는 손이 자유주의의 쓰레기라는 걸 알고 있으니까요."

그녀는 방청객을 바라보았다. 다양한 사람들이 필기하고 있었고, 그중 몇몇은 "보이지 않는 손: 자유주의의 쓰레기"라고 적었다.

"여기서 말하고자 하는 바는, 여러분과 남편은 아주 다르지만 그래도 여전히 강하게 연결되어 있다는 겁니다. 괜찮습니다. 이온 결합도 그처럼 연결되어 있으니까요."

엘리자베스는 이젤에 얹은 종이 첫 장을 치웠다. 그러자 깨끗한 갱지가 드러났다.

그녀는 종이 위에 새로운 구조식을 그리며 말했다.

"어쩌면 여러분의 결혼은 공유 결합에 더 가까울지도 모릅니다. 그런 분들은 운이 좋은 겁니다. 둘이 서로 합쳐지면 더 좋은 것이 만

---

* 자유 시장 경제 이론의 창시자인 애덤 스미스의 이론이다. 수요와 공급에 따른 시장 가격 흐름의 자연스러운 효율성을 의미한다. 보이지 않는 손이 국가의 부와 사회의 복리후생을 보장한다고 『국부론』에서 주장했으나, 그 후 시장에만 의지해서는 효율적 자원 배분이 불가능해지는 '시장 실패'가 벌어졌기에 이 이론은 비판을 받게 되었다.

들어지는 강점을 가졌기 때문입니다. 예를 들어 수소와 산소가 결합하면 뭐가 나올까요? 물입니다. 더욱 널리 알려진 이름으로는 H_2O 라고도 합니다. 여러 면에서 공유 결합은 파티와 비슷합니다. 여러분이 파이를 만들고, 남편이 와인을 사 오면 파티가 더 즐거워지기 마련이죠. 아니면 저처럼 파티를 좋아하지 않는 분을 위해 달리 설명하면, 공유 결합은 작은 유럽 국가라고 볼 수도 있습니다. 말하자면 스위스 같은 곳 말이죠."

그녀는 이젤 위에 재빨리 썼다. "*알프스+튼튼한 경제=모두가 살고 싶어 하는 곳.*"

캘리포니아의 라호이아에 있는 어느 집 거실에서 아이 셋이 장난감 덤프트럭을 서로 가지고 놀겠다고 싸워댔다. 장난감 트럭의 망가진 차축은 산더미처럼 쌓인 다림질감 바로 옆에 놓여 있었다. 흔들리는 빨래 더미는 옆에 서 있는 자그마한 여자 쪽으로 쓰러질 것 같았다. 머리에 롤을 만 여자는 손에 든 수첩에 메모했다. *스위스. 이민 가자.*

엘리자베스는 또 다른 분자식을 가리켰다.

"이제 세 번째 결합을 보겠습니다. 수소 결합은 이 셋 중 가장 약하고 섬세한 결합입니다. 저는 이것을 '첫눈에 반한 사랑'이라고 부르겠습니다. 양쪽 다 그저 상대의 시각적 정보만을 근거로 끌리기 때문입니다. 예를 들어 여러분은 그 남자의 미소가 마음에 들어서 끌리고, 그 남자는 여러분의 머리카락이 마음에 들어서 끌릴 수 있습니다. 하지만 서로 이야기해 보니, 그 남자는 남몰래 나치즘을 추종하고 있었던 데다 여자들이 너무 불평이 많다고 생각하는 사람이라는 게 드러났습니다. 그럼 어떻게 될까요? 펑 하고 끝나는 거죠.

약한 결합은 이렇듯 깨지고 맙니다. 이게 바로 수소 결합입니다, 숙녀분들. 만약 뭔가가 진짜라고 믿기 힘들 정도로 좋아 보인다면, 대부분 생각처럼 진짜일 리 없다는 걸 화학적으로 알려주는 표식이라 할 수 있겠습니다."

엘리자베스는 조리대 뒤로 가서 칼을 든 다음 힘껏 휘둘러 거대한 노란 양파를 두 동강 내고서 선언했다.

"오늘은 치킨 팟 파이를 만들겠습니다. 시작합시다."

산타모니카에 사는 어느 여성은 열일곱 살 난 딸을 돌아보며 말했다.

"봤지? 내가 뭐랬어? 너랑 그 남자애는 그저 수소 결합일 뿐이야. 언제쯤 정신 차리고 이온 결합할 만한 남자를 잡을래?"

딸의 아이라인이 어쩌나 두껍던지, 그 위에 비행기도 착륙할 수 있을 것 같았다.

"걔랑은 그런 게 아니야."

"넌 대학에 갈 수 있어. 대단한 사람이 될 수 있다고!"

"걘 날 사랑한단 말이야!"

"그놈은 네 앞길을 막고 있어!"

"잠시 후 다시 뵙겠습니다."

카메라맨이 광고가 들어간다고 알려주자 엘리자베스가 말했다.

월터 파인은 PD 자리에 털썩 주저앉았다. 필 레벤스멀에게 엄청나게 굽실댄 끝에 조트와의 계약을 6개월 더 연장시켰다. 그러나 섹시함을 가미하고 과학 이야기는 빼라는 조건에 합의한 결과였다. 필은 이번엔 절대 봐주지 않겠다고 으름장을 놓았다. 그의 말에 따르면 방송국이 어마어마한 항의를 받고 있다고 했다. 월터는 방송 직전에 엘리자베스에게 그 이야기를 꺼냈다.

"우리는 좀 바꿔야 해요."

엘리자베스는 뭘 바꿔야 하는지 들을 때마다 곰곰이 생각하는 듯 사려 깊게 고개를 끄덕이며 듣다가도 결국에는 이렇게 대답했다.

"안 됩니다."

그런 사소한 것 말고도 문제는 또 있었다. 어맨다가 그 멍청한 가계도 그리기 숙제를 하면서 엄마와 최근에 함께 찍은 가족사진이 필요하다고 말했다. 엄마와 같이 사진을 찍지 않은 지 퍽 오래되었는데. 설상가상으로 그놈의 가계도는 자신과 딸애 사이의 생물학적 연관성을 가려야 한다고 줄기차게 주장하지 않는가. 애초에 존재하지 않았고 앞으로도 존재하지 않을 그 연관성을. 물론 어맨다에게 곧 진실을 밝힐 생각이기는 했다. 돼먹지 못한 어머니는 돌아오지 않을 것이며, 엄밀히 말해 우리는 아무런 사이도 아니라고 말이다. 입양된 아이도 진실을 알 권리는 있으니까. 다만 월터는 적당한 때를 기다릴 뿐이었다. 딸의 마흔 번째 생일쯤엔 괜찮지 않을까.

엘리자베스가 성큼성큼 다가오며 말했다.

"월터, 보험 회사 사람들에게 이야기 들었습니까? 알다시피 내일 방송에서는 연소를 주로 다룰 겁니다. 물론 내가 보기에 심각한 위험은 별로 없을 것 같지만 그래도…… 월터? 월터?"

그녀는 월터의 얼굴 앞에서 손을 흔들었다.

"60초 뒤에 시작합니다, 조트."

카메라맨이 말했다.

"추가로 소화기 두어 대를 곧바로 쓸 수 있게 준비해 둬도 좋을 겁니다. 다시 말하자면 나는 물과 거품을 사용하는 신형 소화기보다는 질소가 든 축압식 소화기를 선호하지만 내 생각이 그렇다는 거고 아무 소화기나 써도 상관없어요. 월터? 듣고 있어요? 대답해 봐요."

그녀는 눈살을 찌푸리다가 돌아서서 무대로 향했다.

"다음 쉬는 시간에 다시 이야기하죠."

월터는 엘리자베스가 무대로 돌아가서 계단을 오르는 모습을 지켜보았다. 파란 바지의 허리선 높이에 찬 벨트가 보였다. 아니, 바지를 입었어? 자기가 뭐라고 바지를 입어? 배우 캐서린 헵번이라도 돼? 레벤스멀이 보면 돌아버리겠군. 월터는 돌아서서 메이크업 담당자에게 손짓했다.

로자는 자그마한 스펀지를 잔뜩 들고서 말했다.

"무슨 일이시죠, 파인 씨? 뭐 필요하신 거라도 있으세요? 조트 씨 얼굴은 괜찮아요. 번들거리지 않잖아요."

그는 한숨을 쉬었다.

"번들거릴 리가 없지. 저 조명 아래에 30초만 있으면 스테이크도 익을 텐데 땀 한 방울 안 흘리는 사람이잖아. 어떻게 저럴 수 있지?"

"확실히 신기하긴 해요."

로자도 동의했다.

"여러분, 돌아왔습니다."

엘리자베스가 두 손으로 카메라를 가리키며 말하는 소리가 들렸다. 월터는 속삭였다.

"제발 평범하게 좀 해요."

엘리자베스는 집에 있는 시청자들에게 말했다.

"짧은 광고 시간 동안 여러분은 당근과 셀러리, 양파를 작고 제각

각인 형태로 자르셨으리라 생각합니다. 그러면 표면적이 넓어져서 양념이 쉽게 흡수되고 조리 시간이 단축됩니다. 지금은 이렇게 보일 겁니다."

그녀는 카메라 앞에 대고 팬을 톡톡 치면서 말했다.

"다음으로 염화나트륨을 넉넉하게 넣어주십시오."

월터가 씩씩댔다.

"그냥 소금이라고 하면 누가 죽이냐? 죽여?"

로자가 대답했다.

"저는 엘리자베스가 과학적인 말을 쓰는 게 좋아요. 듣고 있으면 왠지 몰라도 제가 유능한 사람이 된 기분이 든다니까요."

"유능해? 유능하다고? 아니, 그럼 늘씬하고 아름답고 싶은 건 어쩌고? 그리고 대체 저 바지는 어떻게 된 거요? 갑자기 바지가 어디서 나온 거야?"

로자가 물었다.

"파인 씨, 괜찮으세요? 뭐 먹을 것 좀 갖다드릴까요?"

"응, 청산가리 좀 갖다줘요. 먹고 확 죽어버리게."

엘리자베스는 몇 분간 각종 재료를 팬에 넣으면서 각 성분의 화학 구성이 어떻게 되어 있으며 또 어떤 화학 결합이 이루어지는지 설명했다.

그녀는 다시 카메라를 바라보며 팬을 톡톡 쳤다.

"자, 지금 우리가 만든 게 뭔가요? 바로 혼합물입니다. 두세 가지 순수한 물질의 조합이죠. 이 안에 있는 물질들은 각각의 화학적 특성을 유지하고 있습니다. 우리가 만든 치킨 팟 파이를 보면 당근과 완두콩, 양파와 셀러리가 섞여 있으면서도 각기 서로 다른 특성을 잃지 않고 있죠. 생각해 보세요. 잘 만든 치킨 팟 파이는 아주 효율적으로 기능하는 사회와 같습니다. 예를 들어 스웨덴이 그렇죠. 이 파이의 모든 채소가 각자의 자리를 차지하고 있습니다. 한입 먹었을 때 다른 재료가 특별히 더 도드라지는 법이 없다는 뜻입니다. 추가로 향신료, 그러니까 마늘이나 타임, 후추나 염화나트륨을 넣을 때마다 풍미가 생겨서 각 물질의 식감이 좋아질 뿐만 아니라 결과적으로 산도에 균형이 잡히게 됩니다. 사회에 대입해 보자면 어떤 것일까요? 바로 보육 지원이 그렇다고 할 수 있습니다. 물론 스웨덴에도 나름의 문제는 있을 겁니다. 그곳은 피부암 발생률이 높긴 합니다."

엘리자베스는 카메라맨의 신호를 받았다.

"그럼 잠시 광고 보시겠습니다."

월터는 놀라서 숨을 헉 들이쉬었다.

"저게 뭐야? 방금 뭐라고 했지?"

로자는 월터의 이마를 스펀지로 두드리며 대답했다.

"보육 지원요. 그건 정말이지 국민 청원으로 올려야 해요."

로자는 몸을 숙이고 월터의 이마에서 펄떡펄떡 뛰는 정맥을 바라보았다.

"저기요, 아세틸살리실산을 좀 갖다드릴게요. 그러면—"

"지금 뭐라고 했어요?"

월터는 스펀지를 확 치우며 씩씩댔다.

"보육 지원요."

"아니, 그거 말고—"

"아세틸살리실산요?"

월터는 쉰 목소리로 버럭 소리쳤다.

"아스피린이에요. 여기는 KCTV고, 우리는 그걸 아스피린이라고 불러요. 바이엘 사의 아스피린. 왜냐고? 바이엘 사가 우리 광고주니까. 우리 제작비를 대는 곳이라고. 이제 알겠어요? 자, 따라 해봐요. 아스피린."

"아스피린. 빨리 갖다드릴게요."

"월터?"

불쑥 위에서 엘리자베스의 목소리가 들려와 그는 깜짝 놀랐다.

"어우, 엘리자베스! 꼭 그렇게 살금살금 다가와야 해요?"

"살금살금 다가오지 않았습니다. 당신이 눈을 감고 있었어요."

"생각을 좀 하는 중이었어요."

"소화기 비치에 대해서 생각하는 중입니까? 나도 그랬는데. 그럼 세 개로 하죠. 두 개면 충분하지만 세 개가 있으면 어떠한 비극도 거의 완벽하게 사전 차단할 수 있을 겁니다. 99퍼센트까지요. 아니, 그보다 살짝 넘을 수도 있죠."

월터는 몸을 부르르 떨며 축축한 손바닥을 바지에 문질러 닦았다.

"맙소사, 이건 악몽인가? 그런데 왜 깨질 않지?"

"혹시 1퍼센트의 화재 가능성을 걱정하시는 건가요? 음, 그러지 않아도 돼요. 그 희박한 가능성은 지진이나 쓰나미 같은 신의 섭리에 달려 있어서, 아직 인간의 과학 기술로는 예측할 수 없어요."

엘리자베스는 이렇게 말하며 꼬여 있던 벨트를 곧게 폈다.

"월터, 사람들이 '신의 섭리'라는 말을 사용한다는 게 흥미롭지 않아요? 대부분의 사람들은 신이 어린 양이나, 사랑이나, 구유 속 아기 같은 존재라고 믿고 싶어 하면서도, 동시에 그런 자비로운 존재가 무고한 사람들을 매질하고 분노 조절 장애처럼 군다고 여기잖아요.

심지어 조울증 환자처럼 여기기도 하고요. 신과 비슷한 환자가 정신 병원에 입원한다면 아마 전기 충격 요법을 받을걸요. 난 그런 치료 법을 좋아하지 않아요. 전기 충격 요법은 아직도 검증되지 않은 면 이 많거든요. 하지만 신의 섭리와 전기 충격 요법에 공통점이 많다 는 것 역시 흥미롭죠? 폭력적이고 잔인하고—"

"60초 남았습니다, 조트."

"무자비하고 야만적이며—"

"오, 주여, 엘리자베스, 그만해요."

"어쨌든 그럼 소화기는 세 개로 합시다. 모든 여자는 화재 진압 방법을 알아야 해요. 불 끄는 방법부터 알아본 다음에, 진압이 안 되 면 질소 소화기 사용법으로 넘어가죠."

"40초 남았습니다, 조트."

"그런데 그 바지는 뭐죠?"

월터는 이를 악물고서 물었다. 어찌나 힘을 주었던지 말소리가 간 신히 흘러나왔다.

"무슨 말씀이시죠?"

"무슨 말인지 알 거 아니에요."

"이 바지가 마음에 듭니까? 당연히 그러시겠죠. 당신들은 항상 바 지를 입던데 이제 나도 왜 그런지 알겠습니다. 아주 편하네요. 걱정 마세요. 이건 다 월터 덕분이라고 말할 계획이에요."

"안 돼! 엘리자베스, 내가 대체 언제—"

그때 옆에 나타난 로자가 대화에 끼어들었다.

"여기 아스피린 가져왔어요, 파인 씨. 조트, 제가 빨리 얼굴을, 음, 좋아요. 이제 이쪽으로 돌려보실래요? 좋아요. 정말 대단하네요. 자,

이제 준비됐어요."

"10초 남았습니다, 조트."

카메라맨이 소리쳤다.

"월터, 어디 아픕니까?"

"그 가게도 숙제 봤어요?"

월터가 속삭였다.

"8초예요, 조트."

"월터, 얼굴이 창백해 보여요."

"그 가게도 봤냐고요."

월터가 간신히 말했다.

"그 가게에 가봤냐고요? 어디 인심 좋게 물건을 파는 가게가 있나
보죠?"

이렇게 대꾸한 엘리자베스는 무대로 다시 올라가 카메라를 향해
돌아섰다.

"자, 돌아왔습니다."

월터는 로자에게 쏘아붙였다.

"나한테 뭘 준 건진 모르겠지만 효과가 없어요."

"약효가 돌려면 시간이 걸려요."

"그 시간이 나한테는 없다고요. 술병 이리 줘요."

"이미 충분히 많이 드셨어요."

월터는 신경질 내며 병을 흔들었다.

"아, 그래요? 그런데 어쩌죠? 아직 여기 술이 남았는데요."

엘리자베스는 무대에서 계속 말했다.

"이제 스웨덴 같은 여러분의 치킨 팟 파이를 보시겠습니다. 앞서

여러분이 반죽해 두셨던 녹말과 지방질과 단백질 분자 구성물, 즉 파이 시트는 물 분자인 H_2O로 인해 화학적 결합이 가능해졌습니다. 그리하여 여러분은 안정성과 구조를 갖춘 완벽한 결혼 생활을 창조해 내신 겁니다."

그녀는 잠시 말을 멈추고는 밀가루 묻은 손으로 채소와 닭고기가 가득 찬 파이 시트를 가리켰다.

"안정성과 구조."

그녀는 다시금 말을 반복하며 방청객을 바라보았다.

"화학은 삶과 불가분의 관계를 이룹니다. 그 말에 따르면 화학은 바로 삶입니다. 하지만 여러분의 파이처럼 삶에는 튼튼한 토대가 필요합니다. 가정에서는 바로 여러분이 그 토대입니다. 그래서 여러분이 하는 일에는 엄청난 책임감이 필요합니다. 이토록 모든 것을 하나로 묶어주는데도 세상에서 가장 저평가되고 있지요."

스튜디오 방청객 중 몇몇 여자가 힘차게 고개를 끄덕였다.

"잠시 시간을 내 여러분의 실험물을 만끽해 보십시오. 여러분은 방금 우아한 화학적 결합을 이용해 파이 시트를 만들었습니다. 내용물을 지지해 주고 풍미를 올려주는 구조의 껍질이죠. 파이 속을 다시 한번 떠올리면서 스스로 질문해 보십시오. 스웨덴과 같은 이 파이는 무엇을 원하고 있나? 구연산? 넣을 수 있죠. 염화나트륨? 분명히 넣어야 할 겁니다. 성분을 잘 조절해서 넣어보십시오. 만족할 만큼 양념하셨다면 따로 두었던 파이 시트를 그 위에 이불처럼 덮은 다음 가장자리를 꾹꾹 눌러 닫으십시오. 그런 다음 파이 시트 윗면에 짧은 칼집을 내서 통풍구를 내십시오. 물 분자가 수증기로 변해 탈출할 공간이 있어야 하기 때문에 통풍구가 필요합니다. 이게 없으면 파이는 베수비오 화산처럼 폭발합니다. 산자락에 사는 사람이 죽지 않도록 하려면 항상 통풍구를 만드는 것을 잊지 마십시오.”

그녀는 칼을 들고 파이 시트 위에 짧은 선을 세 개 그었다.

“됐습니다. 이제 섭씨 190도의 오븐에 넣으십시오. 약 45분간 구우면 됩니다.”

그녀는 시계를 보고 말했다.

“시간이 약간 남은 것 같군요. 어쩌면 방청객 질문을 한 번 받을 수 있을 듯합니다.”

그녀는 카메라맨을 보았다. 그는 손가락으로 목을 긋는 시늉을 하면서 입 모양으로 “안 돼, 안 돼, 안 돼”라고 말하고 있었다.

“말씀하세요.”

그녀는 맨 앞줄에 앉은 여성을 가리켰다. 그녀는 뻣뻣한 머리카락 위에 안경을 올려놓고 굵은 다리에 압박 스타킹을 신고 있었다. 그녀는 일어서서 초조한 목소리로 말했다.

“저는 컨빌에 사는 조지 필리스 부인이에요. 올해 서른여덟 살이고요. 이 방송을 참 재미있게 보고 있다는 말씀을 드리고 싶었어요. 저는…… 얼마나 많은 걸 배웠는지 몰라요. 물론 제가 그리 똑똑하지는 않다는 건 알아요. 제 남편이 항상 그렇게 말하거든요.”

그녀는 부끄러움에 얼굴이 상기된 채로 말을 이어갔다.

“지난주에 말씀하셨잖아요. 삼투 현상이란 서로 다른 농도를 가진 두 용액 사이에 반투과성 막이 존재할 때, 농도가 낮은 용매가 농도가 높은 용매로 이동하는 현상이라고요. 그때 문득 든 생각이 있었는데요……. 혹시…… 그러니까…….”

“어서 말씀해 보세요.”

"그러니까요, 혹시 제 다리의 부종이 혈장 단백질의 불규칙한 삼투성 반사 계수와 잘못된 투수 계수가 결합해 생긴 부산물이 아닐까요? 어떻게 생각하세요?"

"아주 상세한 진단입니다, 필리스 부인. 어느 의학 분야에서 일하고 계십니까?"

그러자 여자는 당황했다.

"아, 아뇨, 저는 의사가 아녜요. 그냥 가정주부예요."

"세상에 그냥 가정주부란 없습니다. 가정주부 일 말고 또 무엇을 하시죠?"

"아무것도 안 해요. 취미가 좀 있지만요. 저는 의학 잡지를 즐겨 봐요."

"흥미롭군요. 그리고 또 뭘 하시죠?"

"바느질요."

"옷을 만드시나요?"

"아뇨. 정확히 말하자면 상처를 꿰매요."

"봉합을 하신다는 말씀이신가요?"

"네. 아들이 다섯이거든요. 애들이 늘 몸에 상처를 달고 와서요."

"하지만 부인께서 다섯 아이들만큼 어렸을 때는 뭐가 되고 싶으셨는지 —"

"사랑받는 아내이자 어머니가 되고 싶었어요."

"아뇨. 진지하게 —"

"개흉 심장 수술을 하는 외과 의사가 되고 싶었어요."

그녀는 저도 모르게 불쑥 말했다.

스튜디오 안에 적막이 흘렀다. 그녀의 어처구니없는 꿈은 바람 한

점 없는 날의 물기 가득한 빨래처럼 공중을 떠돌았다. 개흉 심장 수술을 하는 외과 의사? 잠시 후에는 온 세상이 웃음바다가 될 것 같았다.

그런데 그때 예상치 못한 일이 벌어졌다. 방청석 저 끝에서 예상치 못하게 누군가 손뼉을 치기 시작했다. 혼자 치던 손뼉은 곧바로 둘이 되고, 셋이 되고, 열, 스물이 되어 잠시 후에는 스튜디오 안의 모든 사람이 발을 구르며 손뼉을 쳤다. 어떤 이는 "심장 전문의 필리스 박사님!"이라고 소리쳤고 우레와 같은 박수가 이어졌다.

여자는 그 소리를 뚫고 고집스럽게 말했다.

"아니, 아네요. 그냥 농담이었어요. 사실은 못 해요. 어쨌든 이젠 너무 늦었어요."

"너무 늦었다고 생각하는 때가 가장 빠를 때입니다."

엘리자베스도 고집스레 말했다.

"하지만 전 못 해요. 할 수 없어요."

"왜요."

"너무 어려우니까요."

"아들 다섯 키우는 건 안 어렵습니까?"

여자는 이마에 송골송골 맺힌 땀방울을 손끝으로 만지며 답했다.

"하지만 저 같은 사람이 어디서 공부를 시작하겠어요?"

"공공도서관에 가서 공부하십시오. 그다음엔 의과대학 입학시험을 보시고 의대에 입학하신 다음, 레지던트가 되십시오."

그 순간 여자는 엘리자베스가 자신의 말을 진지하게 받아들였다는 걸 깨달은 듯했다. 그녀는 떨리는 목소리로 물었다.

"정말로 제가 할 수 있다고 생각하세요?"

"염화바륨의 분자 질량은 얼마입니까?"

"208.23요."

"부인은 문제없이 할 수 있습니다."

"하지만 제 남편은—"

"그분은 운이 좋은 사람이지요. 어쨌든 오늘을 인심 좋은 날로 지정하겠습니다. 우리 프로그램의 PD가 어디 좋은 가게를 찾았는지 가보라고 하기에 문득 생각났어요. 좋은 가게는 인심이 좋은 법이죠. 부인의 거침없는 미래를 지지하는 의미로 오늘 제가 만든 치킨 팟 파이를 드리겠습니다. 자, 어서 올라와서 받으세요."

우렁찬 박수 속에서 올라온 부인은 결연한 표정을 짓고 있었다. 엘리자베스는 그녀에게 포일 덮인 파이를 주며 말했다.

"이제 끝낼 시간이 되었습니다. 그러면 여러분, 내일 다시 채널을 고정하셔서 부엌 세계 탐험을 다 함께 계속해 봅시다."

이제 엘리자베스는 카메라를 똑바로 바라보았다. 그 눈빛은 컨빌에 사는 조지 필리스 부인의 다섯 아들이 TV 앞에 모여앉아 엄마를 생전 처음 보는 사람처럼 눈을 커다랗게 뜨고 입을 쩍 벌린 채 바라보고 있을 장면을 이미 예상한 듯했다.

"그럼 얘들아, 상을 차려라. 너희 어머니는 이제 자기만의 시간을 가져야 한다."

99퍼센트

일주일 뒤 엘리자베스는 조심스럽게 말을 꺼냈다.

"매드, 머드포드 선생님이 오늘 엄마가 일하는 곳으로 전화하셨어. 네가 가족사진을 잘못 가져왔다던데?"

매들린은 갑자기 무릎에 생긴 딱지를 열심히 쳐다보기 시작했다. 엘리자베스는 부드러운 목소리로 말했다.

"그 사진이 가계도에 붙어 있었다고 하시더라. 그런데 가계도에는 네가⋯⋯."

그녀는 적어둔 메모를 흘끗 바라보았다.

"네페르티티 왕비', 소저너 트루스'', 어밀리아 에어하트'''의 직계 후손이라고 쓰여 있었다던데. 무슨 말인지 알겠니?"

매들린은 천진난만한 얼굴로 고개를 들었다.

"잘 모르겠어."

"그 가계도 나무에 '요정 대모'라고 적힌 도토리도 있었대."

"응?"

"그리고 맨 밑에 누가 '인간은 동물이다'라고 써놨다는데. 밑줄도 세 번이나 그어서. 게다가 '인간 유전자 내부는 99퍼센트 동일하다'라고도 적혀 있었대."

매들린은 천장을 바라보았다.

"99퍼센트라니 말인데."

엘리자베스의 말에 매들린은 되물었다.

"뭐가?"

"99퍼센트는 틀렸어."

"하지만―"

"과학은 정확도가 중요해."

"그래도―"

"사실 동일성은 99.9퍼센트까지 올라갈 수 있어. 99.9까지."

그러더니 엘리자베스는 말을 멈추고 딸을 와락 껴안았다.

"이건 내 잘못이야, 우리 딸. 파이 π 말고는 너에게 소수점을 가르치질 못해서 그래."

그 순간 해리엇이 뒷문으로 들어오며 말을 걸었다.

- Nefertiti. 기원전 14세기 초의 이집트 왕비.
- Sojourner Truth. 미국 흑인 해방 운동가로, 남북전쟁 당시 여성 선거권과 노예 제도 폐지를 주창했다.
- Amelia Mary Earhart. 여성 최초로 대서양 횡단 비행에 성공한 조종사.

"방해해서 미안한데요, 전화 온 게 있어서요. 이걸 주고 간다는 걸 깜빡했네."

그녀는 엘리자베스 앞에 메모 목록을 두고는 돌아섰다. 엘리자베스는 목록을 보다 말했다.

"해리엇, 이게 뭐예요? 제1장로교구 목사?"

그러자 엘리자베스의 품에 안긴 매들린의 머리가 쭈뼛 섰다.

"들어보니 교회 전도 전화 같던데요. 매드를 바꿔달라더라고요. 분명 잘못 만든 명단을 보고 전화했겠죠. 어쨌든 이건 꼭 봐줬으면 좋겠어요.《LA타임스》에서 온 전화예요."

그녀는 목록을 톡톡 두드리며 말했다.

"내가 일하는 데로도 전화가 왔더라고요. 날 인터뷰하고 싶대요."

"인터뷰라니!"

"그럼 엄마 또 신문에 나와?"

매드는 걱정스러운 기색으로 말했다. 매드의 가족은 이미 신문에 두 번 났었다. 한 번은 아빠가 돌아가셨을 때, 또 한 번은 아빠의 묘비가 산탄총에 맞아서 박살 났을 때였다. 둘 다 좋은 일은 아니었다.

"아니야, 매드. 날 인터뷰하고 싶다는 사람은 과학 기자가 아니야. 여성란 담당 기자란다. 나한테 이미 밝혔어. 화학엔 관심 없고 저녁 식사에 대한 기사를 쓰고 싶다고. 딱 봐도 그 두 가지를 분리해서 생각할 수 없다는 걸 이해 못 한 거지. 그리고 그 사람이 상관할 바도 아닌데 우리 가족에 관해서 묻고 싶어 하더라."

엘리자베스의 말에 매들린이 물었다.

"왜 물어보면 안 돼? 우리 가족이 뭐 잘못했어?"

식탁 아래에서 여섯시-삼십분이 고개를 들었다. 개는 매드가 자기 가족에 뭔가 문제가 있다고 생각하는 상황이 싫었다. 네페르티티 왕비를 비롯한 여러 사람을 가계도에 적은 건, 매드의 서글픈 소망이기도 했지만 엄밀히 말하자면 사실이기도 했다. 모든 인간은 같은 조상을 갖고 있기 때문이다. 어째서 머드포드 선생님은 그걸 모를까? 여섯시-삼십분은 개인데도 잘 아는데. 그건 그렇고 혹시 누가 궁금해할까 봐 말해주자면, 방금 '일기'라는 새로운 단어를 배웠다. 일기란 인간이 가족과 친구에 대해서 아주 악랄한 글을 써놓고 제발 그들이 보지 말아주십사 신에게 비는 것이었다. '일기'까지 합쳐서 개는 이제 648개의 단어를 알게 되었다.

"그럼 둘 다 아침에 봐요."

해리엇은 이렇게 소리치고는 문을 쾅 닫고 나갔다.

"엄마, 우리 가족에 무슨 문제가 있어?"

매들린이 다시 물었다. 엘리자베스는 식탁을 치우면서 날카로운 목소리로 말했다.

"아무 문제 없어. 여섯시-삼십분, 나랑 같이 흄후드를 켜자. 탄화수소 증기로 설거지를 해보고 싶어."

"아빠 이야기 해줘."

매드의 말에 그녀는 갑자기 애정이 깃든 얼굴로 입을 열었다.

"이미 다 이야기해 주었는걸, 우리 딸? 아빠는 아주 총명하고 정직하고 사랑 넘치는 남자였단다. 그리고 훌륭한 조정 선수이자 뛰어난 화학자였어. 아빠는 너처럼 키가 크고 눈동자가 회색이었고 손도 아주 컸어. 아빠의 부모님은 불행히도 기차 사고로 돌아가셨고, 고모님은 교통사고로 나무를 들이받고 돌아가셨지. 그래서 아빠는 보육원에서 자랐어. 그곳은……."

엘리자베스는 말을 멈췄다. 그러고는 종아리까지 오는 파랗고 하얀 체크무늬 원피스를 나부끼며 설거지 실험에 대해 재고해 보았다.

"매드, 부탁 하나만 들어줄래? 이 산소마스크를 써줘. 여섯시-삼십분아, 너한테는 고글을 좀 씌워야겠어. 자, 됐다."

그녀는 아이와 개에게 장비를 씌우고 끈을 조절해 주었다.

"어쨌든 그다음에 너희 아빠는 케임브리지로 가서─"

"오육언 이야기 해줘."

매드는 마스크 너머로 우물우물 말했다.

"이미 말했잖아, 아가. 나는 보육원에 대해선 잘 몰라. 너희 아빠가 별로 이야기해 주고 싶어 하지 않았어. 그건 사생활이었어."

"사생활이야? 아님 비밀이야?"

매드는 마스크 너머로 다시 물었다. 그러자 엘리자베스는 단호하게 말했다.

"사생활이야. 살다 보면 가끔 나쁜 일이 일어나거든. 그게 인생이야. 보육원에 대해서는 너희 아빠가 이야기를 안 해줬어. 그 시절을 곱씹어 봤자 변할 게 없다는 걸 알았던 게 아닐까. 아빠는 가족 없이 자랐어. 믿고 의지할 부모도 없었고, 아이라면 누구나 받아야 할 보호와 사랑도 받지 못했어. 하지만 그래도 아빠는 버텼어. 나쁜 일을 겪었을 때 대처하는 제일 좋은 방법이 뭔지 아니?"

그녀는 귀에 꽂은 연필을 더듬으며 말했다.

"나쁜 일을 거꾸로 원동력으로 삼는 거야. 나쁜 일에 사로잡히는 걸 거부하렴. 맞서 *싸우렴*."

엄마의 말이 마치 전사의 말처럼 들려서 매들린은 걱정이 되었다.

"엄마, 혹시 안 좋은 일 있었어? 아빠가 죽은 것 말고 또?"

매들린은 이렇게 묻고 싶었다. 하지만 설거지 실험이 한창인 데다 입에 쓴 마스크 때문에 말소리도 웅얼거리는 것처럼 들렸고 거기다 전화벨까지 울리는 바람에 매들린의 질문은 묻혀버렸다.

잠시 후 엘리자베스는 전화를 받았다.

"네, 월터."

"혹시 내가 방해한 건 아닌지 —"

등 뒤로 심상치 않은 윙윙 소리가 들렸지만 엘리자베스는 딱 잘라 말했다.

"아뇨, 전혀 방해하지 않았습니다. 무슨 일이죠?"

"음, 두 가지 때문에 전화했어요. 첫 번째는 그 가계도 숙제 때문에요. 혹시나 —"

"맞아요. 그것 때문에 문제가 생겼어요."

그녀가 예상한 답을 내놓자 월터는 무척 침울한 목소리로 말했다.

"우리도 문제예요. 내가 가계도에 쓴 이름이 완전히 거짓말이라는 걸 애가 안 것 같아요. 혹시 당신도 그런 문제가 생겼나요?"

"아뇨. 하지만 매드가 수학적 오류를 범했어요."

월터는 말뜻을 이해하지 못해 가만히 있었다. 엘리자베스는 말을 이어갔다.

"나 내일 머드포드 선생님을 만나러 가야 해요. 소식 들으셨나 모르겠네요. 매드와 어맨다 모두 이번 가을 새 학기에 또 머드포드 선생님 반에 들어가게 됐어요. 그분이 1학년을 가르친다더라고요. 물론 '가르친다'라는 말에는 어폐가 있지만요. 이미 민원을 넣었어요."

"맙소사."

월터는 한숨을 쉬었다.

"두 번째는 뭐죠, 월터?"

"필 때문에요. 그러니까…… 필이 말이죠…… 기분이 안 좋대요."

"나도 그래요. 어떻게 그런 사람이 제작 책임자를 맡았죠? 앞날을 보는 눈도 없고 리더십도 없고 예의도 없는데. 게다가 방송국에서 일하는 여자들을 대하는 태도 역시 경멸받아 마땅해요."

월터는 속으로 생각했다. 몇 주 전 레벤스멀이 엘리자베스를 두고 이야기할 때 실제로 침을 뱉긴 했지.

"음, 나도 그분 성격이 보통이 아니라는 점에는 동의해요."

"성격 차원이 아닙니다. 인간 자체가 타락했잖아요. 이사회에 민원을 올릴 생각입니다."

월터는 고개를 저었다. 또 민원 타령이군.

"엘리자베스, 필도 이사회에 속해 있어요."

"음, 그래도 누군가는 그 사람의 행동이 어떤지 알아야 해요."

월터는 한숨을 쉬면서 대답했다.

"그렇죠. 당신도 이젠 알 거 아닙니까. 이 세상은 필 같은 인간 천지라는 걸. 우리는 그런 놈들과 잘 어울려 지내는 수밖에 없어요. 어떻게든 나쁜 상황을 이용해서 좋은 결과를 만들어내는 수밖에 없다고요. 왜 당신은 그렇게 못 하죠?"

그녀는 필 레벤스멀을 이용해야 할 타당한 이유가 뭐가 있는지 생각해 보았다. 그러나 하나도 떠오르지 않았다. 그때 월터가 화제를 바꾸었다.

"봐요, 나한테 좋은 생각이 있는데요. 필이 요즘 새로 광고주가 될 만한 곳을 꼬시고 있거든요. 수프 제조사인데요. 그래서 당신 방송에 수프를 사용하길 바라고 있어요. 캐서롤 같은 데 말이죠. 그러니까 거물 후원사를 따내자고요. 그러면 필도 우리를 좀 봐줄 것 같아요."

"수프 제조사라뇨? 나는 신선한 재료로만 요리하는데요."

"내 말을 들어주는 척이라도 하면 안 됩니까? 수프 한 캔만요. 다른 사람도 좀 생각해 보세요. 당신 방송에서 일하는 사람을 전부 생각해 보라고요. 우린 먹여 살려야 할 식구가 있단 말입니다, 엘리자베스. 우리는 모두 일자리를 지켜야 해요."

수화기 너머로 침묵이 흘렀다. 그녀는 월터의 말을 곰곰이 따져보는 듯했다.

"필을 직접 만나고 싶습니다. 상황을 바꿔봐야겠어요."

월터는 힘주어 거절했다.

"안 돼요. 그건 안 될 말이에요. 절대로 안 돼요."

엘리자베스는 날카롭게 숨을 내쉬었다.

"좋아요. 그럼 오늘이 월요일이니, 그 캔을 목요일에 가져오세요. 그걸로 뭘 할 수 있나 한번 보죠."

하지만 그 주에는 계속 안 좋은 일만 일어났다. 다음 날인 화요일에는 온 학교에 머드포드 선생님이 내준 가계도 숙제로 드러난 사실이 퍼졌다. 매들린은 혼외자고, 어맨다는 어머니가 없으며, 토미 딕슨의 아버지는 알코올 중독자라는 소문이었다. 물론 아이들은 별 신경을 쓰지 않았다. 그러나 머드포드 선생님은 흥분 어린 눈빛을 번득거리면서 비열한 바이러스처럼 그 정보를 먹어치운 다음 다른 엄마들에게 퍼뜨렸고, 엄마들은 그걸 한겨울 들판에 앉은 서리처럼 다시 널리 퍼뜨렸다.

수요일에는 누군가가 엘리자베스의 분장실 문 밑으로 모든 KCTV 직원의 월급 명세서를 밀어 넣고 갔다. 엘리자베스는 숫자를 빤히 바라보았다. 스포츠 뉴스 진행자가 내 출연료의 세 배를 받는다고? 그 사람의 방송 시간은 하루에 3분도 되지 않고, 가진 기술 이래봤자 경기 결과를 읽어주는 것뿐인데? 더욱 나쁜 것은 KCTV에는 수익 분배 시스템이라는 게 있는데, 남자 직원에게만 적용되는 제도라는 점이었다.

하지만 엘리자베스를 분노하게 만든 건 목요일 아침에 온 해리엇의 모습이었다.

엘리자베스는 방금 매들린의 도시락에 쪽지를 넣은 참이었다. 거기에는 "물질은 창조될 수도 파괴될 수도 없어. 재배열될 뿐이지. 한마디로 말하자면, 토미 딕슨 옆에 앉지 마"라고 쓰여 있었다. 식탁에 앉은 해리엇은 이상하게도 어슴푸레한 아침부터 선글라스를 쓰고 있었다.

"해리엇?"

엘리자베스는 보자마자 놀라서 물었다.

해리엇은 별일 아닌 듯한 목소리를 내려고 무척 애쓰면서 어젯밤에 슬로운 씨가 기분이 안 좋았다고 설명했다. 자신이 그가 보는 여자들 나오는 잡지를 몇 권 갖다 버렸고, 다저스가 경기에서 졌으며, 엘리자베스가 여성 방청객에게 심장 외과의가 되라고 격려한 게 마음에 들지 않아서였단다. 그가 빈 병을 해리엇에게 휘두르는 바람에 그녀는 사격장의 목표물처럼 쓰러졌다고 했다.

"경찰을 부르겠어요."

엘리자베스가 전화기에 손을 뻗었지만, 해리엇이 엘리자베스의 팔을 잡았다.

"하지 말아요. 그래봤자 소용없을 거고 난 그이에게 이런 식으로 만족감을 주고 싶지 않으니까요. 게다가 나도 핸드백으로 그이를 때렸어요."

"그럼 내가 당장 댁으로 갈게요. 슬로운 씨는 이런 행동이 용납되지 않는다는 걸 알아야 해요. 야구 방망이를 들고 갈게요."

엘리자베스는 이렇게 말하며 일어섰다.

"안 돼요. 그이를 공격했다가는 경찰이 그이가 아니라 당신을 잡아갈 거예요."

엘리자베스는 그 점을 생각해 보았다. 해리엇의 말이 옳았다. 턱에 힘이 들어가면서 오래전 마주했던 경찰관이 떠올랐다. 너무나 익숙한 분노가 느껴졌다. *그럼 후회는 안 한다 이거죠?* 라던 그 말. 그녀는 손을 머리 뒤로 뻗어 연필을 더듬었다.

"내 일은 내가 알아서 할게요. 그는 나를 겁준 게 아니에요, 엘리자베스. 날 혐오하는 거죠. 그 둘은 달라요."

엘리자베스는 그 기분이 뭔지 정확히 알고 있었다. 그녀는 허리를 굽혀 해리엇을 감싸 안았다. 두 여자는 이제껏 우정을 나눠오면서 신체 접촉은 거의 한 적이 없었다. 엘리자베스는 그녀를 꼭 안으며 말했다.

"난 해리엇을 위해서라면 못 할 게 없어요. 알고 있죠?"

해리엇은 놀라서 눈물이 그렁그렁해진 채로 엘리자베스를 바라보았다.

"음, 나도 그래요. 같은 마음이에요."

이윽고 해리엇이 마침내 물러서 눈물을 닦으며 약속했다.

"괜찮을 거예요. 그냥 내버려 둬요."

하지만 엘리자베스는 만사를 그냥 내버려 두는 사람이 아니었다. 5분 뒤 차를 타고 진입로를 빠져나가면서, 그녀는 머릿속으로 이미 계획을 세우고 있었다.

세 시간 뒤, 엘리자베스가 말했다.

"시청자 여러분, 안녕하십니까? 다시 뵙게 되어 반갑습니다. 이거 보이십니까?"

그녀는 수프 캔을 카메라에 가까이 갖다 댔다.

"이걸 쓰면 시간을 절약할 수 있습니다."

PD 자리에 앉은 월터는 고마운 마음에 숨을 들이쉬었다. 수프를 쓰고 있구나!

"여기에는 화학물질이 가득 들어 있습니다."

그녀는 수프 캔을 옆에 있는 쓰레기통에 휙 던졌다.

"사랑하는 사람들에게 이걸 많이 먹이면 결국은 죽게 될 겁니다. 그러면 더는 그들을 위해 요리할 필요가 없으니 시간을 잔뜩 절약할 수 있게 된다는 뜻입니다."

카메라맨은 어리둥절한 표정으로 월터를 바라보았다. 월터는 뭔가 중요한 약속을 잊었다는 듯 손목시계를 보더니 일어나 밖으로 나가더니 곧장 주차장으로 가서 집을 향해 차를 몰았다.

"다행히도 사랑하는 이들을 훨씬 더 빨리 죽일 방법이 여럿 있습니다."

그녀는 다양한 버섯 그림을 그려놓은 이젤로 다가가더니, 그중 하나를 두드리며 말했다.

"첫 시도를 하기에 버섯은 아주 좋은 재료입니다. 저라면 아마니타 팔로이데스, 알광대버섯을 선택할 겁니다. 이 버섯의 독성은 고온도 견뎌내서, 무해해 보이는 캐서롤 재료로 쓸 만할 뿐 아니라 독성이 없는 사촌 격인 초고버섯과 아주 비슷하게 생겼습니다. 그러므로 누군가를 이 버섯으로 죽인 다음 경찰 조사를 받게 되면 여러분은 멍청한 주부인 척하면서 실수로 독버섯을 썼을 뿐이라고 변명하시면 됩니다."

필 레벤스멀은 앉은 자리에서 사무실에 설치된 TV 패널을 올려다보았다. 지금 저 여자가 뭐라고 한 거지?

"독버섯의 가장 큰 장점은 매우 쉽게 여러 형태로 조리할 수 있다는 점입니다. 캐서롤 말고 버섯 부침 같은 것도 만들 수 있죠. 만약 옆집에 아내를 못살게 구는 남편이 살고 있다면 그걸 만들어다 옆집에 나눠주시면 어떨까요? 그런 인간은 이미 한쪽 발을 무덤에 넣고 있는 거나 마찬가지입니다. 그러니 나머지 발도 어서 무덤에 들어갈 수 있도록 도와주는 게 어떻습니까?"

그때 방청석의 누군가가 뜻밖의 웃음을 터뜨리며 박수를 보냈다. 그동안 카메라맨은 "아마니타 팔로이데스"라고 조심스럽게 쓰고 있는 많은 방청객 손을 재주껏 포착했다.

"물론 농담입니다. 사랑하는 사람을 어찌 독살할 수 있겠습니까. 당연히 여러분의 남편과 자녀는 훌륭한 사람이니 언제나 여러분께 다가와 얼마나 수고가 많으냐며 감사를 표하겠죠. 만일 여러분이 가정 밖에서 흔치 않은 일자리를 갖고 있다면, 여러분의 상사는 남자든 여자든 동일 노동에 동일 임금을 받도록 보장해 주는 공정한 분이겠고요."

이 말이 나오자 훨씬 더 큰 웃음과 박수가 터졌다. 엘리자베스가 조리대 뒤로 돌아갈 때까지도 박수갈채는 계속 이어졌다. 그녀는 초고버섯 바구니를 들어 올렸다. 물론 그게 정말 초고버섯인지는 알 수 없었다.

"오늘 밤에는 브로콜리 버섯 캐서롤을 만들 겁니다. 그럼 시작합시다."

그날 밤 캘리포니아에서는 아무도 저녁 식사에 손을 대지 않았다 해도 과언이 아니었다.

메이크업 담당자인 로자가 나가는 길에 말했다.

"조트 씨, 레벤스멀 씨가 7시에 보자고 하세요."

"7시요? 집에 갈 시각에 부르다니, 딱 봐도 그분은 자녀가 없으시군요. 그건 그렇고 월터 보셨습니까? 나에게 화난 것 같던데요."

"월터는 일찍 나갔어요. 있죠, 제 생각엔 엘리자베스 혼자서 레벤스멀 씨를 보러 가서는 안 될 것 같아요. 제가 같이 가드릴게요."

"난 괜찮아요, 로자."

"아니면 먼저 월터에게 전화해 보세요. 월터는 우리 중 누구도 레벤스멀 씨와 단둘이 만나게 두지 않거든요."

"알아요. 걱정 마세요."

엘리자베스가 말했지만 로자는 주저하면서 시계를 보았다.

"집에 가요. 별일 아닐 겁니다."

"그래도 먼저 월터에게 전화해 보세요. 레벤스멀 씨와 만난다는 걸 알려드리라고요."

로자는 이렇게 말한 다음 돌아서서 소지품을 챙기다 덧붙였다.

"그건 그렇고 오늘 방송 정말 마음에 들었어요. 재밌었어요."

엘리자베스 눈썹을 치켜뜨며 그녀를 올려다보았다.

"재밌었다고요?"

7시가 조금 안 된 시각, 내일 방송을 위한 메모를 마친 엘리자베스는 커다란 가방을 어깨에 메고 KCTV의 텅 빈 복도를 걸어 필의 사무실 앞에 선 다음 두 번 노크한 뒤 안으로 들어갔다.

"저를 보고 싶다고 하셨습니까, 필?"

레벤스멀은 거대한 책상 뒤에 앉아 있었다. 책상에는 서류 더미와 반쯤 먹다 남은 음식과 커다란 TV 네 대가 놓여 있었다. 담배 연기가 탁하게 떠도는 가운데 TV에서 으스스한 흑백 화면이 시끄럽게 떠들어댔다. 하나에는 연속극이, 또 하나에는 잭 러레인 방송이, 다른 하나에는 어린이 프로그램이, 그리고 마지막 TV 화면에는 「6시 저녁 식사」가 나오고 있었다. 엘리자베스는 이제껏 자신의 방송을 한 번도 본 적이 없었다. 스피커를 통해서 자신의 목소리를 들어본 적도 없었다. 지금 들려오는 소리는 끔찍했다.

"때가 됐군요."

레벤스멀은 짜증스럽게 말하며 정교하게 세공된 유리 재떨이에 담배를 비벼 껐다. 그러고는 엘리자베스에게 앉으라며 의자를 가리킨 다음, 문을 쾅 닫은 뒤 잠금장치를 눌렀다.

"7시에 보자고 하셨다 들었습니다."

"내가 말하라고 하기 전엔 조용히 해요."

그는 쏘아붙였다.

왼쪽에서 엘리자베스 자신의 목소리가 들렸다. 열과 과당의 상호

작용을 설명하는 소리였다. 그녀는 TV 세트 쪽으로 고개를 기울였다. pH$^{\bullet}$를 제대로 이해시켰나? 그래, 제대로 설명했네.

"내가 누군지 아나?"

그는 방 저편에서 대뜸 물었다. 하지만 TV 소리가 하도 시끄럽게 울려서 제대로 들리지 않았다.

"내눈지…… 를 아냐고요? 그게 뭡니까?"

그는 책상 뒤로 돌아와서는 더 큰 소리로 물었다.

"내가 누군지 아느냐고 물었어."

엘리자베스는 크게 말했다.

"필 레벤스멀이죠. 혹시 TV를 꺼도 되겠습니까? 말소리가 잘 안 들립니다."

"건방진 소리 마! 내가 누구냐고 물으면 내가 누군지 제대로 대답해야 할 거 아니야!"

엘리자베스는 잠시 당황했다.

"다시 말하자면 당신은 필 레벤스멀입니다. 제대로 확인하고 싶다면 운전면허증을 같이 확인해 보면 되지 않겠습니까."

레벤스멀은 눈을 가늘게 떴다.

"허리를 굽히세요!"

잭 러레인이 소리쳤다.

"다 함께 춤춰요!"

광대가 소리쳤다.

$\bullet$ 물의 산성이나 알칼리성의 정도를 나타내는 수치로서 수소 이온 농도의 지수다.

"난 당신을 사랑한 적 없어요."

간호사가 고백했다.

"산성 수치입니다."

자신의 목소리가 들렸다.

"나는 총괄제작자 레벤스멀 님이라 이 말이야—"

그때 엘리자베스가 가까운 텔레비전 스피커를 가리키며 말했다.

"필, 미안합니다만 난 저 소리를 참을 수가 없습니다."

그녀가 스피커 음량 조절기에 손을 뻗었다. 그러자 필은 고래고래 소리쳤다.

"내 텔레비전에 손대지 마!"

그는 벌떡 일어서서 서류철을 들고 책상 뒤에서 성큼성큼 걸어 나와 엘리자베스 앞에 딱 버티고 섰다. 다리를 삼각대처럼 넓게 벌린 필은 그녀의 얼굴 앞에 서류철을 흔들었다.

"이게 뭔지 알아?"

"서류철입니다."

"건방지게 굴지 마. 이건 「6시 저녁 식사」 방청객 설문지야. 광고 판매 결과와 닐슨 시청률 조사서도 있다고."

"정말입니까? 그렇다면 어디 한번—"

하지만 엘리자베스가 미처 보기도 전에 그는 서류철을 뒤로 휙 빼며 쏘아붙였다.

"당신이 이걸 본다고 뭘 해석할 수 있기나 해? 무슨 뜻인지 짐작 이나 하겠냐고."

그는 서류철로 자기 허벅지를 철썩 내리치고는 다시 성큼성큼 책상으로 돌아가 앉았다.

"내가 이 헛짓거리를 너무 오래 내버려 뒀지. 월터는 당신을 길들이지 못했지만 난 아니야. 일자리를 지키고 싶으면, 내가 정해주는 대로 입고 내가 원하는 대로 칵테일을 만들어. 그리고 제대로 된 대사로 저녁을 지어. 또—"

그는 말을 잇다 말았다. 엘리자베스의 반응, 아니 무반응 때문이었다. 그녀가 자리에 앉아 있는 모습은 마치 어린아이의 생떼가 그치기를 가만히 기다리는 부모 같았다. 필은 충동적으로 소리쳤다.

"아니, 다시 생각해 보니 당신을 잘라야겠어!"

그래도 엘리자베스가 아무런 반응이 없자 그는 벌떡 일어서서 TV 세트로 다가가 음량 버튼을 마구 돌려댔다. 그러다가 그만 노브 두 개를 부수고 말았다. 이어서 필은 고함을 터뜨렸다.

"전부 다 해고야! 당신도, 파인도, 너희가 만든 쓰레기 같은 방송을 돕고 손을 얹은 사람은 아무리 작은 역할이더라도 다 해고하겠어! 너희 전부 썩 꺼져!"

그는 숨을 씩씩 몰아쉬면서 의자에 털썩 앉았다. 그러고는 엘리자베스가 결국 할 수밖에 없는, 아니 해야만 하는 단 두 가지 반응이 나오기를 기다렸다. 울겠지? 사과하겠지? 둘 다라면 더 좋고.

조용해진 방 안에서 엘리자베스는 고개를 끄덕이고선 바지 앞섶에 진 주름을 폈다.

"오늘 방송에서 독버섯 이야기를 했다고 날 해고하려는 겁니까? 다른 방송 관계자들까지 해고하려는 이유가 그겁니까?"

필은 그토록 위협했는데 꿈쩍하지 않는 엘리자베스에게 경악하고 말았다. 그는 놀라움을 숨기지도 못한 채 힘주어 말했다.

"그래, 맞아. 전부 자를 거야. 바로 당신 때문에. 다들 실업자가 되는 거라고. 다 당신 때문에 끝장났단 말이야."

그는 의자에 털썩 앉아서 그녀가 굽실대기를 기다렸다.

"다시 정리해 보자면 나는 당신이 정한 옷을 입지 않고, 당신의 카메라에 대고 웃지 않았으며, 또한 '당신이 누군지' 모르기 때문에 해고되는 것 맞습니까? 당신 말을 더 풀어보자면, 「6시 저녁 식사」의 관계자를 모두 해고한다고 했는데, 그들은 그 외에도 네다섯 개의 방송에서 일하고 있습니다. 그렇다면 다른 방송에서도 이들이 갑자기 없어진다는 뜻입니다. 그렇게 되면 그 방송들도 전파를 타는데 차질이 생길 겁니다."

그녀의 논리가 너무나 명확해서 좌절한 필은 몸이 바짝 굳었지만 애써 손가락을 튕기며 말했다.

"스물네 시간이면 그 자리를 전부 새로 채울 수 있어. 아니, 그전에 다 끝낼 수 있어."

"그렇다면 당신은 방송이 성공했는데도 이런 최종 결정을 내린 거로군요."

"그래, 이게 내 최종 결정이야. 그리고 알아둬. 그 방송은 성공하지 못했어. 그게 중요한 거야."

그는 다시 서류철을 들어서 흔들어 보였다.

"매일 항의가 폭주하고 있다고. 당신이랑, 당신이 떠벌리는 의견이랑…… 당신이 지껄이는 과학 때문에. 광고주들이 광고를 끊어버리겠다고 협박하고 있어. 그 수프 제조사는 분명히 우리를 고소할 거야."

그 말을 듣자 엘리자베스는 기억이 나서 반갑다는 듯 손끝으로 책상을 두드렸다.

"광고주란 말이 나왔으니 말인데 광고 이야기를 하고 싶습니다. 역류성 식도염 치료제나 아스피린 광고는 왜 나오는 건가요? 이런 제품들이 나오면 방송에서 만드는 저녁 식사가 소화가 안 될 것 같다는 인상을 줍니다."

"소화가 안 되니까 넣는 거야."

필이 쏘아붙였다. 그는 이미 지난 두 시간 내내 제산제를 열 개나 씹어 먹었지만, 여전히 속이 더부룩했다.

"항의는 이미 몇 건 받았지만 시청자 팬레터에 비하면 아무것도 아닙니다. 나는 우리를 지지하는 편지를 받으리라고는 기대하지 못했습니다. 나는 사람들 사이에서 잘 적응하지 못했던 과거가 있습니다만, 필, 지금은 적응을 못 했기에 이 방송이 성공할 수 있었다는 생각이 들기 시작했습니다."

엘리자베스가 시청자 항의에 대해 인정했지만, 필은 계속 이렇게 우겨댔다.

"이 방송은 잘 안 되고 있어. 망했다고!"

대체 상황이 어떻게 돌아가는 거야? 왜 이 여자는 해고되지 않은 것처럼 당당하게 말하느냐고!

그녀는 침착하게 말을 이어갔다.

"적응하지 못한다는 느낌은 끔찍합니다. 인간이라면 누구나 소속 감을 느끼고 싶은 게 자연스러우니까요. 그건 생물학적 현상입니다. 그러나 사회는 우리가 소속감을 느끼기에는 적합하지 않은 곳처럼 느껴지죠. 내 말이 무슨 뜻인지 압니까, 필? 우리가 자신을 쓸모없는 잣대에 맞추려 하기 때문입니다. 바로 성별과 인종, 종교와 정치, 학연 등등, 심지어 신장과 체중도—"

"뭐라고?"

"반면 「6시 저녁 식사」는 인간의 공통점인 화학에 초점을 맞추고 있습니다. 비록 우리 시청자들이 이제껏 배워온 사회 규범, 즉 '남자는 이렇고 여자는 저렇다' 식의 케케묵은 관념에 저도 모르게 얽매여 있더라도, 우리 방송은 하나의 문화적 관념에 얽매이지 않고 사고하도록 격려해 주는 겁니다. 분별력을 갖추고 과학자처럼 생각하라고 말입니다."

필은 의자에 다시 앉았다. 그는 지는 느낌에 익숙하지 않았다.

"그래서 당신은 나를 해고하고 싶은 겁니다. 당신은 사회 규범을 강화하는 방송을 바라니까요. 그건 개인의 능력을 제한하죠. 이제 완벽하게 알겠습니다."

필의 관자놀이가 지끈거리기 시작했다. 그는 덜덜 떨리는 손으로 말보로 담뱃갑에서 담배를 한 개비 꺼내 불을 붙였다. 담배를 깊이 빠는 동안 잠시 사방이 고요해졌다. 빨갛게 불타는 담배 끝이 마치 아주 작은 모닥불처럼 자그맣게 타닥타닥 소리를 냈다. 그는 연기를 내뿜으며 엘리자베스의 얼굴을 바라보았다. 그러고서 좌절에 온몸을 떨면서 벌떡 일어나 호박색 위스키와 버번을 놓아둔 테이블로 성큼성큼 다가갔다. 술병 하나를 쥔 그는 두꺼운 술잔 맨 위까지 찰랑찰랑거리도록 술을 따른 뒤 목구멍에 곧장 털어 넣고 바로 한 잔 더 따라 마셨다. 그런 다음 필은 고개를 돌려 그녀를 바라보았다.

"여기엔 서열이라는 게 있어. 이제 그 서열이 어떻게 작동하는지 알려주지."

엘리자베스는 당황하지 않고 그를 바라보았다.

"공식적으로 알려주고 싶군요. 월터 파인은 결코 지칠 줄 모르는 태도로 내게 당신의 제안을 따르라고 말했습니다. 방송이 그보다 더 잘될 수 있고 더 잘되어야 *한다*는 걸 알면서도 내게 그렇게 지시했다는 말입니다. 나 때문에 월터를 징계하면 안 됩니다. 그는 좋은 사람이자 충직한 직원이니까요."

월터의 이름을 듣자 레벤스멀은 잔을 내려놓고 다시 담배를 피웠다. 그는 자신의 권위에 의구심을 제기하는 사람을 좋아하지 않았다. 하물며 여자가 그런 짓을 하는 건 봐줄 수도 없고 봐주지도 않을 작정이었다. 핀 스트라이프 슈트 재킷을 입은 그는 잠시 엘리자베스의 눈을 보더니 천천히 벨트를 풀기 시작했다.

"진작 이럴 걸 그랬네."

그는 허리에서 벨트를 쑥 뽑으며 말을 이었다.

"처음 봤을 때 기본 원칙부터 알려줄걸. 하지만 당신에게는 해고 전 면담 중 하나라고 해두지."

엘리자베스는 의자 팔걸이를 팔로 꾹 눌렀다. 그러고는 흔들림 없는 목소리로 말했다.

"가까이 다가오지 말기 바랍니다, 필."

그는 엘리자베스를 비열한 눈초리로 쳐다보았다.

"여기 책임자가 누군지 정말로 몰라서 이래? 모른다면 알려주지."

그는 아래를 슬쩍 내려다보고 바지 단추를 끄른 뒤 지퍼를 쑥 내렸다. 성기를 드러낸 채 비틀비틀 다가온 그는 그녀의 얼굴 앞에 그것을 휘청휘청 흔들어댔다.

엘리자베스는 이게 뭔가 싶어 고개를 저었다. 왜 남자들은 여자들이 남자 성기를 보면 꼼짝 못 하거나 무서워할 거라고 생각할까. 그녀는 허리를 굽히고 가방에 손을 뻗었다.

필은 탁한 목소리로 소리치며 그녀에게 몸을 날렸다.

"난 내가 누군지 알아! 그런데 넌 대체 뭐냐고!"

"난 엘리자베스 조트입니다."

그녀는 차분하게 대답하고는 새로 갈아둔 30센티미터짜리 식칼을 꺼냈다. 하지만 필이 그 말을 들은 것 같지는 않았다. 그가 완전히 기절해 버렸으니까.

제 3 1 장

쾌유 기원 카드

병명은 심장 마비였다. 심한 건 아니었지만 1960년대에는 아주 약한 심장 마비로도 많은 사람이 죽었다. 다행히도 필 레벤스멀은 살았다. 의사는 필이 3주간 입원해야 하며 퇴원 후엔 적어도 1년 동안 침대에 누워 꼼짝 않고 쉬어야 한다고 말했다. 출근은 어림도 없었다.

"당신이 구급차를 불렀다고요? 그럼 그 자리에 있었단 말예요?"

다음 날, 이제 막 소식을 들은 월터가 숨을 헉 몰아쉬며 물었다.

"네, 그랬죠."

엘리자베스가 말했다.

"어떻게 된 겁니까? 그가 바닥에 쓰러져 있었어요? 가슴을 부여

잡고? 숨을 헐떡이면서?"

"정확히 그렇지는 않았어요."

"그럼 대체 뭡니까?"

월터가 좌절감에 팔을 힘없이 벌리는 동안 엘리자베스와 메이크 업 담당자는 눈짓을 주고받았다.

"대체 어떻게 된 거냐니까요?"

"저는 잠깐 자리를 비켜드릴게요."

로자는 잽싸게 말하며 메이크업 박스를 챙겼다. 그녀는 자리를 뜨기 전에 엘리자베스의 어깨를 꾹 잡고서 말했다.

"언제나 존경해요, 조트. 정말 너무너무 존경해요."

월터는 이 모든 반응을 가만히 지켜보다가 겁에 질려 눈썹을 치켜떴다. 문이 닫히자 그가 초조한 목소리로 물었다.

"당신이 필의 목숨을 구했군요. 그것까지는 알겠어요. 정확히 어떤 일이 벌어졌던 겁니까? 하나도 빠짐없이 자세하게 말해봐요. 대체 당신이 왜 거기 있었는지부터. 7시가 넘어서 거기에 갔다고요? 말이 안 되는데. 말해봐요. 아무것도 빼놓지 말고."

엘리자베스는 의자를 돌려 월터를 마주 보았다. 올림머리에서 HB연필을 빼낸 다음 왼쪽 귀에 단단히 꽂고 이어서 커피 잔을 들고 한 모금 마신 다음, 입을 열었다.

"필이 나를 좀 보자고 했어요. 더는 기다릴 수 없다면서요."

월터는 공포에 찬 얼굴로 말했다.

"좀 보자고 했다고요? 하지만 내가 말했잖아요. 당신도 알죠? 예전에 분명히 말해뒀어요. 절대로 혼자서 필을 만나지 말라고요. 당신이 혼자 자기 앞가림을 할 수 없어서가 아니에요. 내가 당신 담당

PD니까 내가 가는 게 항상 더 나은⋯⋯."

그는 손수건을 들고서 이마에 대더니 목소리를 확 낮추었다.

"엘리자베스, 우리끼리 이야기지만 필 레벤스멀은 좋은 사람이 아니에요. 무슨 말인지 알죠? 믿을 만한 사람이 아니에요. 그 사람이 문제를 해결하는 방식이 있는데—"

"날 해고했어요."

월터의 얼굴이 새파래졌다.

"당신도 해고했어요."

"맙소사!"

"그리고 방송 관계자 전원을 해고했어요."

"안 돼!"

"당신이 나를 길들이지 못했다더군요."

월터의 얼굴은 이제 잿빛이 되었다. 그는 손수건을 꽉 움켜쥐고 말했다.

"날 좀 이해해 줘요. 내가 필을 어떻게 생각하는지 알잖아요. 그 사람 말엔 하나도 동의하지 않아요. 내가 당신을 길들인 적 있어요? 웃기지도 않는 소리. 내가 당신에게 그 우스꽝스러운 옷을 입으라고 강요한 적 있어요? 한 번도 없잖아요. 내가 당신에게 느끼한 대본대로 해달라고 빈 적 있어요? 음, 그런 적은 있네. 하지만 그건 내가 쓴 대본이라서 그런 거죠."

월터는 두 손을 하릴없이 저었다.

"봐요. 필은 나에게 2주의 말미를 줬어요. 2주 동안 당신의 터무니없는 진행 방식이 실제로 효과가 있다는 걸 증명하라고 했고요. 더 많은 팬레터와 응원 전화를 받고 더 많은 사람이 방청객 줄에 서는 걸, 다른 방송의 방청객을 다 합치고도 남을 만큼 사람들이 줄을 서는 걸 보여줘야 해요. 그래야 당신이 자리를 보전할 수 있어요. 하지만 내가 들어가서 무턱대고 '필, 당신은 틀리고 엘리자베스가 옳습니다'라고 할 수는 없다는 거 알잖아요. 그건 자살 행위예요. 절대 그럴 수는 없어요. 필을 상대한다는 건요, 그 사람 자존심을 달래주고 적절한 때를 봐가면서 그가 듣고 싶어 하는 말을 해준다는 뜻이에요. 내가 무슨 말 하는지 알죠? 당신이 그 수프 캔을 들었을 때, 난 우리가 제대로 합의했다고 생각했어요. 그런데 다들 보는 앞에서 그걸 독이라고 말하다니."

"그건 독이 맞아요."

"봐요, 나는 현실 세계에 살고 있어요. 이 세계에서는 돼먹지 못한 직업이나마 유지하려고 언행을 조심한다고요. 내가 작년까지 얼마나 많은 헛소리를 듣고 산 줄 알아요? 게다가 엘리자베스, 알고 있긴 해요? 우리 광고주들이 이제 광고를 끊을 거예요."

"필도 그렇게 말하더군요."

"그래요. 방금 들어온 소식도 있어요. 뭔지 알아요? 당신이 제아무리 정겹고 따스한 팬레터를 수없이 받는다 해도 광고주들이 '우리는 조트가 싫어'라고 말하면 끝이라고요. 그리고 필이 조사한 바에 따르면 광고주들은 당신을 싫어해요."

그는 주머니에서 손수건을 다시 쑤셔 넣은 다음 일어서서 종이컵에 물을 따랐다. 커다란 물병에서 꿀렁 소리가 났다. 월터는 그 소리를 들을 때마다 자신이 앓고 있는 위궤양이 생각나서 기분이 좋지 않았다.

"일단 어떻게 할지 생각할 동안 우리끼리만 알고 있자고요. 이 이야기를 얼마나 많은 사람이 알아요? 나랑 당신만 알고 있는 거죠?"

"우리 방송 관계자 모두에게 말했는데요."

"세상에."

"지금쯤이면 방송국 사람 모두가 알 거라고 해야겠군요."

"세상에."

월터는 이마에 손을 짚으며 다시 한탄했다.

"이런 제길, 엘리자베스, 대체 무슨 생각이에요? 해고당하면 어떻게 해야 하는지 몰라요? 해고당하면 말이죠, 첫째, 아무에게도 진실을 이야기하면 안 돼요. 복권에 당첨됐다고 하거나, 아니면 와이오밍에 있는 소 농장을 물려받았거나, 뉴욕에서 아주 좋은 일자리 제안이 왔다고 둘러대면서 나가야 한다고요. 둘째, 앞으로 어떻게 할지 좋은 생각이 나기 전까지는 술을 진탕 마시면 안 되고요. 제길, 그래요, 당신은 TV 업계 종사자들의 방식 따위 모르겠죠!"

엘리자베스는 다시 커피를 한 모금 마시고서 물었다.

"무슨 일이 일어났는지 듣고 싶지 않아요?"

그녀의 말에 월터는 불안해졌다.

"또 무슨 일이 있었어요? 뭔데요? 혹시 필이 우리 차를 압류한답니까?"

엘리자베스는 그를 똑바로 바라보았다. 평소에는 주름 하나 없이 매끈하던 그녀의 이마에 옅은 주름이 생겼다. 월터도 마찬가지로 이제 엘리자베스에게 주목했다. 마음이 편치 않았다. 그녀가 레벤스멀과 만났다면 가장 중요하게 생각해야 할 점을 완전히 간과하고 있었네. 게다가 엘리자베스는 그놈과 단둘이 만났잖아.

월터는 토할 것 같은 기분을 느끼며 물었다.

"말해봐요. 제발 말해줘요."

남자들이 다들 필 같을까? 월터가 보기에는 아니었다. 하지만 남자들이 필 같은 남자에 대해 무슨 조처를 한 적이나 있던가? 자기 자신은 그런 적이 있던가? 없었다. 물론 아무것도 안 했기에 수치스럽거나 비겁하게 느낄 수는 있겠다. 하지만 솔직히 말해서 누가 뭘 할 수 있겠나? 필 같은 인간과는 애초에 싸우지 말아야 한다. 그런 결과를 피하기 위해서는 그저 시키는 대로 고분고분 따르는 수밖에 없다. 다들 그렇게 생각해서 그렇게 행동한다. 하지만 엘리자베스는 달랐다. 월터는 덜덜 떨리는 손으로 이마를 짚었다. 줏대 없는 스스로가 속속들이 미워졌다.

"그놈이 무슨 짓을 했습니까? 그래서 저항했나요?"

월터가 속삭이자 엘리자베스는 의자에 고쳐 앉았다. 분장용 거울에서 빛이 반사돼 그녀 주위에 당당한 후광을 입혀주었다. 그는 두려운 마음으로 엘리자베스의 얼굴을 가만히 바라보았다. 화형당하기 직전의 잔 다르크가 이랬을 것 같네.

"필은 그러려고 했죠."

"맙소사! 안 돼! 이럴 수가!"

월터는 손에 든 종이컵을 우그러뜨리며 소리쳤다.

"월터, 진정해요. 하려다 실패했어요."

월터는 주춤거리다가 이내 안심했다.

"그 심장 마비 때문이었군! 그랬구나! 타이밍 한번 기묘하네요. 심장 마비라. 주님, 참으로 고마우셔라!"

엘리자베스는 어리둥절한 표정으로 그를 바라보다가 가방에 손을 뻗었다. 전날 밤 필의 사무실에 가져갔던 바로 그 가방이었다. 그러고선 어젯밤 꺼냈던 바로 그 30센티미터짜리 식칼을 꺼냈다.

"주님이 아니라 여기에 고마워해야겠죠."

월터는 숨을 헉 들이마셨다. 요리사들이 대개 그러듯 엘리자베스도 본인 칼을 쓰겠다고 주장했다. 매일 아침 칼을 가져온 다음 매일 저녁 도로 집에 가져갔다. 모두들 아는 사실인데 필만 몰랐다.

"나는 그자를 건드리지 않았어요. 본인이 혼자 쓰러졌죠."

그녀의 설명에 월터는 속삭여 탄식했다.

"아이고……."

"내가 구급차를 부르긴 했는데 당신도 알다시피 그 시간대는 차가 막히잖아요. 구급차가 아주 늦게 오더라고요. 그래서 기다리는 시간을 알차게 썼어요. 자, 이걸 봐요."

엘리자베스는 그에게 레벤스멀이 흘렸던 서류철들을 보여주었다. 서류의 내용을 보고 놀라는 월터를 바라보며 그녀는 설명을 이어갔다.

"프로그램 판매 제안서예요. 지난 석 달간 우리 방송이 뉴욕 주에서도 방영되고 있다는 거 알고 있었어요? 새로운 후원사의 제안도 흥미로운 게 몇 개 있어요. 필이 당신에게 한 말과는 다르게 후원사들은 어떻게든 우리 프로그램에 광고를 넣으려고 안간힘을 쓰고 있던걸요. 이 회사처럼요."

그녀는 RCA 레코드사의 광고를 톡톡 치며 말했다.

월터는 눈을 내리깔고 서류 더미를 가만히 바라보았다. 그러더니 엘리자베스에게 커피를 한 잔 달라고 손짓한 다음, 그녀가 건네준 커피를 쭉 들이켰다.

"미안해요. 이게 다 뭔가 싶어 정신이 없네요."

마침내 월터가 간신히 입을 열자 그녀는 초조하게 벽시계를 바라보았다.

"우리가 해고되었다는 걸 믿을 수가 없네요. 그러니까, 우리가 만든 프로그램이 대히트를 쳤는데, 이제 잘렸다는 건가요?"

엘리자베스는 그를 바라보더니 무슨 소리냐는 듯 천천히 말했다.

"아니에요, 월터. 우리는 해고된 게 아니라 책임자가 됐어요."

나흘 뒤 월터는 필이 쓰던 책상에 앉았다. 사무실에서 재떨이를 치웠고 페르시안 카펫을 걷어냈으며 전화기에선 중요한 전화가 끊임없이 울려댔다.

"월터, 당신이 바꿀 필요가 있다고 여기는 것만 바꿔요."

엘리자베스는 그가 총괄제작자가 되었음을 계속 상기시켰다. 월터가 책임져야 하는 상황에서 멈칫거릴 때마다 그녀는 단순하게 업무를 설명했다.

"당신이 옳다고 생각하는 것만 해요, 월터. 어렵지 않잖아요? 그런 다음에 다른 사람들에게 똑같이 말해줘요."

하지만 엘리자베스의 말처럼 쉽지는 않았다. 월터가 아는 경영 방식이란 오로지 협박과 조작뿐이었다. 본인이 늘상 *당해*온 방법이 그랬다. 하지만 그녀는 직원들이 존중받는다고 느낄 때 생산성이 더욱 높아진다고 믿는 듯했다. 아이고, 어쩜 세상 물정을 그토록 모를까!

우디초등학교 밖에서 머드포드 선생님과의 학부모 면담 차례를 기다리는 동안 그녀가 월터에게 말했다.

"그만 징징대요, 월터. 운전대를 잡고 조종하라고요. 어떡할지 정 모르겠으면 조종하는 척이라도 해요."

조종하는 척이라. 그건 할 수 있었다. 며칠 동안 월터는 일련의 거래를 이어갔고 「6시 저녁 식사」를 전국의 방송국에 팔았다. 그다음으로는 KCTV의 수익률을 두 배로 올릴 새로운 후원사들을 따냈다. 마지막으로는, 너무 무서워서 도망치고 싶은 마음이 굴뚝같았지만 방송국 전체 회의를 소집해서 모든 이에게 필이 심혈관 질환으로 실려 갔다는 사실을 알렸다. 엘리자베스가 필의 목숨을 구했으며 그런 '사고'가 있었지만 모두가 앞으로도 KCTV에서 의미 있는 역할을 해주기를 필이 무척 바라고 있다고도 말했다. 모든 소식 중에서 필의 심장 마비 소식이 가장 큰 박수를 받았다.

"그래픽 디자이너에게 쾌유 기원 카드를 만들어달라고 했어요."

월터는 거대한 카드를 들어 보였다. 카드에는 승리의 터치다운을 하는 필의 캐리커처가 그려져 있었다. 하지만 그림 속 필은 럭비공이 아니라 심장을 쥐고 있었다. 월터가 다시 보니 그림이 좀 이상한가 싶기도 했다.

"부디 시간 내서 여기에 이름을 적어주세요. 원하시는 분들은 한마디씩 쓰셔도 됩니다."

그날 느지막이 모두의 서명을 받은 카드가 돌아왔다. 월터는 자기 이름을 적으려고 카드를 펼쳤다가 다른 사람들이 뭐라고 썼나 슬쩍 보았다. 대부분 형식적으로 '쾌유를 빕니다!'라고 적었지만 안 좋은 문구도 드문드문 보였다.

레벤스멀 개새끼.

나라면 구급차 안 불렀어.

얼른 죽어라.

마지막 문구의 필체가 익숙했다. 필의 비서가 쓴 것이었다.

자신만 레벤스멀을 미워했을 리 없다는 걸 알고는 있었지만 이토록 많은 이들이 미워했을 줄은 몰랐다. 물론 충분히 이해할 수 있는 일이었지만 동시에 속이 뒤틀렸다. 월터 역시 PD로서 필과 한 팀을 이룬 일원이었다. 필이 자신의 주장을 밀어붙였던 상황에 월터 역시 책임이 있으며, 궁극적으로 그에 따른 피해를 입은 사람들을 방관해 온 책임을 져야 한다는 뜻이었다.

그는 펜을 들었다. 그날 네 번째로 엘리자베스 조트가 해준 단순한 충고, '옳다고 생각하는 일을 하라'는 충고를 따라서 한가운데에 커다란 글자로 이렇게 썼다.

계속 아프길 바랍니다.

그는 카드를 거대한 봉투에 넣은 다음 서류 바구니에 놓고 엄숙하게 다짐했다. 이제는 바뀌어야 한다. 바로 자신부터 말이다.

미디엄 레어

"엄마도 알아요?"

매드는 자기를 서둘러 크라이슬러에 태우는 해리엇에게 물었다. 새 학기가 시작되었고 예상대로 매드는 또 머드포드 선생님 반에 들어갔다. 해리엇은 아이가 하루쯤 학교를 빠져도 될 거라 생각했다. 아니, 한 20일쯤 빠지면 어떨까.

"어휴, 당연히 모르지! 네 어머니가 알면 우리가 이러고 있겠니?"

해리엇은 백미러를 조정 하면서 말했다.

"엄마가 화내지 않을까요?"

"모르면 괜찮아."

매드는 해리엇이 자기를 학교에서 빼내려고 쓴 학부모 확인서를 살펴보았다.

"엄마 서명을 아주 잘 따라 하셨네요. E랑 Z는 좀 이상하지만요."

해리엇은 짜증을 냈다.

"뭐, 학교에서 서명이 위조인지 아닌지 알아낸답시고 포렌식 기술자를 쓰지는 않으니 다행이지."

"네, 정말 다행이에요."

매드는 고개를 끄덕였지만 해리엇은 무시하고 말했다.

"우리 계획은 이래. 일단 다른 사람들처럼 줄을 서는 거야. 일단 방송국 안에 들어가면 곧바로 맨 뒷줄로 직행하자. 아무도 처음부터 뒷줄로 가지는 않거든. 우린 거기에 앉아야 해. 뭔가 잘못되면 곧바로 비상구로 나가야 하니까."

"하지만 비상구는 비상시에만 쓰는 건데요."

"그래. 네 어머니가 우리가 온 걸 알아채는 상황이야말로 비상사태 아니겠니."

"비상구에는 경보 장치가 있을 거예요."

"그래. 그러니까 더 좋지. 우리가 빨리 빠져나간다면 경보음이 울려서 네 어머니의 주의가 산만해지지 않겠니."

"정말 그래도 될까요, 해리엇? 엄마는 TV 스튜디오가 안전하지 않댔어요."

"말도 안 되는 소리."

"엄마가 진짜 그랬는데—"

"매드, 거긴 안전해. 배움의 터전이잖아. 너희 어머니는 TV에서 요리를 가르치는 분이고. 안 그래?"

"엄마는 화학을 가르쳐요."

매들린은 그녀의 말을 고쳐주었다.

"대체 우리에게 어떤 위험이 닥칠 수 있는데?"

해리엇이 묻자 매들린은 창문을 내다보며 말했다.

"방사능 과다 노출요."

해리엇은 크게 한숨을 쉬었다. 이 애는 점점 자기 엄마를 닮아가네. 애들이 자라면서 엄마를 닮아가는 거야 흔히 있는 일이지만 매드는 예상보다 훨씬 빠른 속도로 엄마를 닮아갔다. 해리엇은 매드가 다 자란 모습을 떠올려보았다. 아마 자기 애한테 이렇게 소리치겠지. '한 번만 더 말하면 천 번째잖니! 절대 분젠 버너를 방치하면 안 돼!'

"다 왔어요! KCTV예요! 와!"

매드가 갑자기 소리를 질렀다. 저 앞에 방송국 주차장이 보였다. 갑자기 아이의 표정이 시무룩해졌다.

"그런데요, 해리엇. 저 줄 좀 봐요."

"이런 제길."

해리엇은 주차장을 빙 둘러선 인파를 바라보며 욕설을 지껄였다. 수백 명이 모여 있었다. 대부분 땀으로 번들거리는 팔에 묵직한 핸드백을 든 여성이었지만 재킷을 벗어 손가락에 달랑달랑 건 남자도 수십은 되었다. 그들은 모두 지도나 모자, 신문 등으로 부채질을 해댔다.

"이게 다 엄마 방송을 보러 온 사람들이에요?"

매들린은 어안이 벙벙한 얼굴로 물었다.

"아니야, 아가. 방송국엔 다른 프로그램도 많아."

그때 주차 요원이 해리엇에게 정지 신호를 보냈다. 그는 매들린 쪽으로 몸을 기울이며 말했다.

"실례합니다, 부인. 표지판 못 보셨습니까? 주차장이 꽉 찼어요."

"좋아요. 그럼 어디에 주차해야 하나요?"

"혹시 「6시 저녁 식사」 보러 오셨습니까?"

"네."

그러자 주차 요원은 긴 줄을 가리키며 말했다.

"이런 말씀 드려서 죄송한데요, 거긴 못 들어갑니다. 저 사람들도 대부분 헛수고하고 있는 거예요. 사람들이 새벽 4시부터 줄을 서는 프로그램이에요. 방청객은 벌써 정해졌어요."

"뭐라고요? 전혀 몰랐어요."

해리엇이 소리치자 그가 대꾸했다.

"그 방송이 인기가 많아요."

해리엇은 주저했다.

"하지만 이 방송을 보려고 얘를 학교에서 조퇴까지 시켰는데요."

"죄송하게 됐군요, 할머니."

그는 이렇게 말하더니 차 안으로 고개를 숙였다.

"너한테도 미안하구나. 난 매일 많은 사람을 돌려보내는 게 일이란다. 재미있는 일은 아니야. 다들 항상 내게 마구 고함을 치거든."

"우리 엄마가 알았다면 좋아하지 않았을 거예요. 우리 엄마는 누구에게든 고함치는 걸 좋아하지 않거든요."

"너희 어머니는 참 좋은 분이로구나. 하지만 이만 돌아가 주겠니? 돌려보낼 사람이 잔뜩 있어서 말이야."

주차 요원의 말에 매드는 대답했다.

"알았어요. 그럼 부탁 하나만 들어주실래요? 아저씨 이름을 공책에 써주실 수 있어요? 아저씨가 여기서 일하기 힘들어한다고 엄마한테 말해주려고요."

"매드!"

해리엇이 씨근댔지만 주차 요원은 웃었다.

"내 이름? 하하, 이런 일은 또 처음이네."

해리엇이 미처 말리기도 전에 그는 매드에게서 공책을 받아 들었다. 공책은 큰 글자는 크게 쓰고 작은 글자는 작게 쓰도록 구획이 그어져 있었다. 그는 칸에 맞추어 조심스럽게 '시모어 브라운'이라고 썼다. 이름을 다 쓴 다음 공책을 덮던 주차 요원은 표지에 적힌 두 글자를 보자마자 느슨한 전선처럼 휘청였다.

"네 이름이 매들린 조트야?"

그는 믿을 수 없다는 눈빛으로 아이의 이름을 읽었다.

스튜디오는 어둡고 서늘했다. 굵은 선이 한쪽에서 반대쪽으로 쭉 가로지르고 있고, 양쪽에 자리 잡은 거대한 카메라들이 각각 돌면서 위에서 조명이 비추는 대상을 녹화했다.

"여기예요. 스튜디오에서 가장 좋은 자리죠."

월터 파인의 비서는 매들린과 해리엇을 지금 막 비운 맨 앞좌석 두 개로 안내하며 말했다.

"저기, 괜찮으세요? 우리는 사실 뒷자리에 앉으려고 했거든요."

해리엇의 말에 비서는 단호하게 대답했다.

"어머, 안 돼요. 뒷자리에 앉으셨다가 파인 씨가 알면 전 죽어요."

"이러나저러나 누가 죽기는 마찬가지군요."

해리엇이 투덜댔다. 하지만 매드는 자리에 앉으며 말했다.

"난 이 자리가 좋아요."

"생방송을 보는 건 집에서 TV로 보는 것과는 아주 다르단다. 그저 방송을 보는 게 아니라 참여하게 되는 거야. 그리고 조명 효과도 있어서 전혀 똑같지 않아. 자, 마음 놓고 여기 앉으렴."

해리엇은 어떻게든 자리를 옮기려고 다시금 말을 꺼냈다.

"엘리자베스 조트의 주의를 흩트리고 싶지 않아서 그래요. 우리를 봤다가 긴장이라도 하면 어떡해요."

그러자 비서는 웃었다.

"조트가 긴장을요? 그거 재밌는 얘기네요. 어쨌든 조트는 방청객을 볼 수 없어요. 조명이 너무 강해서 앞이 보이지 않으니까요."

"정말이에요?"

해리엇이 재차 물었다.

"정말이라는 데 제 세금과 목숨을 걸겠어요."

비서의 말을 들은 매드가 지적했다.

"사람은 언젠가 다 죽긴 하지만 모두가 세금을 내지는 않는데요."

"얘, 너 참 조숙하구나."

비서는 갑자기 짜증스러운 목소리로 대꾸했다. 하지만 매들린이 탈세에 대한 통계를 말하기도 전에 악단이 「6시 저녁 식사」의 주제곡을 연주하기 시작했고, 비서는 휙 사라졌다. 월터가 왼쪽 끝에 있는, 천을 씌운 의자에 앉아 있었다. 그가 고개를 끄덕이자 카메라가 제자리로 돌아가더니 헤드폰을 쓴 남자가 엄지를 치켜들었다. 연주가 끝나자 이윽고 고개를 높이 든 꼿꼿한 자세로 조명 받은 머리카락을 찬란하게 빛내며 대통령처럼 성큼성큼 연단으로 다가오는 익숙한 형체가 보였다.

매들린은 이제껏 엄마를 수도 없이 다른 각도에서 보아왔다. 아침에 일어나서 맨 처음 보는 모습으로 시작해서 잠들기 전 마지막으로 보는 모습은 물론이고 분젠 버너로부터 몸을 피하는 모습, 현미경을 들여다보는 모습, 머드포드 선생님과 마주한 모습, 콤팩트 파우더를 바라보며 눈살을 찌푸리는 모습, 샤워하고 나온 모습, 두 팔로 자신을 안아주는 모습 등 참 많은 모습을 보아왔다. 하지만 지금 같은 모습은 본 적이 없었다. 단 한 번도. 매드는 한껏 자랑스러웠다. *엄마! 우리 엄마!*

"안녕하세요. 「6시 저녁 식사」의 진행을 맡은 엘리자베스 조트입니다."

엘리자베스가 인사말을 했다.

비서의 말이 옳았다. 조명의 효과는 놀라웠다. 집의 저화질 흑백 TV로는 보이지 않던 것들이 환한 조명 아래에서는 거침없이 눈에 들어왔다.

"오늘 밤엔 스테이크를 만들겠습니다. 여러분은 고기의 화학적 구성을 탐구하게 될 겁니다. 특히 '결합수'와 '자유수'의 차이를 중점적으로 설명하겠습니다."

그녀는 커다란 등심을 들어 올리며 말했다.

"놀라실지도 모릅니다만 고기의 약 72퍼센트는 물입니다."

"상추와 비슷하네."

해리엇이 중얼거렸다. 그러자 엘리자베스가 말했다.

"상추와는 다릅니다. 상추에는 물이 더 많습니다. 96퍼센트나 되죠. 그렇다면 왜 물이 중요할까요? 물이야말로 우리 몸에서 가장 흔한 분자이기 때문입니다. 우리 몸의 60퍼센트는 물로 구성되어 있습니다. 우리 몸은 음식을 먹지 않고도 3주를 버틸 수 있지만, 물 없이는 사흘밖에 살 수 없습니다. 최대로 버텨봤자 나흘입니다."

방청객은 괴로운 기색으로 수군댔다.

"그러니 여러분이 몸에 에너지원을 주고 싶을 때는 먼저 물부터 떠올리셔야 합니다. 하지만 지금은 고기에 대해 알아보도록 하겠습니다."

그녀는 커다랗고 날렵한 칼을 들고 고깃덩이를 버터플라이 컷으로 자르는 것을 보여주며 스테이크에 함유된 비타민에 대해 설명하기 시작했다. 철분과 아연, 비타민B군이 신체에 작용하는 방식과 더불어 단백질이 인체 성장에 필수적인 이유에 관한 내용이었다. 다음으로는 근육 조직에 몇 퍼센트의 물이 자유 분자로 존재하는지 설명했고, 자유수와 결합수에 대해 해설하며 끝을 맺었다. 그녀는 자유수와 결합수의 정의가 아주 흥미롭다고 생각하는 듯했다.

엘리자베스가 설명하는 내내 스튜디오의 방청객들은 기침도 하지 않고 속삭이지도 않았으며 다리를 꼬았다 펴지도 않았다. 그나마 유일하게 들리는 소리라고는 펜으로 종이를 긁으며 필기하는 소리뿐이었다.

"그럼 잠시 광고 보시겠습니다. 채널 고정해 주시겠습니까?"

엘리자베스는 카메라맨의 신호를 보면서 말했다. 그러고는 칼을 내려놓은 다음 세트장에서 성큼성큼 걸어 나와 메이크업 담당자 앞에 잠시 멈추어 섰다. 담당자는 엘리자베스의 얼굴에 스펀지를 두드리고는 흐트러진 머리카락을 매만져 주었다.

매들린은 뒤돌아 방청객을 가만히 바라보았다. 그들은 엘리자베스 조트가 어서 다시 나타나기만을 초조하게 기다리며 앉아 있었다.

아이는 문득 따끔한 질투심을 느꼈다. 나의 엄마를 수많은 사람과 나누어 가져야 한다는 사실을 깨달은 것이다. 마음에 들지 않았다.

몇 분 뒤 다시 무대에 선 엘리자베스가 말했다.

"신선한 마늘 반쪽을 쪼개 스테이크에 문지르신 다음 염화나트륨과 피페린*을 양면에 뿌려주십시오. 그리고 버터에 거품이 일면 스테이크를 프라이팬에 넣으십시오."

엘리자베스는 뜨거운 주물 팬을 가리키며 말했다.

"반드시 버터에 거품이 일 때까지 기다려야 합니다. 거품이 난다는 건 버터의 수분이 끓어 날아가고 있다는 뜻입니다. 그게 중요합니다. 그래야 스테이크가 H_2O를 흡수하지 않고 지방질 위에서 구워지기 때문입니다."

스테이크가 지글지글 끓는 동안 그녀는 앞치마에서 편지를 한 장 꺼냈다.

"고기가 구워지는 사이 롱비치에 사는 나넷 해리슨 씨가 보내신 편지를 함께 읽어보고 싶습니다.

'안녕하세요, 조트 부인. 저는 채식주의자입니다. 종교적인 이유는 아니고요, 다만 살아 있는 생명체를 먹는다는 게 별로 좋지 않은 것 같아서요. 남편은 인체엔 고기가 필요하다면서 멍청한 생각 말라지만, 저는 동물이 우리를 위해 생명을 바치는 게 싫어요. 예수님도 우리를 위해 목숨을 바치셨지만 결국 그분께 어떤 일이 벌어졌는지 다

•   후추의 매운맛을 이루는 성분.

들 아시잖아요. 캘리포니아 롱비치에서 나넷 해리슨 부인 드림.'"

"나넷, 아주 흥미로운 주제를 꺼내셨군요. 우리의 식생활은 다른 생명체에게 영향을 미칩니다. 그렇게 따지자면 식물도 생명체입니다. 하지만 우리는 식물을 잘게 썰고 어금니로 으깨 식도로 강제로 집어넣은 다음 염산으로 가득 찬 위장에서 소화시키는 내내 식물이 여전히 살아 있다는 점을 생각하지 않죠. 다시 말해 저는 나넷에게 박수를 보내고 싶습니다. 먹기 전에 생각을 하시는 분이니까요. 하지만 오해는 마세요. 당신의 생명을 유지하기 위해서는 다른 생명체를 활발하게 섭취해야 합니다. 그건 피할 수 없는 현실입니다. 그리고 예수님에 대해서는 드릴 말씀이 없습니다."

엘리자베스는 몸을 돌려 팬 위의 스테이크를 쿡 찔렀다. 그러고는 카메라를 향해 붉은 육즙이 뚝뚝 떨어지는 고깃덩이를 들어 보였다.

"이제 광고 보시겠습니다."

해리엇과 매들린은 눈을 휘둥그레 뜨고 서로를 바라보았다.

"가끔 난 궁금해진단다. 대체 이 방송이 왜 인기가 있는 걸까?"

해리엇이 속삭였을 때 비서가 다시 돌아왔다.

"실례합니다, 여러분. 파인 씨가 잠깐 보자고 하시네요?"

질문이 아니었지만 그녀는 마치 질문하듯 말꼬리를 올렸다.

"절 따라오시겠어요?"

비서는 해리엇과 매드를 무대에서 데리고 나와 복도로 들어갔다. 복도를 쭉 내려가서 들어간 어느 사무실 안에서 월터 파인이 이리저리 서성이고 있었다. 벽에 TV 네 대가 일렬로 배치되어 있었는데 모두 「6시 저녁 식사」가 틀어져 있었다.

"안녕, 매들린, 이렇게 봐서 반갑기도 하지만 솔직히 놀랍구나. 지금 학교에 있을 시간 아니니?"

매드는 고개를 옆으로 슬쩍 기울였다.

"안녕하세요, 파인 씨."

그러고는 해리엇을 가리켰다.

"이분은 해리엇이에요. 여기 오자고 한 사람도 해리엇이에요. 나를 데려오려고 학부모 확인서를 위조했어요."

해리엇은 아이를 째려보았다.

월터는 해리엇과 악수했다.

"월터 파인입니다. 드디어 만나 뵙는군요. 매우 반갑습니다, 해리엇…… 슬로운 부인. 맞으시죠? 아주 좋은 분이라고 들었어요."

문득 그는 목소리를 죽이며 물었다.

"그런데 대체 무슨 생각으로 여길 오신 거죠? 만약 엘리자베스가 두 사람이 여기 있다는 걸 알면—"

"저도 알아요. 그래서 녹화장에서 뒷줄에 앉혀달라고 했어요."

해리엇이 대답하자 매드도 끼어들었다.

"어맨다도 오고 싶어 했지만 해리엇은 범죄를 더 저지르고 싶지 않았거든요. 문서 위조도 중범죄지만 유괴는 더—"

순간 월터가 매드의 말을 막았다.

"참으로 사려 깊으시군요, 슬로운 부인. 물론 두 분 다 아시겠지만 만약 제가 진행자였다면 얼마든지 오라고 했을 겁니다."

월터는 매들린을 보며 말했다.

"상황이 내 마음처럼 되지 않는단다. 너희 어머니는 너를 지키려고 그러시는 거야."

"방사성 물질에 노출이 안 되게 하려고요?"

아이의 질문에 월터는 머뭇거렸다.

"참 똑똑하구나, 매들린. 그러니 엄마가 널 유명세로부터 지켜주기 위해 못 오게 하는 거라고 말하면 무슨 뜻인지 분명히 알겠지?"

"모르겠어요."

"어머니는 네 사생활을 지켜주려고 그러시는 거야. 사람들은 세간의 주목을 받는 사람을 두고 이러쿵저러쿵 온갖 추측을 하니까. 그런 일이 없도록 널 지켜주시려는 거란다. 유명한 사람들이 겪는 일로부터 말이야."

"우리 엄마가 얼마나 유명한데요?"

월터는 손끝으로 이마를 만지며 말했다.

"우리 방송이 팔린 뒤로 네 어머니는 좀 유명해졌어. 이제는 시카고나 보스턴, 덴버에 사는 사람들도 너희 엄마를 보고 있지."

그때 엘리자베스가 TV에서 말했다.

"갖고 계신 칼 중 제일 날카로운 칼로 로즈메리를 잘게 썰어주십시오. 그러면 식물의 피해를 최소화해 과도한 전해액 누출을 방지할 수 있습니다."

"유명한 게 왜 나쁜 거예요?"

매들린의 물음에 월터가 대답했다.

"유명한 것 자체는 나쁜 게 아니야. 다만 유명해지면 놀라운 일도 같이 따라오는데, 그게 다 좋은 것만은 아니거든. 가끔 사람들은 너희 엄마 같은 유명인의 사생활을 알고 싶어 한단다. 그러면 자기들이 중요한 사람이 된 것 같은 기분이 들거든. 그러려면 너희 엄마에 대해 없는 이야기를 지어내야 해. 그런 이야기는 좋지 않은 내용일 때가 많아. 너희 엄마는 아무도 너에 대한 나쁜 이야기를 못 지어내게 하려고 그러는 거야."

"사람들이 우리 엄마에 대한 이야기를 지어내요?"

매들린은 깜짝 놀랐다. 조명 때문이야. 조명 때문에 엄마가 무적
처럼 보이는 거야. 그래서 방청객들이 엄마를 보고 싶어 하는 거야.
어서 자신을 존경하라고 요구하고 또 그 존경을 받아내는 여자. 다
른 모든 이처럼 나름의 결점이 있는데도 존경받는 여자. 매드는 자
신이 글을 잘 못 읽는 척하는 것과 비슷하다고 생각했다. 살아남기
위해서는 그럴 수밖에 없는 거다.

월터는 매드의 앙상한 어깨에 손을 얹으며 말했다.

"걱정 말렴. 자기 앞가림 잘하는 사람을 꼽으라면 단연 너희 어머
니잖니. 감히 엘리자베스 조트를 상대하겠다며 나서는 사람은 좀처
럼 없을 거야. 네 어머니는 그저 그런 인간들이 널 이용하지 못하게
하려는 거야. 알겠지?"

월터는 이제 해리엇을 바라보았다.

"슬로운 부인, 당신도 마찬가지입니다. 엘리자베스와 함께 있는
시간이 누구보다도 많으시잖아요. 분명 부인의 친구분들은 엘리자
베스 이야기를 듣고 싶어 하겠죠."

"저는 친구가 별로 없어요. 친구가 있다 해도 제가 알아서 잘 처
신했을 거예요."

"똑똑하시군요. 저도 친구가 많지 않답니다."

월터는 속으로 생각했다. 사실 친구는 엘리자베스 조트 한 명밖에
없었다. 그녀는 그냥 친구가 아니라 가장 좋은 친구였다. 물론 엘리
자베스에게 그렇게 말한 적은 없지만 그녀가 가장 좋은 친구라는 건
분명했다. 그래, 안다. 남자와 여자는 엄밀히 친구가 될 수 없다고 주

장하는 사람들이 잔뜩 있지. 하지만 그들은 틀렸다. 월터와 엘리자베스는 모든 것을 논의했다. 죽음과 섹스, 아이들 문제를 포함해 내밀한 것까지도. 게다가 그들은 친구처럼 서로를 지지했고 심지어 친구처럼 함께 웃기도 했다. 물론 엘리자베스는 자주 웃는 사람이 아니었지만. 프로그램의 인기가 점점 높아지는데도 그녀는 어느 때보다 우울해 보였다.

"너희 어머니가 우리를 발견하고 죄다 위산에 담가버리기 전에 여기서 나가는 게 어떻겠니?"

월터가 말했지만 엄마를 누구와도 나누고 싶지 않은 매들린은 다시 물었다.

"왜 우리 엄마가 이토록 인기가 많을까요?"

"왜냐면 생각한 바를 정확히 말하기 때문이야. 그런 사람은 아주 드물거든. 그리고 네 어머니가 만든 음식은 아주아주 맛있단다. 게다가 사람들은 다들 화학을 배우고 싶어 하는 것 같아. 묘한 일이지."

"생각한 걸 그대로 말하는 사람이 왜 드문데요?"

"그러면 뒤따라오는 결과가 있기 때문이야."

해리엇이 대신 대답하자 월터도 고개를 끄덕였다.

"그것도 아주 엄청난 결과가 따라오지."

구석에 있는 TV에서 엘리자베스의 목소리가 들렸다.

"오늘은 방청객 질문을 하나 받을 수 있을 것 같습니다. 네, 거기 연보라색 원피스 입으신 분, 말씀하세요."

어떤 여자가 활짝 웃으며 일어섰다.

"네, 안녕하세요. 저는 에드나 플래시스타인이라고 해요. 부인께서 음식에 감사하라고 하신 말씀이 정말 마음에 들어요. 궁금한 게 있는데요. 혹시 어떤 식전 기도문을 제일 좋아하나요? 너그러우신 주님께 감사드리는 기도 말이에요. 꼭 알고 싶어요! 고맙습니다!"

엘리자베스는 에드나를 좀 더 자세히 보겠다는 듯이 눈 위로 손 차양을 만들고서 말했다.

"안녕하세요, 에드나. 질문해 주셔서 고맙습니다. 그런데 대답할 말이 없군요. 저는 좋아하는 기도문이 없습니다. 사실 저는 식전 기도를 안 합니다."

사무실에 선 월터와 해리엇은 모두 창백해졌다.

"제발, 제발 아무 말도 하지 마."

월터가 속삭였지만 엘리자베스는 태연하게 말했다.

"저는 무신론자입니다."

"아아, 모두 어서 피해."

해리엇이 말했다.

"다시 말해 저는 신을 믿지 않습니다."

방청객들이 입을 떡 벌린 가운데 엘리자베스가 부연설명했다. 사무실에서 매들린이 꽥 소리를 질렀다.

"잠깐만요, 이게 이상해요? 신을 믿지 않는 것도 드문 일이에요?"

엘리자베스는 말을 이었다.

"저는 이 음식을 먹을 수 있게 만든 이들을 믿습니다. 농부와 수확자, 수송자 그리고 식료품 매대를 정리하는 분들이죠. 누구보다도 당신을 믿습니다, 에드나. 바로 당신이 가족에게 영양을 공급하는 음식을 만드니까요. 당신 덕분에 다음 세대가 번성하는 겁니다. 당신 덕분에 다른 이들이 살아갑니다."

그녀는 잠시 말을 멈추고 시계를 확인한 다음 카메라를 향해 몸을 돌렸다.

"오늘은 여기서 마치겠습니다. 내일도 함께 매혹적인 온도의 세상이 어떻게 풍미에 영향을 주는지 함께 탐구해 주시길 바랍니다."

이윽고 엘리자베스는 고개를 왼쪽으로 살짝 기울였다. 혹시 자신이 너무 나갔는지, 좀 더 세게 나가도 됐었는지 생각해 보는 듯했다. 그러고는 남다른 각오가 깃든 목소리로 말했다.

"얘들아, 상을 차려라. 너희 어머니는 이제 자기만의 시간을 가져야 한다."

몇 초 지나지 않아 월터의 전화기가 끊임없이 울리기 시작했다.

믿음

1960년에 텔레비전에 출연해서 신을 믿지 않는다고 말하는 사람이 있다면 다시는 방송에 출연하지 못할 각오를 해야 했다. 그 증거로 월터의 전화기는 후원사의 협박과 엘리자베스 조트를 해고하고 감옥에 보내든가, 돌로 쳐 죽이든가, 아니면 둘 다 하라는 시청자 항의로 불이 났다. 그런 항의는 소위 말해 하나님의 성도, 그러니까 관용과 용서를 말씀하시는 바로 그 하나님을 믿는 자들이 수행했다.

해리엇과 매들린을 옆문으로 슬쩍 10분 일찍 내보낸 월터가 입을 열었다.

"이런 제길, 엘리자베스. 세상에는 말하지 않는 쪽이 나은 것도 있어요!"

지금 둘은 엘리자베스의 분장실에 있었다. 그녀는 노란색 체크무늬 앞치마를 가느다란 허리에 단단히 맨 채였다.

"아무리 신념의 자유가 있다지만, 다른 사람에게 신념을 강요하면 안 되죠. 특히 전국구 방송에서 그러면 안 돼요."

엘리자베스는 깜짝 놀라 물었다.

"내가 다른 사람에게 내 신념을 강요했다고요?"

"내 말 무슨 뜻인지 알잖아요."

"에드나 플래시스타인이 대놓고 질문하기에 나도 대답한 것뿐이에요. 에드나가 신앙심을 표현하는 게 좋아 보였고, 나는 그녀의 권리를 기꺼이 받아들였는데요. 그렇다면 나도 똑같은 방식으로 말할 수 있어야죠. 세상에는 신을 안 믿는 사람도 많아요. 어떤 사람은 점성술이나 타로를 믿죠. 예를 들면 해리엇은 야찌*를 할 때 주사위에 입김을 불면 더 좋은 숫자가 나온다고 생각해요."

월터는 이를 악물었다.

"우리 둘 다 신이 야찌와 다르다는 걸 알잖습니까."

"그야 그렇죠. 야찌는 재미있으니까."

"우리는 이 발언을 한 대가를 치르게 될 거예요."

월터가 경고했지만 엘리자베스는 태연하게 대답했다.

"너무 그러지 마요, 월터. 믿음을 좀 가져보시죠."

믿음. 그것은 바로 웨이클리 목사의 전문 분야여야 했다. 하지만

•   주사위 다섯 개를 던져서 점수를 기록하는 보드게임.

오늘 그는 본인의 믿음도 잃어버릴 지경이었다. 몇 시간이고 징징대며 온갖 일에 온갖 사람 탓을 하는 교인들을 달랜 다음 사무실에 돌아오면 그저 혼자 있고 싶었다. 하지만 사무실에 와보니 타이핑 아르바이트생인 프래스크가 그의 책상에 앉아 그의 타자기 위에서 1분당 서른 단어의 속도로 느릿느릿 손을 놀리고 있었다. 눈길을 사무실 텔레비전에 고정한 채로 말이다.

웨이클리가 화면을 보자 어딘가 낯익은 여자의 희미한 형체가 나타났다. 그녀는 머리 뒤에 연필을 꽂은 채 말했다.

"여러분과 이 토마토에 공통점이 있다고 하면 못 믿으시겠지만 사실입니다. 그 공통점은 바로 DNA죠. 토마토와 여러분의 DNA는 60퍼센트까지 같을 수 있습니다. 이제 옆에 앉은 분을 보십시오. 어딘가 낯이 익은가요? 그럴 수도 있고 아닐 수도 있습니다. 여러분과 옆자리 사람 사이에는 여러분과 토마토 사이보다 훨씬 많은 공통점이 있습니다. 바로 두 분의 DNA가 99.9퍼센트 동일하다는 점이죠. 세상 모든 인간이 서로 그만큼의 동일한 DNA를 갖고 있습니다."

엘리자베스는 토마토를 내려놓고 이제 로자 파크스**의 사진을 들었다.

"그래서 저는 용감한 로자 파크스를 비롯한 민권 운동 지도자들을 지지합니다. 피부색에 근거한 차별은 과학적으로 터무니없을 뿐 아니라 대단히 무식하다는 표시이기도 합니다."

** Rosa Parks. '현대 인권 운동의 어머니'라 불리는 미국의 민권 운동가. 1955년 앨라배마주 몽고메리에서 백인 승객에게 자리를 양보하라는 버스 운전사의 지시를 거부하다 체포되었다. 이 사건은 인종 분리 저항 시위로 발전했으며, 마틴 루터 킹 목사가 참여하면서 아프리카계 미국인 인권 운동의 시발점이 되었다.

"프래스크 양?"

웨이클리가 불렀지만 그녀는 손가락을 들며 기다리라 했다.

"잠시만요, 목사님. 거의 다 됐어요. 자, 여기 설교문 받으세요."

프래스크가 타자기에서 종이를 휙 뽑았다.

엘리자베스의 목소리가 계속 들려왔다.

"무식한 사람이 그렇지 않은 사람보다 빨리 죽을 거라고 생각하
는 분도 있을 겁니다. 하지만 다윈은 무식한 사람들이 식사를 거르
는 법이 좀처럼 없다는 사실을 간과했습니다."

"이게 대체 뭡니까?"

"「6시 저녁 식사」요. 이 방송 한 번도 들어본 적 없으세요?"

TV에서 엘리자베스가 말했다.

"질문받겠습니다. 네, 거기 계신―"

"안녕하세요. 제 이름은 프랜신 러프트슨이고요, 샌디에이고에서
왔어요! 있죠, 부인께서 신을 믿지 않으신다 해도 저는 열렬한 팬이
라고 말씀드리고 싶어요! 궁금한 게 있는데요, 혹시 부인께서 추천
하시는 식이요법이 있을까요? 살을 빼야 한다는 건 아는데 솔직히
배고프고 싶지는 않거든요. 그래서 다이어트 보조제를 매일 먹어요.
알려주시면 고맙겠습니다!"

엘리자베스가 말했다.

"질문 고맙습니다, 프랜신. 하지만 제가 보기에 당신은 전혀 과체
중이 아닙니다. 잡지에 가득한 지나치게 마른 여자들의 이미지에 너
무 영향받지 마세요. 그러면 사기가 저하되고 자존감이 떨어집니다.
식이요법을 하고 다이어트 보조제를 먹는 대신……."

그녀는 잠시 말을 멈추더니 되물었다.

"제가 질문 하나 해도 되겠습니까? 혹시 방청객 중에 다이어트 보조제 드시는 분 있습니까?"

몇몇 사람이 불안해하는 기색으로 손을 들었다.

엘리자베스는 잠시 기다렸다.

그러자 방청객 대부분이 손을 들었다.

"다이어트 보조제는 끊으세요. 그건 암페타민입니다. 그런 각성제를 자꾸 먹다가는 정신 질환에 걸릴 수 있습니다."

엘리자베스가 명령했다. 프랜신은 이어서 대꾸했다.

"하지만 전 운동하기 싫어요."

"어쩌면 본인에게 맞는 운동을 못 찾아서 그럴 수도 있습니다."

"저는 잭 러레인 방송을 봐요."

잭의 이름을 듣자 엘리자베스는 눈을 감았다. 갑자기 피곤함이 몰려왔다. 그녀는 불쑥 말했다.

"조정은 어떻습니까?"

"조정요?"

엘리자베스는 눈을 뜨며 되풀이했다.

"네, 조정 말입니다. 조정은 신체와 정신의 모든 근육을 시험하려고 만든 잔인한 형태의 오락이죠. 주로 동트기 전에 하는데, 비를 맞으며 해야 할 때도 많습니다. 하다 보면 굳은살이 박이고 어깨와 가슴이 벌어지고 허벅지가 굵어집니다. 갈비뼈가 부러질 때도 있고 손에는 물집이 잡히죠. 조정을 하는 사람들은 가끔 혼잣말로 '내가 왜 이걸 하고 있지?' 하고 묻곤 합니다."

프랜신은 걱정스러운 목소리로 대답했다.

"어머, 정말 끔찍한 운동이네요!"

엘리자베스는 어리둥절한 표정이 되었다.

"제 말은 조정을 하면 식이요법과 다이어트 보조제 둘 다 필요 없다는 뜻이었습니다. 여러분의 영혼에도 좋지요."

"영혼요? 부인께서는 영혼 같은 건 안 믿으시는 줄 알았는데요."

엘리자베스는 한숨을 쉬었다. 그러고는 다시 눈을 감았다. 캘빈이 말했었지. *지금 너, 여자는 조정 못 한다고 말했어?*

프래스크는 텔레비전을 끄면서 말했다.

"나 저 사람이랑 같이 일한 적 있어요. 헤이스팅스에서요. 결국 우리 둘 다 해고됐죠. 정말로 엘리자베스 조트에 대해서 들어보신 적 없어요? 전국구 방송에 나오는데."

"저 사람도 조정을 하다니!"

웨이클리가 무척 놀라서 말하자 프래스크가 물었다.

"저 사람도라뇨? 또 누구 조정 하는 사람 아세요?"

웨이클리는 매들린이 공원에 데리고 온 커다란 개를 바라보면서 물었다.

"매드, 왜 너희 어머니가 텔레비전에 나오신다고 말하지 않았니?"

"아저씨도 아는 줄 알았어요. 다들 아니까요. 이제는 엄마가 신을 믿지 않아서 다들 알게 됐어요."

"신을 믿지 않는 건 괜찮아. 우리가 자유 국가에 사는 건 신을 믿지 않을 자유가 있다는 것을 뜻하니까. 믿음 때문에 다른 사람을 해치지 않는 한 사람들은 믿고 싶은 걸 얼마든지 믿어도 된단다. 게다가 나는 이제 과학이 종교의 한 형태라고 생각하고 있어."

매들린은 한쪽 눈썹을 치켜떴다.

"그런데 얘는 누구니?"

웨이클리는 개에게 자기 손 냄새를 맡으라고 내밀며 물었다.

"여섯시-삼십분이에요."

매드가 대답하는 사이 여자 둘이 큰 소리로 떠들며 옆을 지나갔다. 한 여자가 물었다.

"내가 잘못 알고 있는지도 모르겠는데, 실라, 무쇠 1그램의 온도를 섭씨 1도 올리는 데 0.11칼로리의 열이 필요하다고 엘리자베스가 그러지 않았어?"

그러자 다른 여자가 대답했다.

"맞아, 일레인. 그래서 내가 새 냄비를 사려는 거야."

여자들이 지나간 뒤 웨이클리가 말했다.

"이제 기억나는구나. 네 가족사진에 있던 개였어. 참 잘생겼네."

여섯시-삼십분은 남자의 손바닥에 머리를 들이밀었다.

'좋은 사람이군.'

"어쨌든 시간이 한참 지나서 내가 다 잊어버린 줄 알았지? 마침내 올 세인츠 보육원과 연락이 되었단다. 사실 우리가 처음 이야기를 나눈 뒤 여러 번 그곳에 전화했지만 주교님이 항상 자리에 없더구나. 오늘에야 그분 비서에게 연락이 닿았는데, 캘빈 에번스의 기록은 없다더구나. 우리가 보육원을 잘못 알았나 봐."

하지만 매드는 대답했다.

"아녜요. 거기가 맞아요. 저는 확신해요."

"매드, 천주교 관계자분이 거짓말을 할 것 같지는 않은데."

"웨이클리 아저씨, 세상에 거짓말 안 하는 사람은 없어요."

제 3 4 장

올 세인츠

"방금 뭐라고 하셨죠? 올 세인츠요?"

충격받은 주교가 다시 물었다. 때는 1933년이었고 주교는 스카치 위스키가 넘쳐나는 부유한 교구에 부임하기를 이제껏 바라왔다. 그런데 재수 없게도 아이오와주 한복판에 있는 지저분한 소년 보육원에 걸린 것이다. 그곳엔 백 명이 넘는 다양한 연령대의 아이들이 장차 범죄자가 되기 위한 교육을 받으며 살고 있었고, 주교는 그 애들을 볼 때마다 다음에 대주교를 조롱하고 싶을 때는 절대로 다 들리는 코앞에서 하지 않겠다고 후회했다.

대주교가 말했다.

"올 세인츠요. 훈육이 필요한 곳이지. 바로 당신처럼."

그는 대주교에게 말했다.

"사실대로 말씀드리면 저는 아이들을 잘 다루질 못합니다. 제가 재능을 발휘할 수 있는 대상은 과부나 매춘부들입니다. 시카고에 보내주시면 안 되겠습니까?"

주교는 애원했지만 대주교는 그의 말을 무시하고 대답했다.

"규율도 그렇지만 그곳에는 돈이 필요하오. 장기 후원금을 확보하는 일도 해야 할 것이오. 잘만 해낸다면 나중에 내가 당신을 위해 더 좋은 곳을 찾아줄 수도 있겠지."

그러나 그런 미래는 영영 오지 않을 것 같았다. 1937년 무렵까지도 주교는 돈을 뜯어낼 곳을 여전히 찾지 못한 상태였다. 그는 생산적인 일을 딱 하나 해냈으니, 바로 '이곳이 싫은 이유'라는 제목으로 다섯 가지 목록을 열 장짜리로 편집한 것이었다. 이곳 사제들은 삼류고, 음식은 끈적끈적하고 곰팡이가 폈으며, 소아성애자들이 있고, 정상적인 가족의 일원이 되기에는 너무 거칠거나 식탐 많은 남자애들이 끊임없이 밀려든다는 내용이었다. 아무도 원하지 않는 아이들이었다. 주교는 왜 그런지 속속들이 이해했다. 본인부터가 그 애들을 원치 않았으니까.

그들은 흔히들 하는 천주교 재정 사업을 통해 가까스로 보육원을 꾸려갔다. 셰리주를 팔고, 성경용 책갈피를 판매하고, 구걸하고 아첨하면서 돈을 얻어냈다. 하지만 정말로 필요한 건 대주교가 말한 장기 후원금이었다. 그런데 문제가 있으니, 부자들은 보육원엔 있을 수 없는 기부처에 주로 후원금을 내는 경향이 있었다. 대학교에 기금 교수를 세우거나, 학생에게 장학금을 주거나, 추모 기념 사업을 만드는 데 돈을 쓴다는 뜻이었다. 주교도 이와 비슷하게 말을 꾸며내 보육원에 후원금을 달라고 해보았지만, 후원자가 될 법한 사람들은 곧바로 제안에 담긴 치명적인 결함을 간파했다. "이런 데다 장학금을 요?" 그들은 코웃음치곤 했다. 교도소가 알고 보면 재활 시설이 아닌 것과 마찬가지로, 보육원도 알고 보면 학교가 아니었다. 아무도 들어가고 싶어 하지 않는 곳 아닌가. 기금 교수를 뽑겠다고 한다면? 이 역시 마찬가지다. 보육원에 딸린 학교에는 대학교에나 있는 전공 따위는 없다. 그러니 교수가 있을 리가. 추모 기념사업? 보육원 아이들은 아직 죽을 나이가 아니다. 게다가 모두가 어서 잊으려 하는 아이들을 기념하고 싶어 하는 사람이 어디 있겠는가?

그리하여 주교는 4년 뒤에도 여전히 옥수수 밭이 울창한 아이오와주 한가운데에서 버려진 아이들을 잔뜩 데리고 오도 가도 못 하는 신세였다. 아무리 기도해도 이 상황이 변할 리 만무했다. 주교는 시간을 흘려보내기 위해 어떤 아이가 가장 심한 말썽을 부리는지 순위를 매기곤 했다. 하지만 그조차도 시간 낭비였으니. 언제나 1등을 차지하는 아이는 똑같았다. 바로 캘빈 에번스였다.

이제는 훨씬 늙고 머리가 하얘진 주교에게 비서가 말했다.

"캘리포니아에서 그 목사님이 또 캘빈 에번스에 대해 물어볼 것이 있다며 전화했어요. 저는 이미 주교님 말씀을 전했고요. 기록을 찾아봤지만 그런 이름은 없다고 말이에요."

주교는 서류를 옆으로 치우며 대답했다.

"하느님 맙소사. 그자는 왜 자꾸 우리를 귀찮게 하지? 개신교도들이 다 그렇지. 그만둬야 할 때를 모르니 원!"

"그런데 캘빈 에번스가 누군가요? 사제였나요?"

비서가 궁금한 기색으로 물었다. 그러자 주교는 대답했다.

"아니, 골칫거리였소."

주교의 눈앞에는 수십 년이 지나도록 자신이 아이오와에 머물게 된 원흉인 소년의 모습이 생생하게 보였다.

비서가 자리를 뜬 뒤 주교는 고개를 저으며 캘빈을 떠올렸다. 캘빈은 규칙을 위반한 죄로 주교의 사무실에 참 자주도 왔다. 창문을 깨고, 책을 훔치고, 그저 아이를 사랑해 주려던 사제의 눈을 때려 멍들게 한 죄목이었다. 가끔 선한 의도로 보육원에서 아이를 입양해 가는 부부가 있더라도 캘빈에겐 전혀 관심이 없었다. 누가 그런 아이를 좋아하겠는가?

그러던 어느 날 느닷없이 윌슨이라는 남자가 나타났다. 파커 재단에서 왔다고 했다. 돈이 더럽게 많은 천주교 재단이었다. 주교는 파커재단에서 누군가가 왔다는 소식을 듣자마자 마침내 행운이 찾아왔다고 믿었다. 윌슨이란 남자가 대체 얼마나 막대한 기부금을 줄까 상상하자 가슴이 두근거렸다. 일단 그 제안을 들어봐야지. 그리고 위엄 있는 태도로 더 달라고 밀어붙여야지.

윌슨은 시간 낭비하지 않겠다는 듯 단도직입적으로 말했다.

"안녕하십니까, 주교님. 저는 열 살쯤 되는 남자아이를 찾고 있습니다. 아마 키가 아주 크고 금발일 겁니다."

이어지는 말에 따르면 그 아이는 4년 전 일련의 사고를 당해 가족을 모두 잃었다고 했다. 그 애가 이곳 올 세인츠 보육원에 있는 게 분명하다고도 했다. 최근에 그 아이의 존재를 알게 된 친척이 생존해 있다면서, 그는 또 다른 약속이 잡혀 있는 듯 손목시계를 보면서 말을 맺었다.

"이름은 캘빈 에번스입니다. 제가 말한 아이가 여기 있다면 만나보고 싶습니다. 사실 제 계획은 그 애를 데리고 가는 겁니다."

주교는 실망한 나머지 입을 벌리고 윌슨을 빤히 바라보았다. 이 부자가 보육원에 들어왔다는 소식을 듣고 악수하러 오는 동안 이미 기부금 수락 연설을 머릿속에 다 짜놓았는데 이게 뭔가.

윌슨 씨가 물었다.

"괜찮으십니까? 저도 서두르고 싶지 않지만, 두 시간 뒤에 비행기를 타야 해서요."

돈 이야기는 전혀 없네. 주교는 돌아가게 되리라 생각했던 시카고가 다시 멀어지는 걸 느꼈다. 그는 한참 동안 윌슨을 멍하니 바라보았다. 이 남자는 키가 크고 건방지군. 꼭 캘빈처럼.

"제가 나가서 아이들을 좀 살펴봐도 되겠습니까? 저 혼자서도 알아볼 수 있을지 궁금하군요."

주교는 창문을 바라보았다. 바로 그날 아침 캘빈이 세례반에 담긴 물에 손을 씻는 걸 주교가 잡아내자 캘빈은 이렇게 말했다.

"이 물이 뭐가 성스러운데요. 수도꼭지에서 바로 나왔잖아요."

주교는 캘빈을 어서 치워버리고 싶긴 했으나 더 큰 문제가 남아 있었으니, 바로 돈이었다. 그는 뒤뜰에 드문드문 선 여남은 개의 묘비를 빤히 바라보았다. 비석에는 '고인을 기리며'라고 쓰여 있었다.

"주교님?"

윌슨은 이미 서류 가방을 든 채로 일어서 있었다.

주교는 대답하지 않았다. 이 남자도, 그의 고급스러운 옷도, 약속도 없이 불쑥 나타난 상황도 마음에 들지 않았다. 내가 말이야, 그래도 주교란 말이야. 존경심을 보여야 할 거 아니야? 그는 목을 가다듬고 가만히 서서 묘비를 우두커니 바라보았다. 앞서 이곳에 유배되었던 주교들의 묘비였다. 파커 재단이 돈도 내놓지 않고 빠져나가게 할 수는 절대로 없다 이 말이다.

그는 윌슨을 바라보며 말했다.

"정말 마음 아픈 소식이 있습니다. 캘빈 에번스는 죽었습니다."

"그건 그렇고 혹시 그 목사가 또 전화해서 귀찮게 하면 내가 죽었다고 해요."

늙은 주교는 자신의 커피 잔을 씻는 비서에게 지시하다가, 손가락들을 맞대면서 다시 말했다.

"아니, 잠깐만. 이렇게 말해요. 알고 보니 캘빈 에번스는 다른 보육원 출신이라고. 어디냐면, 아, 나도 모르겠네. 포킵시 같은 곳? 그런데 그쪽 보육원에 화재가 일어나서 기록이 싹 사라졌다고 해요."

"말을 지어내란 말씀이신가요?"

"아니, 지어내란 게 아니오. 그렇게 말해도 틀린 건 아니거든. 화재야 언제나 일어나는 거잖소. 번지수 같은 걸 진지하게 기억하는 사람도 없고."

"그래도⋯⋯."

"그냥 내가 시키는 대로 해요. 그 목사 때문에 우리가 시간을 낭비하고 있잖소. 우리가 힘써야 할 일은 모금 활동이라는 거 몰라요? 살아 숨 쉬는 우리 애들을 위해선 돈이 필요하다고. 돈 주겠다는 전화가 왔을 때만 나를 바꿔요. 그 캘빈 에번스가 어쩌니 하는 헛소리는 다시는 응대하지 말고."

윌슨은 잘못 들었나 하는 표정을 지었다.

"아니…… 방금 뭐라고 하셨습니까?"

"캘빈은 최근에 폐렴으로 세상을 떠났습니다. 참 충격적인 일이었지요. 이곳에서 가장 사랑받는 아이였는데."

주교는 짧게 말하고는 이야기를 돌려서 캘빈이 참 예의 바른 아이였노라며, 성경 공부 시간에 통솔력을 발휘했고 옥수수를 아주 좋아했다고 말했다. 주교가 자세히 이야기하면 할수록 윌슨은 더 뻣뻣해지는 기색이었다. 이야기가 어찌나 술술 흘러나오던지, 흥이 오른 주교는 서류철을 보관하는 캐비닛으로 가서 사진을 한 장 가져왔다.

"우리는 이 사진을 캘빈의 추모 기금에 쓸 겁니다."

그는 캘빈의 흑백 사진을 가리켰다. 그러고는 손을 허리에 짚고서 몸을 숙이고 누군가를 꾸짖듯 입을 커다랗게 벌렸다.

"저는 이 사진이 아주 맘에 듭니다. 캘빈이 저에게 말을 거는 것 같거든요."

주교는 윌슨이 사진을 바라보는 모습을 말없이 지켜보았다. 그러고는 윌슨이 증거를 내놓으라고 요구하기를 기다렸다. 하지만 아무 말도 들려오지 않았다. 그는 큰 충격을 받은 듯했고, 심지어 애도하는 것처럼 보였다.

그러자 문득 이런 생각이 들었다. 혹시 이 윌슨이라는 사람이 바로 그 이제야 나타났다는 먼 친척 아닐까? 일단 이 사람도 캘빈처럼 키가 크니까. 혹시 캘빈의 삼촌인가? 아니면 설마, 캘빈이 이 사람 아들인가? 세상에. 만약 그렇다면 내가 얼마나 큰 수고를 덜어주는 건지 이루 말할 수가 없군. 주교는 목을 가다듬고 이 슬픈 소식을 윌슨 씨가 차분하게 받아들이도록 몇 분 더 기다렸다.

마침내 윌슨은 떨리는 목소리로 말했다.

"물론 우리는 추모 기금을 후원하고 싶습니다. 파커 재단은 이 소년을 기리고 싶을 겁니다."

그는 한숨을 내쉬며 더욱 침울해지더니 손을 뻗어 수표책을 꺼냈다. 주교는 동정 어린 목소리로 대답했다.

"물론 그러시겠지요. 이름은 캘빈 에번스 추모 기금이라고 하겠습니다. 특별했던 소년을 위한 특별 기금이죠."

윌슨은 힘겹게 말을 이어갔다.

"기부를 어떻게 체계화할지 자세한 사항은 앞으로 연락드리겠습니다, 주교님. 그동안은 파커 재단을 대신해 이 수표를 받아주십시오. 그간 여러분이…… 해주신 모든 노고에 감사드립니다."

주교는 마지못한 듯 수표를 보지도 않고 받았다. 윌슨이 나가자마자 그는 수표를 책상에 조심스럽게 놓았다. 푼돈치고는 꽤 많군. 방금 죽지도 않은 애를 위한 추모 기금을 만들겠다는 생각을 떠올린 덕분에 더 많은 돈이 들어올 예정이었다. 의자에 기대앉아 가슴 위로 손깍지를 꼈다. 누군가 신이 존재한다는 증거를 요구한다면 이 모습을 보고 입을 다물지 않겠는가. 바로 올 세인츠가 그 증거니까. 올 세인츠야말로 정녕 하느님께서 스스로 돕는 자를 돕는 곳이었다.

매들린과 공원에서 헤어진 웨이클리는 사무실로 돌아와 마지못해 전화기를 들었다. 올 세인츠에 전화를 거는 이유는 단 하나, 매드가 틀렸다는 걸 증명하고 싶어서였다. 세상에는 거짓말을 안 하는 사람도 있단 말이야. 하지만 참으로 아이러니하게도 그걸 증명하기 위해서는 자신이 지금 거짓말을 할 수밖에 없다.

수화기 너머로 비서의 익숙한 목소리가 들려오자 웨이클리는 영국식 억양을 흉내 냈다.

"안녕하십니까? 기부 담당자와 통화하고 싶습니다. 기부하려는 금액이 좀 커서 말입니다."

그러자 비서가 밝은 목소리로 대답했다.

"아, 네! 주교님께 바로 연결해 드릴게요."

"기부를 하고 싶으시다고 들었습니다."

잠시 후 늙은 주교가 웨이클리에게 말했다. 웨이클리는 거짓말을 했다.

"그렇습니다. 저희 목사님께서 기꺼이 돕고 싶어 하시는, 에, 그러니까 어린이들이 있습니다. 특히 부모 없는 아이들 말입니다."

그는 매드의 시무룩한 얼굴을 떠올리며 말했다.

하지만 캘빈 에번스가 고아였던가? 웨이클리는 곰곰이 생각했다. 둘이서 편지를 주고받던 때, 캘빈은 분명히 살아 있는 아버지에 대해서 말하지 않았던가. **"난 아버지가 미워. 아버지가 죽었으면 좋겠어"**라고. 웨이클리는 아직도 그 대문자 문장을 선명하게 떠올릴 수 있었다.

"정확히 말하자면 저는 캘빈 에번스가 자란 보육원을 찾고 있습니다."

"캘빈 에번스요? 죄송합니다만 그런 이름은 들어본 적 없는데요."

그 말을 들은 웨이클리는 멈칫했다. 이 남자, 거짓말을 하고 있군. 웨이클리는 매일 거짓말을 들으며 살아왔기에 알 수 있었다. 하지만 성직에 몸담은 사람들이 어쩌다 이렇게 서로에게 거짓말을 하게 되었지? 이럴 확률이 얼마나 되나?

웨이클리는 조심스럽게 대답했다.

"음, 그것참 안타깝군요. 저희 기부금은 꼭 캘빈 에번스가 어릴 적 자라난 곳에 줘야 한다는 조건이 있어서요. 주교님께서 얼마나 대단한 일을 하고 계신지 잘 압니다만, 기부자들이 어떤지 주교님도 아시지 않습니까. 아주 편협하죠."

그 말을 듣자 주교는 손끝으로 눈꺼풀을 눌렀다. 그래, 기부자들이 어떤 인간들인지 잘 알지. 파커 재단 때문에 자신이 인생이 지옥으로 변해버렸으니. 처음에는 과학책과 망할 놈의 조정을 들이밀더니, 다음에는 자기들의 기부금이 엄연히 살아 있는 사람의 삶을 추모하고 있었다는 걸 알자 어마어마한 반응을 보였다. 그들이 어떻게 알았느냐고? 바로 캘빈이 어찌어찌 죽지 않고 출세해서 듣도 보도 못한 《케미스트리 투데이》인가 하는 잡지 표지에 얼굴을 냈기 때문이다. 그러자 곧바로 에이버리 파커라는 여자가 전화를 걸어서 온갖 소송을 걸겠다며 으름장을 놓지 뭔가.

에이버리 파커가 누구냐고? 바로 파커 재단을 경영하는 파커 가문 사람이었다.

주교는 그녀와 처음으로 통화하는 것이었다. 그때까진 오로지 윌슨하고만 연락했는데, 알고 보니 윌슨은 에이버리의 대리인이자 변호사였던 모양이었다. 그때 가서 생각해 보니 지난 15년간 받은 기부금 서류마다 윌슨의 서명 옆에 누군가가 흘려 적은 서명이 하나 더 있었다는 게 기억났다.

그녀는 전화기에 대고 소리쳤다.

"당신이 파커 재단에 거짓말을 했어? 기부금을 뜯어내려고 캘빈 에번스가 열 살에 폐렴으로 죽었다고 했느냐고!"

그 말에 주교는 이런 생각이 들었다. *여사님, 아이오와 상황이 얼마나 나쁜지 전혀 모르시는군요.*

"파커 부인, 속상하신 마음 이해합니다만 여기 살던 캘빈 에번스는 확실히 죽었습니다. 그 잡지 표지에 나온 게 누군지는 몰라도 그냥 동명이인일 겁니다. 에번스는 아주 흔한 이름이잖습니까."

하지만 그녀는 고집을 부렸다.

"아니야. 그 애는 캘빈이 맞아. 보자마자 알아봤다고."

"전에 캘빈 에번스를 만난 적이 있으십니까?"

에이버리는 주저하다가 대답했다.

"음, 그건 아니지만."

"그러시군요."

주교는 그녀가 얼마나 웃긴 소리를 하고 있는지 효과적으로 알려줄 수 있는 어조로 대답했다.

5초 뒤 에이버리는 기금 후원을 중단했다.

주교는 계속 이야기했다.

"우리 일은 참으로 고됩니다. 그렇지 않습니까, 웨이클리 목사님? 기부자들은 좀처럼 손에 잡히지 않는 물고기 같죠. 하지만 솔직히 우리는 여러분의 기부금을 정말이지 잘 사용할 자신이 있습니다. 비록 캘빈 에번스가 여기서 살지 않았다고 해도 그만한 대접을 받아 마땅한 아이들이 많거든요."

웨이클리는 동의하며 대답했다.

"저도 그렇게 생각합니다만 제가 어쩔 수 있는 일이 아니라서요.

저는 이 기부금을 캘빈 에번스가 살던 곳에만 줄 수 있습니다. 아, 제가 금액을 말했던가요? 5만 달러입니다."

그 큰 액수를 듣자 주교의 가슴이 빠르게 뛰기 시작했다.

"잠시만요, 부디 양해 바랍니다. 이게 개인 정보라서 우리가 사사로이 이 정보를 누출할 수가 없었습니다. 제아무리 그 애가 여기서 컸다 해도 함부로 그 사실을 발설할 수 없거든요."

"맞습니다. 그렇지만……"

웨이클리가 말꼬리를 흐리자 주교는 벽시계를 슬쩍 보았다. 그가 제일 좋아하는 「6시 저녁 식사」가 곧 시작할 시각이었다. 그는 기부금도 프로그램도 놓치고 싶지 않은 마음에 버럭 소리쳤다.

"아니, 잠시만요. 결국 저를 이렇게 몰아가시는군요. 그럼 반드시 비밀을 지켜주시기 바랍니다. 맞아요. 이곳이 캘빈 에번스가 자랐던 곳이 맞습니다."

웨이클리는 자세를 바로잡으며 되물었다.

"정말입니까? 증거가 있으십니까?"

"물론이죠. 증거가 있다마다요."

주교는 분한 기색으로 대답하며 지난 세월 캘빈 때문에 생긴 주름살을 손끝으로 매만졌다.

"캘빈이 여기서 자라지 않았다면 어떻게 우리가 캘빈 에번스 추모 기금을 담당하는 곳이 되었겠습니까?"

웨이클리는 당황해서 물었다.

"뭐라고 하셨습니까?"

"캘빈 에번스 추모 기금 말입니다. 우리는 이곳에서 자라서 훗날 대단한 화학자가 된 귀한 아이를 기리는 추모 기금을 몇 년간 운영

해왔습니다. 괜찮은 도서관이라면 어디든 가서 확인해 보세요. 추모 기금이 존재했다는 증명서를 떼어줄 테니까요. 하지만 파커 재단, 그러니까 추모 기금을 준 재단은 절대로 광고를 하면 안 된다고 우겼어요. 왜인지는 아시겠죠. 소문이 났다가는 아이가 죽은 보육원들이 죄다 돈을 달라고 몰려들 텐데 그럴 여력은 없을 테니까요."

"아이가 죽었다고요? 하지만 에번스는 성인이 된 다음에 죽었습니다만."

웨이클리가 묻자 주교는 말을 더듬었다.

"그, 그, 그렇죠. 맞습니다. 우리는 여기서 자란 애들을 계속 어린 애처럼 부르곤 하거든요. 왜냐하면 우리가 그 애들을 보던 당시에는 어린애였으니까요. 캘빈 에번스는 참 좋은 애였습니다. 아주 똑똑했죠. 키도 컸고요. 자, 그럼 기부금 이야기를 해볼까요?"

며칠 뒤 웨이클리는 공원에서 매들린을 다시 만났다.

"좋은 소식과 나쁜 소식이 있단다. 일단 네 말이 맞았어. 너희 아버지는 올 세인츠 보육원에서 자라셨어."

그는 아이에게 주교가 했던 말을 그대로 전해주었다. 캘빈 에번스는 "참 좋은 아이"였고 "아주 똑똑했다"고 말이다.

"그 보육원은 캘빈 에번스 추모 기금도 운용했대. 내가 도서관에서 확인해봤다. 파커 재단이라는 곳에서 약 15년간 기금을 후원받았다는구나."

매들린은 눈살을 찌푸렸다.

"그럼 지금은 안 받고요?"

"재단이 후원을 끊은 지는 꽤 됐대. 그런 일은 종종 일어나곤 해.

재단의 우선순위가 바뀌거든."

"하지만 웨이클리 아저씨, 우리 아빠는 6년 전에 죽었는데요."

"그게 어쨌다는 거니?"

아이는 손가락을 세어가며 계산을 했다.

"그런데 왜 파커 재단은 추모 기금을 15년 동안 후원했을까요? 적어도 9년 동안은 아빠가 죽지 않은 상태였는데요?"

"아."

웨이클리는 얼굴이 빨개졌다. 시기가 안 맞는 걸 미처 알아채지 못했군.

"음, 그땐 추모 기금이 아니었겠지, 매드. 살아 있는 사람을 기리는 명예기금이었을 수도 있고. 어쨌든 네 아빠를 '기리는' 기금이라고 했어."

"거기서 아빠의 기금을 운용했다면 왜 처음 전화했을 때 말하지 않았을까요?"

"개인 정보라서 그랬을 거야."

웨이클리는 주교의 말을 되풀이했다. 적어도 그게 납득이 가긴 했으니까.

"어쨌든 좋은 소식은 이거야. 내가 파커 재단에 대해 찾아봤더니 윌슨 씨라는 분이 운영하고 있었어. 그분은 보스턴에 사신단다."

그는 기대하는 눈빛으로 아이를 바라보며 찾아낸 이름을 되풀이했다.

"윌슨. 다시 말해 너의 도토리 요정 대부님이라 할 수 있지."

웨이클리는 벤치에 등을 편안히 기대고 앉아 매드가 긍정적인 반응을 보여주기를 기다렸다. 하지만 아이가 아무 말도 하지 않자 그는 덧붙였다.

"윌슨이라는 이름은 아주 고상한 이름 같구나."

매드는 무릎에 앉은 딱지를 가만히 들여다보며 말했다.

"뭔가 세상 물정 모르는 이름 같아요. 마치 『올리버 트위스트』를 한 번도 읽어보지 않은 사람처럼요."

매드의 말에는 일리가 있었지만 웨이클리는 이 사실을 알아내느라 많은 시간을 할애했기에 아이가 지금보다는 좀 더 신난 반응을 보여주기를 바랐다. 하다못해 고마워하든가. 그런데 자신은 왜 이런 생각을 할까? 자신이 평소에 하는 일 역시 아무도 고마워하지 않는 일인데. 웨이클리는 매일 최전방에서 다양한 시련과 고난을 겪는 사람들을 위로하지만, 듣는 말이라고는 하나같이 "하나님은 왜 나를 이 지경으로 만드신 거죠?"라는 지겨운 질문뿐이었다. 맙소사, 그걸 내가 어떻게 알아?

웨이클리는 낙심한 티를 내지 않으려고 애쓰며 말했다.

"어쨌든 내가 알아낸 바로는 그렇단다."

매드는 실망해서 팔짱을 꼈다.

"웨이클리 아저씨, 이건 좋은 소식이에요, 나쁜 소식이에요?"

"좋은 소식이었어."

그는 뾰로통한 목소리로 말했다. 그는 아이를 대해본 경험이 거의 없었다. 이제는 아이들 따위 안 보고 살았으면 좋겠다는 생각이 들기 시작했다.

"나쁜 소식은 하나뿐이야. 파커 재단의 윌슨 씨 주소를 찾아봤더니 사서함밖에 나오질 않더라."

"그게 왜 나쁜 소식인데요?"

160

"부자들은 원치 않는 편지를 받고 싶지 않을 때 사서함을 쓰거든. 그건 우편물 쓰레기통이나 마찬가지야."

웨이클리는 가방에 손을 넣어 몇 번 뒤적거린 끝에 종이 하나를 꺼내 매드에게 건네주었다.

"여기 있다. 사서함 번호야. 하지만 매드, 부디 희망을 많이 품지는 말렴."

"난 희망 같은 건 없어요. 하지만 믿음이 있어요."

매드는 사서함 주소를 가만히 바라보며 말했다.

웨이클리는 놀라서 아이를 바라보았다.

"음, 너한테서 그런 단어를 듣다니 재미있구나."

"왜요?"

"왜냐면 말이지, 알잖니, 종교는 믿음을 필요로 하거든."

아이는 웨이클리를 더는 민망하게 만들지 않으려는 듯 조심스럽게 말했다.

"하지만 아저씨도 아시잖아요. 믿음에는 종교가 필요 없어요. 그렇지 않나요?"

실패의 냄새

월요일 새벽 4시 30분, 엘리자베스는 언제나처럼 집을 나섰다. 옷을 따뜻하게 입고 어두운 바깥을 지나 보트 보관소로 향하는 길이었다. 그런데 평소에는 텅 비어 있다시피 하던 보관소 주차장이 벌써 꽉 차 있었다. 평소와 다른 점은 또 있었다. 바로 여자들이었다. 수많은 여자가 어둠을 뚫고 보관소로 가고 있었다.

"이럴 수가."

그녀는 후드를 머리에 뒤집어쓰고 소규모 인파 속을 슬쩍 지나갔다. 이게 무슨 일인지 메이슨 박사가 제때 나타나서 설명해 주기를 바라면서. 하지만 이미 때는 늦었다. 메이슨은 기다란 탁자에 앉아서 등록 신청서를 나눠주는 중이었다. 그는 웃지도 않고 엘리자베스를 바라보았다.

"조트."

그녀는 낮은 목소리로 말했다.

"이게 다 무슨 일인지 궁금하지 않으세요?"

"별로 안 궁금해요."

"내 생각에는 말이죠, 방청객 한 명이 다이어트를 어떻게 해야 하나고 물었을 때 내가 운동을 시작하라고 조언한 적이 있거든요. 그때 조정 이야기를 했던 것 같아요."

"그러셨군요."

"그랬을 거예요."

줄을 서 있던 여자 하나가 자신의 친구를 보더니 여덟 명의 선수가 배에 탄 사진을 가리키며 말했다.

"나 벌써 조정이 좋아지려고 해. 앉아서 하는 운동이잖아."

메이슨이 다음 여자에게 펜을 건네면서 말했다.

"기억할지 모르겠는데 맨 처음에는 당신이 조정을 아주 가혹한 벌칙처럼 묘사했어요. 그러더니 나중에는 온 나라의 여자들에게 꼭 한번 해보라고 말했고요."

"음, 정확히 그렇게 말하지는 않은 것 같은데—"

"아니, 정확히 그렇게 말했어요. 난 환자의 자궁 문이 열리기를 기다리면서 당신 방송을 보고 있었기에 확실히 기억해요. 우리 아내도 마찬가지고요. 아내는 당신 방송을 꼭 챙겨보거든요."

"미안해요, 메이슨. 정말로요. 정말 이런 결과가 오리라고는—"

그러자 메이슨은 쏘아붙였다.

"예상 못 했다고요? 그럴 리가. 2주 전에 내 환자 하나가 당신이 설명하는 마이야르 반응을 끝까지 보겠다면서 분만을 거부하기까지 했는데요."

그녀는 놀라서 고개를 들었다가 다시 생각에 잠겼다.

"으음, 확실히 마이야르 반응이 복잡하긴 합니다만."

"금요일부터 당신한테 계속 전화했어요."

메이슨이 화난 목소리로 말했다. 엘리자베스는 흠칫 놀랐다. 사실이었다. 메이슨이 방송국과 집에 전화했지만, 엘리자베스는 할 일이 산더미 같은 나머지 그에게 전화를 거는 걸 깜빡했다.

"미안해요. 정말 바빴어요."

"이 사태를 정리하는 걸 당신이 좀 도와줘야 했다고요."

"맞아요."

"딱 보니 오늘 우리는 배를 못 탈 것 같군요."

"그것도 미안해요."

메이슨은 팔 벌려 뛰기 운동을 하는 여자를 가리키며 말했다.

"정말 짜증나는 게 뭔지 알아요? 난 아내한테 조정을 시키려고 몇 년이나 노력했어요. 난 여자가 고통에 대한 역치가 더 크다는 걸 알거든요. 그렇지만 내가 무슨 말을 해도 아내는 꿈쩍도 하지 않았는데, 엘리자베스 조트가 한마디 하니까―"

팔 벌려 뛰기 운동을 하던 한 여자가 움직임을 멈추더니 엘리자베스에게 엄지를 치켜들었다.

"아내가 여기 오고 싶어서 안달하더라니까요."

"아, 그렇군요. 정말로 기쁘시겠군요."

엘리자베스는 느릿하게 대답하며 메이슨의 아내에게 인정한다는 듯 고개를 작게 끄덕였다.

"아니, 나는—"

"그래서 지금 나한테 '고마워요, 엘리자베스'라고 말씀하시려는 거죠?"

"*아닌데요.*"

"고마워하실 필요 없어요, 메이슨 박사님."

"*아니라니까요.*"

그녀는 메이슨의 아내를 돌아보았다.

"아내분께서 로잉 머신을 타고 있군요."

메이슨은 버럭 소리쳤다.

"맙소사, 베티! 그렇게 하는 거 아니야!"

온 나라의 보트 보관소에서 비슷한 일이 벌어졌다. 여자들이 나타났고 몇몇 조정 클럽이 여자들에게 입단을 권유했다. 하지만 모든 클럽이 호의적이지는 않았다. 엘리자베스의 방송 시청자라고 해서 그녀의 말을 다 좋게 받아들이지도 않았다.

"하나님을 믿지 않는 '이도교*'를 처단하라!"

비열한 표정의 여자 하나가 KCTV 방송국 바로 밖에서 팻말을 들고 시위를 벌였다. 엘리자베스의 사진 위에 급하게 갈겨쓴 문구의 철자는 엉망이었다.

오늘 아침 엘리자베스가 차를 몰고 간 보트 보관소 주차장이 꽉 차 있었듯, 방송국 주차장도 역시 평소보다 더 차 있었다.

*   '이교도'의 철자가 틀린 것.

월터가 그녀에게 다가오며 말했다.

"시위대 봤죠? 그래서 내가 TV에서 하면 안 되는 말이 있다고 한 거예요, 엘리자베스. 스스로를 지키려면 하고 싶은 말을 다 하면 안 된다고요."

월터가 전에 했던 말을 되풀이하자 엘리자베스가 대답했다.

"월터, 평화 시위는 가치 있는 담론의 일부예요."

"이게 담론 같아요?"

월터가 되묻자 때마침 누군가가 소리를 질렀다.

"지옥불에 탈지어다!"

엘리자베스는 개인적 경험으로 안다는 듯 말했다.

"저들은 관심종자예요. 결국은 사라질 사람들이죠."

그래도 월터는 걱정이 되었다. 엘리자베스는 살해 협박을 계속 받고 있었다. 월터는 그 사실을 경찰과 방송국 보안실에 알렸다. 심지어 해리엇 슬로운에게도 전화해서 알렸다. 하지만 엘리자베스에겐 아무 말도 하지 않았다. 말하면 본인이 알아서 대처하려고 할 테니까. 게다가 경찰은 그 협박을 걱정할 필요가 없다고 장담했다. "말만 늘어놓지, 실제로 해는 못 끼치는 괴짜들이 그래요"라고 일축했을 뿐이다.

몇 시간 뒤 도시 반대쪽에 위치한 조트네 거실에 있던 여섯시-삼십분도 걱정이 되었다. 지난주 금요일 엘리자베스의 방송 말미에 박수를 치지 않는 사람이 있다는 걸 알아챘기 때문이었다. 오늘 방송에도 그런 사람이 또 있었다. 왜 손뼉을 안 칠까.

걱정이 된 개는 매들린과 해리엇이 실험실에서 바쁘게 움직일 때까지 기다렸다가 뒷문으로 몰래 빠져나갔다. 그러고는 남쪽으로 네 블록, 서쪽으로 두 블록을 지나면 있는 진입로 근처에 자리를 잡고 기다렸다. 이윽고 짐칸이 있는 트럭이 천천히 다가오며 고속도로 차선에 진입했다. 개는 짐칸에 올라탔다.

개는 KCTV 방송국에 가는 길을 똑똑히 알고 있었다. 『머나먼 여정』*을 읽었다면 개가 무엇이든 찾아낼 수 있다는 걸 알 것이다. 한 번은 엘리자베스가 높이 쌓인 짚더미 속에서 바늘을 찾아내는 어느 개의 이야기를 읽어준 적이 있었다. 그때 여섯시-삼십분은 깜짝 놀랐다. 아니, 짚더미 속에서 바늘을 찾는 게 그렇게 어려운 일이었어? 고탄소강high carbon steel으로 만든 철사 냄새는 못 맡을 수가 없는데.

다시 말해 KCTV 방송국에 가는 건 어렵지 않았다. 그 안에 들어가는 게 문제지.

여섯시-삼십분은 주차장의 자동차 사이를 누볐다. 때 아닌 뜨거운 햇볕에 자동차의 테일핀**과 볼록 솟은 엠블럼들이 번쩍였다.

"어이, 강아지. 어딜 들어가려고 여기서 어슬렁거리냐?"

남색 제복을 입은 덩치 큰 남자가 개를 불렀다. 그는 중요해 보이는 문 앞에 서 있었다.

여섯시-삼십분은 '안에 들어가려고'라고 대답하고 싶었지만, 제복 입은 남자와 마찬가지로 개는 비밀을 지켜야 했다. 하지만 설명하는

• 개 두 마리와 고양이 한 마리가 가족을 찾아 먼 길을 떠나면서 겪는 모험을 그린 소설. 동명의 영화도 있다.

•• 1950년대에 유행했던 자동차 디자인. 비행기의 날개처럼 솟아오르는 듯한 후면등이나 차체 후면을 가리킨다.

건 불가능했기에 대신 개는 연기를 하기로 했다. 연기란 텔레비전의 언어로 말하는 것이니까.

여섯시-삼십분이 아주 그럴듯한 모습으로 풀썩 쓰러지자 남자는 화들짝 놀랐다.

"아니, 이런. 잠시만 참으렴, 애야. 내가 사람을 불러다 도와줄게!"

그는 문을 마구 두드렸다. 이윽고 누군가 문을 열더니 여섯시-삼십분을 번쩍 들고서 에어컨이 켜진 시원한 건물 안으로 들어갔다. 1분 뒤 여섯시-삼십분은 엘리자베스의 믹싱 볼에 담긴 물을 핥게 되었다.

인간이라는 종족의 친절함이야말로 다른 종을 능가하는 자질이라고 여섯시-삼십분은 생각했다.

"여섯시-삼십분 아니니?"

'엘리자베스!'

개는 언제 열사병에 걸렸냐는 듯 곧장 그녀에게로 달려갔다.

"아니, 이게 대체—"

남색 제복을 입은 남자는 기적적으로 회복한 개를 보며 놀랐다. 엘리자베스는 두 팔로 개를 안으며 물었다.

"어떻게 여기 들어왔어, 여섯시-삼십분아? 어떻게 날 찾아냈어? 시모어, 얘는 제 개예요. 여섯시-삼십분이죠."

엘리자베스는 남색 제복을 입은 남자에게 말했다.

"사실 지금은 5시 30분입니다, 부인. 그런데도 밖은 아직 찌는 듯 더워요. 저 개가 쓰러지는 바람에 제가 데리고 들어왔어요."

그녀는 북받친 목소리로 말했다.

"고맙습니다, 시모어. 당신에게 정말 큰 신세를 졌네요. 얘는 내내 달려왔을 거예요. 여기까지 14킬로미터가 넘는데."

엘리자베스가 믿을 수 없다는 듯이 말하자 시모어가 대꾸했다.

"아니면 부인의 따님이 데려왔을지도 모르죠. 할머니가 크라이슬 러에 태우고 오지 않았을까요? 두 달 전에도 그렇게 왔잖아요?"

순간 엘리자베스는 고개를 번쩍 들었다.

"잠깐만, 지금 뭐라고 하셨습니까?"

"제가 다 설명할게요."

월터는 언제라도 닥칠 공격에 대비하듯 두 손을 들었다.

엘리자베스는 아주 오래전부터 매들린은 절대로 방송국에 오면 안 된다고 못을 박아놨다. 월터는 이유를 알 수 없었다. 어맨다는 늘 상 오는데. 하지만 엘리자베스가 그렇게 말할 때마다 월터는 이해하 고 동의하는 척 고개를 끄덕였다. 물론 그녀가 왜 그러는지는 전혀 알 수 없었고 사실 그다지 알고 싶지도 않았다.

그는 거짓말을 늘어놓았다.

"학교 숙제가 있었어요. '부모님의 직장을 견학하세요'라는 숙제 였죠."

갑자기 왜 해리엇 슬로운에게 알리바이를 만들어주고 싶다는 충 동이 순간적으로 들었는지는 모르겠으나, 그래야 할 것 같았다.

"당신은 바쁘잖아요. 그러니 깜빡했을 수 있어요."

엘리자베스는 그 말에 움찔했다. 정말 그럴 수 있었다. 오늘 아침 만 해도 메이슨이 똑같은 말을 하지 않았던가? 그녀는 소매를 걷어 올리며 설명했다.

"내 딸이 나를 텔레비전에 나오는 사람으로 생각하게 하고 싶지 않아요. 딸이 내가 TV에서 연기하고 있다고 생각하지 않았으면 좋겠거든요."

그녀는 자신의 아버지를 떠올렸다. 그러자 얼굴이 시멘트처럼 딱딱하게 굳고 말았다.

월터는 떨떠름한 목소리로 말했다.

"걱정하지 말아요. 그 누구도 당신이 연기하고 있다고 오해하지 않을 겁니다."

엘리자베스는 진심을 담아 고개를 숙였다.

"고마워요."

그때 월터의 비서가 커다란 우편함을 가지고 들어왔다.

"당장 보셔야 할 편지는 맨 위에 놨어요, 파인 씨. 그리고 아실지 모르겠는데, 복도에 커다란 개가 한 마리 있어요."

"커다란 뭐라고요?"

엘리자베스가 재빨리 말했다.

"내 개예요. 여섯시-삼십분이죠. 그 애 덕에 매드에게 '부모님의 직장을 견학하세요'라는 숙제가 있었다는 걸 알아냈어요. 시모어가 말해줬는데ㅡ"

자신의 이름을 들은 여섯시-삼십분은 일어나 사무실 안으로 들어와 냄새를 맡았다.

'월터 파인. 낮은 자존감 때문에 고통받는 사람이군.'

월터는 눈을 휘둥그레 뜨고 의자에 몸을 딱 붙였다. 개는 몸집이 어마어마했다. 그는 숨을 헉 들이쉰 다음 우편물 더미로 눈길을 돌리고 건성으로 엘리자베스의 이야기를 들었다. 그녀는 지금 저 동물이 앉아, 기다려, 가져와 등을 할 줄 안다며 줄줄 읊어대고 있었다. 알 게 뭔가. 개를 좋아하는 사람들은 자기 개가 이런저런 사소한 것을 해낸다고 우스울 만큼 뻐기면서 저렇게 악착같이 떠벌리곤 한다. 하지만 엘리자베스가 끝없이 이야기해 댄 덕분에 월터는 대책을 세울 시간을 벌 수 있었다. 어서 해리엇 슬로운에게 전화해서 자기가 거짓말한 내용을 알려주어야 했다. 그래야 해리엇도 나름의 신빙성 있는 알리바이를 만들 테니까.

엘리자베스는 계속 말했다.

"어떻게 생각하세요? 뭔가 새로운 걸 해보고 싶어 했잖아요. 이게 통할까요?"

"왜 안 되겠어요?"

월터는 방금 무엇에 동의했는지도 전혀 모르면서 동의했다.

"아주 좋아요. 그럼 내일부터 할까요?"

엘리자베스의 물음에 그는 대답했다.

"그러면 좋겠네요!"

바로 다음 날, 엘리자베스가 말했다.

"안녕하세요. 「6시 저녁 식사」의 진행을 맡은 엘리자베스 조트입니다. 오늘은 여러분에게 제 개를 소개해 드리려고 합니다. 이름은 여섯시-삼십분입니다. 자, 모두에게 인사하자, 여섯시-삼십분아."

여섯시-삼십분이 고개를 끄덕이자 방청객들은 웃으며 손뼉을 쳤다. 월터는 방송 10분 전에야 이 개가 다시 방송국에 들어왔을 뿐 아니라 미용사가 화면발이 잘 받도록 앞머리를 단정하게 손질했다는 사실을 알게 되었다.

월터는 PD 의자에 털썩 앉아서 다시는 거짓말을 하지 않겠다고 맹세했다.

여섯시-삼십분이 방송에 출연한 지 한 달이 지나자, 이 개는 처음부터 출연하지 않았다는 게 믿기지 않을 정도로 프로그램의 일부가 되었다. 모두 여섯시-삼십분을 사랑했다. 심지어 개는 자신만의 팬레터도 받기 시작했다.

개의 존재를 달가워하지 않는 사람은 딱 한 명, 월터뿐이었다. 여섯시-삼십분은 그 이유를 월터가 '애견인'이 아니기 때문이라고 생각했다.

"30초 뒤에 문이 열립니다, 조트."

카메라맨의 지시가 들리자 개는 무대 오른쪽에 자리 잡으며 월터의 마음을 어떻게 사로잡을지 생각했다. 지난주에는 월터의 발밑에 공을 물어다 놓고 같이 놀자고 했다. 솔직히 개는 공놀이가 별 의미가 없다고 생각해서 좋아하지 않았다. 그런데 알고 보니 월터도 좋아하지 않더라.

"좋아요, 들여보내요."

누군가가 소리치자 문이 열렸다. 방청객들이 고마워하듯이 저마다 "오오", "와아" 함성을 지르며 자리에 앉았다. 누군가는 세트장에 달린 커다란 시계를 가리켰다. 영원히 6시에 고정된 시계를 본 방청객들은 러시모어산•의 관광객처럼 시계를 손가락질하며 말했다.

• 미국 사우스다코타주에 있는 바위산으로, 미국 역사에 한 획을 그은 대통령 네 명의 얼굴이 조각되어 있다.

"저기 있다. 저 시계구나."

거의 모든 사람들이 이렇게 말했다.

"개도 있어! 봐! 여섯시-삼십분이야!"

개는 어째서 엘리자베스가 스타가 되기 싫어하는지 알 수 없었다. 이렇게나 좋은데.

10분 뒤 엘리자베스는 주장했다.

"감자 껍질은 코르크라고도 불리는 펠렘 세포로 구성되어 있습니다. 이 세포는 덩이줄기 식물의 주피**를 이룹니다. 이것은 감자의 자기방어 전략으로……."

여섯시-삼십분은 그녀의 옆에 서서 마치 비밀 요원처럼 방청객을 훑어보았다.

"……최고의 방어가 최고의 공격임을 덩이줄기 식물도 이해하고 있다는 사실을 증명하죠."

방청객은 넋을 잃고 설명을 들었고, 그 덕에 개는 쉽게 모두의 얼굴을 구분할 수 있었다.

"감자 껍질에는 글리코알칼로이드가 가득합니다. 파괴할 수 없는 독소죠. 굽거나 튀겨도 좀처럼 없어지지 않습니다. 이처럼 일상생활에서 흔히 볼 수 있는 감자에도 독이 들었다는 사실을 통해, 우리는 사방에 위험이 널려 있다는 것을 다시 깨달을 수 있습니다. 위험에 대처하는 최고의 방안은 위험을 두려워하지 않고 존중하는 겁니다."

그녀는 칼을 들고서 덧붙였다.

** 2차 비대 생장을 하는 쌍떡잎식물과 겉씨식물의 줄기나 뿌리의 표피 밑에 형성되는 조직을 통틀어 이르는 말.

"위험을 처리해 보십시오."

카메라는 그녀가 감자 싹을 능숙하게 도려내는 모습을 클로즈업했다. 그녀는 감자를 하나 더 도려내면서 말했다.

"감자의 싹과 초록색으로 변한 부분은 반드시 제거해야 합니다. 그 부분에 고농도 글리코알칼로이드가 숨어 있기 때문입니다."

여섯시-삼십분은 방청객을 하나하나 훑어보면서 혹시 다른 사람들과 달라 보이는 얼굴이 있는지 찾았다. 아, 찾았다. 박수를 보내지 않던 여자가 하나 있었다.

엘리자베스는 이제 광고를 볼 시간이라고 말한 다음 무대에서 내려갔다. 여섯시-삼십분은 평소에는 그녀를 따라갔지만, 오늘은 그 대신 방청객 사이로 내려갔다. 그러자 몇몇 사람이 곧바로 흥분해서 손뼉 치며 "얘, 이리 와!"라고 외쳤다. 월터는 그러면 안 된다고 했다. 방청객 중에 개 알레르기가 있는 사람이 있을까 봐서였다. 하지만 여섯시-삼십분은 계속 사람들을 헤치고 지나갔다. 중요한 건 따로 있었으니까. 박수를 보내지 않는 여자에게 가고 싶었다.

그녀는 못마땅한 듯 입술을 꾹 다문 채 네 번째 줄 끝에 앉아 있었다. 개는 그런 부류의 사람을 잘 알았다. 그 줄에 앉은 다른 방청객들이 손을 뻗어 자신을 쓰다듬는 동안 여섯시-삼십분은 마치 엑스레이 기계처럼 여자를 꿰뚫어보았다. 그녀는 뻣뻣하고 무자비한 인간이었다. 솔직히 개는 그녀가 조금 안쓰럽기도 했다. 이토록 비열한 사람은 처음부터 그랬던 게 아니라, 남들로부터 비열한 대접을 받은 나머지 인간성이 그렇게 변한 것이니까.

입을 꾹 다문 여자는 고개를 돌려 굳은 표정으로 개를 보았다. 그녀는 조심스럽게 커다란 가방에 손을 넣어 담뱃갑을 하나 꺼낸 다음 허벅지에 두 번 두드렸다.

흡연자구나. 그것까진 알겠군. 인간들이 스스로를 세상에서 제일 지능이 높은 종이라고 믿는다는 건 널리 알려져 있다. 하지만 사실 인간은 기꺼이 발암 물질을 흡입하는 동물일 뿐이었다. 개는 고개를 돌리다가 그 자리에 멈춰 섰다. 니코틴 말고 또 다른 냄새를 맡았다. 희미하지만 익숙한 냄새. 개가 다시 냄새를 맡은 순간, 「6시 저녁 식사」의 악단이 "그녀가 돌아왔네요!"라는 가사의 곡을 연주했다. 개는 박수를 보내지 않는 여자를 다시 슬쩍 보았다. 그녀는 가방을 복도 끝 바닥에 놓았다. 담배를 입술로 가져가는 여자의 손이 덜덜 떨렸다.

개는 코를 들고 킁킁거렸다.

'니트로글리세린 아니야? 이럴 수가.'

무대로 돌아온 엘리자베스가 말했다.

"큰 냄비에 H_2O를 채우십시오. 그런 다음 감자를⋯⋯."

개는 다시 냄새를 맡았다. 니트로글리세린 맞아. 잘못 다루면 엄청난 소리를 내면서 폭죽처럼, 그다음엔⋯⋯. 개는 마른침을 삼키며 캘빈을 떠올렸다. 갑자기 폭음이 들렸던 그 순간을.

"⋯⋯냄비에 넣고 고열로 가열하십시오."

개의 귓가에 캠프 펜들턴의 훈련사가 계속 지껄여댔다. "찾아, 찾으라고. 그 망할 놈의 폭탄을 찾으란 말이야!"

"감자의 전분은 아밀로오스와 아밀로펙틴 분자로 구성된 긴 탄수화물입니다⋯⋯."

니트로글리세린. 실패의 냄새.

"전분이 파괴되기 시작하면서……."

그 냄새가 박수를 보내지 않는 여자의 가방에서 흘러나왔다.

캠프 펜들턴에 있을 때 개는 폭탄의 위치를 찾으라고 훈련받았지 제거 훈련까지 받지는 않았다. 제거는 훈련사가 할 일이었다. 하지만 때로 나대기 좋아하는 개들, 특히 독일 셰퍼드 녀석들은 제거까지 해낼 때가 있었다.

스튜디오 안은 서늘했지만 여섯시-삼십분은 숨을 헐떡이기 시작했다. 어떻게든 앞으로 나아가고 싶었지만 다리가 물에 잠긴 듯 무거웠다. 개는 멈추었다가 자신에게 말했다. 지금 해야 할 일은 내가 제일 싫어하는 놀이야. 바로 물건 가져오기. 비록 제일 싫어하는 냄새라 해도 니트로글리세린을 가져와야 해.

그 생각을 하자 개는 구역질이 났다.

"이게 대체 뭐지?"

시모어 브라운이 손잡이가 축축하게 젖어 있는 여성용 핸드백을 살펴보며 말했다. 핸드백은 보안 검색대 위에 놓여 있었다.

"이거 잃어버린 여자분이 아주 걱정하겠는데."

그는 신분증을 찾으려고 가방을 열었다가 그 안을 보자마자 숨을 헉 들이쉬고는 급히 전화기를 들었다.

기자는 카메라에 플래시 전구를 끼우면서 시모어에게 말했다.

"이제 팔짱 끼고 서보세요. 살짝 험악한 표정 지어주시고요. 이런 짓을 하는 사람은 큰일 날 줄 알아라, 라는 표정으로요."

믿을 수 없게도 캘빈의 묘지에 왔던 바로 그 기자였다. 그는 여전히 특종을 따고 싶었다. 그래서 경찰 무전을 도청하는 장치를 최근 차에 설치했는데, 마침내 그게 오늘 돈값을 해냈다. 누군가 KCTV 방송국에서 작은 폭탄이 든 여자 핸드백을 찾아낸 것이다.

그는 우연히 검색대 위에 가방이 나타나 있었다는 시모어의 설명을 받아 적었다. 시모어는 이게 어째서 여기 있는지 모르겠다고 했다. 신분증이 있나 보려고 열었더니 그 대신 엘리자베스 조트는 신을 믿지 않는 공산주의자라고 비난하는 전단 한 묶음과 아주 얇은 철사로 묶인 다이너마이트 두 개가 나왔다고 했다. 죄다 부서진 장난감 같았다고 시모어는 말했다.

"하지만 대체 왜 KCTV를 폭파하고 싶어 하는 걸까요? 보통 여기선 오후 시간대 방송을 하지 않나요? 연속극이나 아동용 프로그램요."

기자가 묻자 시모어는 떨리는 손으로 정수리의 머리카락을 쓸어 넘겼다.

"우리는 온갖 방송을 합니다. 우리 프로그램의 진행자 하나가 신을 믿지 않는다고 말한 이후로 문제가 좀 생겼어요."

기자는 믿을 수 없다는 듯 물었다.

"뭐라고요? 세상에, 대체 누가 신을 안 믿습니까? 어떤 프로그램 진행자가 그랬어요?"

"시모어, 시모어!"

월터 파인이 소리쳤다. 그는 걱정스레 모인 직원들을 헤치고 경찰관과 함께 다가왔다.

"시모어, 다행히 무사했군요. 그런 무서운 일을 다 겪다니, 당신

177

죽을 뻔했어요!"

"저는 괜찮아요, 파인 씨. 사실 전 아무것도 안 했어요. 진짜로요."

시모어의 말에 경찰관은 수첩을 보며 말했다.

"아닙니다, 브라운 씨. 정말 큰일 하셨습니다. 우리가 이 여자를 감시한 지 좀 됐거든요. 골수 반공주의자죠. 정말이지 미친 인간입니다. 이제껏 몇 달 동안 살해 협박을 했다고 시인했습니다. 제가 보기엔 자꾸 무시당하는 게 싫었던 모양이에요."

경찰관이 수첩을 덮으며 말했다. 옆에 있던 기자가 펄쩍 뛰었다.

"살해 협박이라고요? 그 방송이 혹시 뉴스인가요? 정치적 견해가 나오고 토론이 벌어지는?"

"아뇨, 요리 프로그램인데요."

월터가 대답했다. 경찰관이 주장했다.

"브라운 씨, 당신이 오늘 이 가방을 찾아내지 못했다면 큰일 났을 겁니다. 대체 어떻게 하신 거죠? 어떻게 그 여자 모르게 이 가방을 입수하셨습니까?"

시모어도 끈질기게 말했다.

"아니, 제가 계속 말했잖아요. 저는 아무것도 안 했다니까요. 그냥 가방이 검색대에 놓여 있었어요."

"참 겸손도 하셔라."

월터가 시모어의 등을 두드렸다. 경찰관도 고개를 끄덕였다.

"참된 영웅의 올바른 자세죠."

기자도 한마디 보탰다.

"저희 편집장님이 이 뉴스를 무척 좋아하실 겁니다."

저 멀리 지쳐서 구석에 앉은 여섯시-삼십분이 그들을 바라보았다. 그 순간 기자의 시야에 이쪽을 흘끔흘끔 보는 개가 들어왔다.

"사진 몇 장만 더 찍으면 될 것 같은데…… 아니, 잠깐, 저 개 어디서 봤는데? 나 저 개를 알아요."

"쟤를 모르는 사람은 없을걸요. 방송에 나오거든요."

시모어의 말에 기자는 어리둥절한 얼굴로 월터를 바라보았다.

"요리 프로그램이라고 하지 않으셨어요?"

"네, 맞아요."

"요리 프로그램에 개가 나온다고요? 개가 대체 뭘 하는데요?"

월터는 주저하다가 순순히 대답했다.

"아무것도 안 하죠."

그 말을 내뱉은 순간, 월터의 기분이 갑자기 확 가라앉았다.

방 저쪽에 있던 여섯시-삼십분과 그의 눈길이 마주쳤다. 월터는 개를 좋아하는 사람이 아니었지만 그런 그에게도 개의 마음이 분명히 느껴졌다. 쟤, 기분 상했네.

제 3 6 장

《라이프》와 죽음

"대박 소식이 있어요!"

일주일 뒤 월터는 몸을 떨면서 식탁에 앉았다. 그 자리에는 엘리자베스와 해리엇, 매들린과 어맨다도 함께 있었다. 이들은 이제 일요일 저녁마다 모여서 엘리자베스의 연구실에서 같이 식사를 했다.

"《라이프》에서 오늘 전화했어요. 특집 기사를 실어준대요!"

"관심 없어요."

엘리자베스가 말했다.

"하지만《라이프》라고요!"

"그들은 내 개인사를 쓰고 싶어 하잖아요. 자기들이 상관 말아야 할 사항들 말이죠. 뭘 궁금해하는지 난 알아요."

월터는 정색했다.

"봐요, 우리는 정말 이 기사가 필요해요. 살해 협박은 끝났지만 이 걸 긍정적인 노출 기회로 삼을 수 있다고요."

"《케미스트리 투데이》라면 기꺼이 인터뷰하겠어요."

엘리자베스의 말에 월터는 눈을 흘겼다.

"그래요, 그거 멋지네요. 우리 시청자들이 잘 읽지도 않는 잡지인 데 말이죠. 그런데 내가 너무 절박한 나머지 거기다가도 전화를 했 다 이겁니다."

"어떻게 됐는데요?"

엘리자베스는 열렬한 기세로 물었다.

"그쪽에서 TV에서 요리하는 여자랑 인터뷰하고 싶지 않대요."

엘리자베스는 벌떡 일어나서 자리를 떴다.

저녁 식사가 끝난 뒤 해리엇과 함께 뒤뜰 계단에 앉은 월터는 그 녀에게 애원했다.

"해리엇, 도와줘요."

"엘리자베스한테 TV 요리사란 말은 하지 말았어야죠."

"알아요, 나도 안다고요. 그렇지만 애초에 엘리자베스가 신을 믿 지 않는다는 말을 전 국민 앞에서 하질 말았어야죠. 우리는 그 오명 을 절대로 씻을 수 없을 거예요."

그때 미닫이문이 열리면서 어맨다가 불쑥 나타났다.

"해리엇? 와서 같이 놀아요."

"금방 갈게."

해리엇은 이렇게 말하며 어맨다를 품에 안았다.

"먼저 매드랑 둘이서 요새를 지어놓을래? 내가 곧 갈게."

"어맨다가 당신을 무척 좋아하네요, 해리엇."

딸이 집 안으로 뛰어 들어가자 월터가 조용히 말했다. 마음 같아서는 '나도 좋아해요'라고 덧붙이고 싶었지만 간신히 참았다. 지난 몇 달간 그는 계속해서 엘리자베스의 집을 방문했고 그러면서 자연스럽게 해리엇과 끊임없이 마주쳤다. 그 집을 나설 때마다 정신을 차려보면 몇 시간이고 해리엇을 생각하고 있었다. 물론 엘리자베스의 말에 따르면 참으로 안타깝게도 그녀는 남편이 있었다. 하지만 그게 무슨 상관인가. 어차피 해리엇은 자신에게 아무 관심이 없는 것을. 그야 당연했다. 월터는 쉰다섯 살 먹은 아저씨로 탈모가 진행된 데다 직장에서도 그다지 유능하지 못하며 엄밀히는 친자도 아닌 애가 딸린 홀아비였다. 만약 '진심으로 안 만나고 싶은 남자의 조건'에 대해 서술한 교과서가 있다면 월터는 표지 모델 감이었다.

"네?"

해리엇은 월터의 칭찬을 듣자 목덜미가 빨개졌다. 그녀는 원피스 자락을 매만지면서 양발까지 끌어내리더니 약속했다.

"엘리자베스랑 말해볼게요. 하지만 그쪽 기자한테 먼저 언질을 주세요. 사적인 질문은 하지 말라고요. 특히 캘빈 에번스 질문은 절대로 안 돼요. 오로지 엘리자베스에게만 초점을 맞춰서 그녀가 이뤄낸 성과가 뭔지 질문해 달라고 하세요."

인터뷰 일정이 다음 주로 잡혔다. 기자는 프랭클린 로스라는 사람으로, 기자 상을 수상한 데다 아무리 다루기 힘든 스타라고 해도 신뢰를 얻어내어 명성이 자자했다. 그가 「6시 저녁 식사」의 방청석에 슬며시 들어왔을 때 벌써 무대에 오른 엘리자베스는 거대한 초록색

채소 더미를 썰고 있었다.

"많은 사람들이 단백질을 고기와 달걀, 생선에서만 섭취할 수 있다고 생각합니다. 하지만 단백질은 식물에서 옵니다. 식물이야말로 세상에서 가장 힘세고 커다란 동물들이 먹는 것이죠."

그녀는 《내셔널 지오그래픽》을 펼쳐 코끼리 사진을 보여준 다음, 세상에서 제일 커다란 육지 동물의 대사 과정을 아주 상세히 설명했다. 급기야는 카메라에 코끼리의 배설물 사진을 클로즈업해 달라고 요청하기까지 했다.

"사진을 보시면 실제로 섬유질이 보입니다."

그녀는 배설물 사진을 톡톡 치며 말했다.

로스는 이제껏 이 방송을 몇 번 보고 묘하게 재미있다고 생각했는데, 방청객 입장에서 보니 앉은 사람들(98퍼센트가 여자였다) 역시 조트만큼이나 이야깃거리임을 알 수 있었다. 모두들 공책과 펜으로 무장했고 개중에는 화학 교과서를 가져온 이들도 몇 있었다. 방청객은 대학교 강의실이나 교회에서 응당 필요하지만 거의 찾아볼 수 없는 수준의 대단한 집중력을 발휘해 엘리자베스의 말을 듣고 있었다.

잠시 쉬어가는 광고 시간에 로스는 옆에 앉은 여자에게 기자 신분증을 보여주며 정중하게 물었다.

"괜찮으시다면 이 쇼의 어떤 점이 마음에 드시는지 말씀해 주시겠습니까?"

"진지한 면이 마음에 들어요."

"조리법이 아니라요?"

그녀는 믿을 수 없다는 듯 로스를 쳐다보더니 천천히 말했다.

"가끔 드는 생각인데요, 만약 남자가 하루 동안 여자가 되어 미국에서 살아본다면 낮 12시도 넘기지 못할걸요."

그때 로스의 다른 쪽에 앉아 있던 여자가 그의 무릎을 톡톡 쳤다.

"여자들이 곧 들고일어날 테니 마음 단단히 먹어요."

방송이 끝나고 로스는 무대 뒤로 갔다. 조트는 로스와 악수했고 그녀의 개 여섯시-삼십분은 몸수색하는 경찰처럼 그의 냄새를 맡았다. 서로 짧게 자기소개를 주고받은 다음 그녀는 로스와 사진 기자를 분장실로 데려가서 방송 이야기를 했다. 아니, 정확히 말하자면 방송에서 다룬 화학 이야기라고 해야겠다. 로스는 공손하게 이야기를 들은 다음 그녀가 바지를 입은 것을 언급하며 대담한 선택이라고 평했다. 엘리자베스는 놀라서 로스를 바라보더니, 그에게도 바지를 입은 대담한 선택을 축하해 주었다. 물론 그 말에는 뼈가 있었다.

사진 기자가 조용히 셔터를 찰칵대는 동안 로스는 화제를 바꾸어 그녀의 헤어스타일을 언급했다. 엘리자베스는 그를 차가운 눈초리로 바라보았다. 사진 기자는 걱정스러운 듯이 로스를 보았다. 그는 조트가 웃는 사진을 최소 한 장은 찍어야 했다. 그는 로스에게 손짓했다. *어떻게 좀 해봐요. 재미있는 이야기를 좀 하라고요.*

로스는 다시 말을 걸어보았다.

"머리에 꽂으신 연필에 대해 여쭤봐도 되겠습니까?"

"물론입니다. HB연필인데요. H는 경도hardness를 뜻하고, B는 검은 정도blackness를 뜻합니다. 연필에 든 흑연은 탄소동소체입니다."

"아뇨, 제 말은 어째서 연필을 머리에 —"

"왜 펜이 아니라 연필을 쓰냐는 질문인가요? 잉크와는 달리 흑연은 지울 수 있기 때문입니다. 사람은 실수하는 법이죠, 로스 씨. 연필

184

은 실수해도 지운 다음 새로 쓸 수 있게 해줍니다. 과학자들은 실수가 당연히 일어나리라고 예상하기 때문에 실수를 포용합니다."

이렇게 말한 엘리자베스는 로스의 펜을 못마땅한 듯 바라보았다.

사진 기자는 로스에게 눈을 흘겼다.

로스는 수첩을 덮으며 말했다.

"저기, 부인께서 인터뷰에 동의하시긴 했지만, 와보니 억지로 하고 계시다는 걸 알겠습니다. 저는 상대가 원치 않는 인터뷰는 하지 않습니다. 불편을 끼쳐드려 정말로 죄송합니다."

로스는 사진 기자를 돌아보며 나가자고 문을 고갯짓했다. 주차장으로 가는데 주차 요원 시모어 브라운이 그들을 불러 세웠다.

"조트 씨가 기다리시랍니다."

5분 뒤 로스는 엘리자베스 조트의 낡고 파란 플리머스 조수석에 앉아 있었다. 사진 기자는 개와 함께 뒷좌석에 탔다.

"얘 말인데요, 물지는 않죠?"

사진 기자는 창문에 찰싹 달라붙은 채 물었다. 엘리자베스는 뒤돌아서 말했다.

"개는 전부 물 줄 압니다. 모든 인간이 남을 해칠 능력을 지닌 것과 마찬가지로요. 그러니 누굴 해칠 일이 일어나지 않도록 합리적으로 행동하는 것이 좋습니다."

"그러니까 문다는 말인가요?"

그가 재차 물었지만 방금 승용차가 고속도로로 접어든 참이라 질문은 엔진이 가속하는 소리에 묻혀버렸다. 옆에 앉은 로스가 물었다.

"어딜 가시는 건가요?"

"제 연구실에 갑니다."

하지만 차가 선 곳은 단정하지만 지루해 보이는 동네에 자리 잡은 자그마한 갈색 저택이었다. 로스는 자신이 잘못 들은 줄 알았다.

엘리자베스는 두 사람을 집 안으로 들이며 로스에게 말했다.

"이제 제가 사과드려야 할 것 같네요. 원심 분리기가 고장 났거든요. 하지만 그래도 커피는 드릴 수 있습니다."

그녀가 작업을 시작하자 사진 기자는 연신 셔터를 눌러댔다. 그동안 로스는 한때 주방이었던 게 틀림없는 공간을 자세히 바라보았다. 놀라움에 입을 떡 벌어졌다. 이곳은 얼핏 보면 수술실 같고 다시 보면 생물학적 위험 지대 같았다.

"원심 분리기의 하중에 불균형이 일어나서요."

그녀는 커다란 은색 물체를 가리키면서 밀도에 따른 유체 분리에 대해 무어라 설명했다. 원심 분리기라고? 그게 뭐지? 로스는 전혀 알아듣지 못한 채로 다시 수첩을 폈다. 엘리자베스가 그의 앞에 쿠키 접시를 놓았다.

"계피알데히드* 맛입니다."

엘리자베스가 설명했다. 로스가 고개를 돌리자 자신을 바라보는 개가 보였다.

"여섯시-삼십분은 개 이름 치고 아주 특이하네요. 무슨 뜻이죠?"

"뜻이라니요?"

엘리자베스는 분젠 버너에 불을 붙이면서 그를 돌아보았다. 눈살

•   신남알데히드라고도 하는 계피유의 주성분.

을 찌푸린 그녀는 어째서 그가 이런 기본적인 걸 계속 묻는지 이해할 수 없다는 표정이었다. 이윽고 그녀는 바빌로니아인에 대해 자세히 설명하기 시작했다. 그들이 수학과 천문학에서 60진법을 사용했다는, 그러니까 60 단위로 수를 셌다는 이야기였다.

"이제 무슨 뜻인지 정확히 아시겠죠?"

그동안 집을 돌아봐도 좋다는 허락을 받은 사진 기자는 거실 한가운데에 놓인 기계가 뭔지 물었다.

"로잉 머신입니다. 저는 조정을 합니다. 많은 여자가 하는 거죠."

로스는 실험실 탁자에 수첩을 내려놓고 그들을 따라 거실로 갔다. 엘리자베스가 로잉 머신 사용법을 보여주고 있었다.

"로잉 머신은 다른 말로 에르그^{erg}라고도 합니다. 에르그는 에너지 단위입니다."

그녀는 계속 앞뒤로 왔다 갔다 하는 다소 지루한 동작을 선보였다. 사진 기자는 다양한 각도에서 엘리자베스의 사진을 찍었다.

"조정은 상당한 에르그를 소모합니다."

이윽고 엘리자베스가 일어서자 사진 기자는 그녀의 손을 클로즈업해 굳은살을 여러 장 찍었다. 그들이 다시 연구실로 돌아왔을 때 로스는 개가 자신의 수첩에 침을 질질 흘리고 있는 걸 발견했다.

인터뷰는 이런 식이었다. 한쪽이 재미없는 질문을 하면 다른 한쪽이 재미없는 대답을 했다. 로스가 질문하면 엘리자베스는 예의 바르고 충실하게, 또 과학적으로 대답했다. 한마디로, 아무것도 건지지 못했다.

엘리자베스가 커피 잔을 그의 앞에 놓았다. 로스는 사실 커피를 별로 좋아하지 않았다. 그의 입에는 너무 썼다. 그녀는 플라스크와 시험관과 스포이드를 써서 증기를 내는 등 엄청난 절차를 거쳐 커피를 만들었다. 어쩔 수 없이 그는 예의상 한 모금 마셨다. 그런데 액체를 맛보자마자 그는 입에서 잔을 뗄 수 없었다.

"이게 정말로 커피 맞나요?"

로스는 어안이 벙벙해져 물었다.

"여섯시-삼십분이 저를 실험실에서 도와주는 모습을 보시면 어떻겠습니까?"

엘리자베스가 제안했다. 그녀는 개에게 고글을 씌운 다음 자신의 연구 분야를 설명했다. 화학진화라는 것이었는데, 처음에는 철자를 하나씩 a, b, i, o 하고 불러주다가 결국 그의 수첩을 잡고 큼직한 글자로 써주었다. 그동안 사진 기자는 여섯시-삼십분이 버튼을 눌러서 흄후드를 올리고 내리는 모습을 계속 찍었다.

엘리자베스는 로스에게 말했다.

"제가 여러분을 여기 데려온 이유는 인터뷰를 읽을 독자들에게 알려주고 싶었기 때문입니다. 제 진정한 정체성은 TV프로그램 진행자가 아니라는 사실을요. 저는 화학자입니다. 저는 한동안 우리 시대의 가장 위대한 화학적 미스터리를 풀려고 노력해 왔습니다."

그녀는 계속해서 화학진화를 설명했다. 정확한 묘사를 통해 전체 개념을 설명하는 엘리자베스의 표정은 누가 봐도 아주 열띠었다. 로스는 어느덧 깨달았다. 그녀는 설명을 무척 잘했고, 제아무리 따분한 개념도 재미있게 말하는 재주가 있다는 것을. 엘리자베스가 실험실에 있는 다양한 물품을 가리키거나 손을 휘젓는 동안 로스는 메모를 했다. 가끔 그녀는 로스에게 실험 결과와 그에 따른 해석을 알려주었고, 원심 분리기가 고장 난 걸 거듭 사과했으며, 가정용 사이클로트론은 설치가 불가하다면서 현재 토지사용제한법 때문에 방사능 도구를 설치하지 못하고 있음을 넌지시 알려주었다.

"정치인들은 일을 참 어렵게 만들지 않습니까? 어쨌든 생명의 기원으로 되돌아가죠. 그게 바로 제가 연구했던 주제였습니다."

"지금은 안 하시고요?"

"더는 안 합니다."

로스는 앉은자리에서 몸을 비틀었다. 그는 이제껏 과학에 조금도 관심을 가져본 적이 없었다. 그의 관심사는 오로지 사람뿐이었다. 엘리자베스 조트라는 사람을 보아하니 이 여자가 해온 일을 통해 그녀라는 인물을 파악하기란 불가능해 보였다. 다른 식으로 접근하면 될 수도 있겠지만, 이미 월터 파인이 절대 그 방법을 쓰지 말라고 엄중하게 경고했었다. 만약 그 방법을 쓴다면 인터뷰는 엉망이 될 거라나. 그렇더라도 로스는 한번 해보기로 했다.

"캘빈 에번스에 대해 말씀해 주시겠습니까?"

캘빈의 이름만 들었을 뿐인데도 엘리자베스는 두 눈 가득 실망을 내비치며 몸서리를 쳤다. 그녀는 로스를 아주 오랫동안 빤히 바라보았다. 그 눈빛은 약속을 어긴 상대방에게 보낼 법한 것이었다.

"그렇다면 당신은 캘빈의 업적에 더 관심 있던 거로군요."

엘리자베스가 딱 잘라 말하자 사진 기자는 로스에게 고개를 저으며 한숨을 쉬었다. '어이구, 잘했다, 잘했어'라는 한숨이었다. 사진 기자는 이제 다 끝났다는 듯 카메라 렌즈에 뚜껑을 씌우고는 혐오 어린 목소리로 말했다.

"난 밖에 있을게요."

"제가 관심 있는 건 그의 업적이 아닙니다. 당신과 에번스의 관계를 알고 싶은 겁니다."

"그걸 알아서 뭐 하시려고요?"

로스는 이쪽을 무겁게 바라보는 개의 눈빛을 느꼈다. '이미 네놈의 경동맥이 어디쯤에 있는지 파악해 놨어' 하는 눈빛이었다.

"두 분 사이에 이런저런 일이 많았을 텐데요. 그냥 가볍게 이야기하고 싶을 뿐이에요."

"가볍게 이야기라."

"에번스는 아주 부유한 집안 출신인 걸로 알아요. 조정을 하고 케임브리지를 졸업했잖습니까. 그런데 조트 양을 보면요."

그는 수첩을 확인했다.

"UCLA 석사시죠. 하지만 학부는 그곳이 아닌 걸로 알아요. 어느 대학교 출신이세요? 그리고 헤이스팅스 연구소에서 해고되셨던 걸로 아는데요."

"제 경력을 조회하셨군요."

"그게 제 일입니다."

"그럼 캘빈의 경력도 조회하셨습니까?"

"음, 아뇨. 그럴 필요는 없었죠. 그는 너무 유명해서—"

그 말을 들은 엘리자베스가 고개를 갸웃했다. 로스는 어쩐지 걱정이 되었다.

"조트 양, 물론 당신도 아주 유명하시지만—"

"유명해지는 덴 관심 없습니다."

로스가 경고했다.

"대중들이 멋대로 당신의 이야기를 지어내게 두면 안 돼요, 조트 양. 대중은 진실을 왜곡할 줄 알거든요."

"기자들도 마찬가지죠."

엘리자베스는 그의 옆에 놓인 의자에 앉으며 말했다. 잠시 동안 그녀는 협조하기 일보 직전인 것처럼 보였지만, 이내 다시 생각에 잠긴 채 벽을 빤히 바라보았다.

두 사람은 한동안 그렇게 앉아 있었다. 어느새 커피는 식어버리고 엘리자베스의 타이멕스 손목시계조차 똑딱거리려는 의지를 잃은 것 같았다. 문득 바깥에서 경적이 울리면서 어떤 여자가 소리를 질렀다.

"내가 도대체 몇 번을 말해! 벌써 천 번째야!"

언론계에 자명한 이치가 있다면, 바로 기자가 질문을 멈추었을 때에야 인터뷰 대상이 비로소 이야기를 시작한다는 것이다. 로스는 그걸 잘 알았지만, 지금 입을 다문 이유는 그 때문이 아니었다. 바로 스스로가 혐오스러워서였다. 선을 넘지 말라는 말을 들어놓고도 일을 저지르다니. 엘리자베스의 신뢰를 얻었는데 스스로 전부 짓밟아버리지 않았나. 사과하고 싶었지만 로스는 글을 쓰는 사람인지라 말로 하는 사과 따위는 통하지 않으리라는 점을 이미 알고 있었다. 진정한 사과는 말로 이루어지는 법이 좀처럼 없는 법이다.

문득 경적이 세차게 울려 사슴처럼 깜짝 놀란 엘리자베스는 몸을 숙이고 로스의 수첩을 다시 펴주었다.

"캘빈과 저에 대해 알고 싶으시다고요?"

그녀는 날카로운 목소리로 물은 다음, 로스에게 이야기하기 시작했다. 절대로 기자에게 말해서는 안 될 내용, 바로 있는 그대로의 벌거벗은 진실을. 로스는 대체 어떻게 해야 할지 도무지 알 수 없었다.

품절

엘리자베스 조트는 의심할 바 없이 오늘날 텔레비전에서 가장 영향력 있고 똑똑한 사람이다.

로스는 뉴욕행 비행기 21C 좌석에서 이렇게 썼다. 그러다 잠시 쓰기를 멈추고 물을 탄 스카치위스키를 주문한 다음 아무것도 보이지 않는 창밖 하늘을 멍하니 바라보았다. 그는 훌륭한 기자이자 작가였다. 기자의 취재에 작가의 솜씨를 합치고 얼큰한 술기운까지 곁들이면 분명히 뭔가 써질 것이다. 적어도 그러기를 바랐다. 엘리자베스의 이야기는 행복한 내용이 아니었고, 그가 이제껏 해온 작업을 보자면 불행한 이야기일수록 좋은 글이 되곤 했다. 하지만 이번 경우는 달랐다. 이 여자는…….

그는 비행기 테이블을 손가락으로 두드렸다. 보통 기자들은 자신의 논조가 더할 나위 없이 중립적이기를 바란다. 편견 없고 감정에 휘둘리지 않는 기사를 쓰기를 바란다. 하지만 그는 지금 어쩐지 한쪽으로 치우쳐 있었다. 정확히 말하자면 바로 엘리자베스의 편에서 이야기를 바라보고 있었다. 다른 식으로는 전혀 바라보고 싶지 않았다. 로스는 앉은 자세를 바꾸고 새로 받은 술을 길게 들이켰다.

제길. 로스는 이제까지 수많은 사람을 인터뷰했다. 월터 파인, 해리엇 슬로운, 헤이스팅스 직원 몇은 물론이고 「6시 저녁 식사」의 제작진도 전부 만나봤다. 심지어 매들린이라는 아이에게도 접근해 보았다. 아이는 연구실에서 책을 읽으며 돌아다니고 있었다. 그 앤 정말로 『소리와 분노』*를 읽고 있었던 걸까? 하지만 로스는 아이에게 아무것도 묻지 않았다. 아이에게 질문하는 게 잘못이라는 생각이 들기도 했지만, 개가 앞을 가로막아서였다. 엘리자베스가 매들린의 다리에 난 작은 상처를 치료하는 동안 여섯시-삼십분은 그에게 이빨을 드러냈다.

하지만 다른 사람의 말은 다 잊어도, 엘리자베스의 말은 평생 절대로 잊을 수 없을 것이다.

"캘빈과 나는 영혼의 반려자였어요."

그녀가 입을 열었다. 어색하고 침울했던 남자에게 그녀가 어떤 감정을 품었는지를 강렬한 언어로 묘사하는 걸 직접 들으니 로스는 그

---

* 미국 작가 윌리엄 포크너의 장편소설로, 의식의 흐름 기법을 사용한 난해한 작품으로 유명하다.

녀가 겪은 사별의 아픔을 더 깊이 느낄 수 있었다.

"우리가 얼마나 드문 상황에 처해 있었는지는 고급 화학을 몰라도 쉽게 이해할 수 있어요. 캘빈과 저는 그저 달칵 부딪친 수준이 아니었어요. 우리는 말 그대로 충돌했죠. 극장 로비에서 캘빈이 나에게 토했거든요. 빅뱅 이론은 들어본 적 있으시죠?"

이어서 그녀는 '팽창', '밀도', '열' 같은 단어를 써서 그들의 연애를 설명했고 그들의 열정이 상대방의 능력에 대한 상호 존중에 근거했다고 강조했다.

"그게 얼마나 보기 드문지 아세요? 남자가 연인의 연구를 자기 것만큼 진지하게 받아주는 관계는 절대로 흔하지 않죠."

로스는 숨을 짧게 들이쉬었다.

"물론 저는 화학자입니다, 로스 씨. 그러니 캘빈이 제 연구에 관심을 가진 것도 표면상으로는 설명되죠. 하지만 제가 함께 일했던 수많은 화학자 중 단 한 명도 나를 동등한 학자로 여기지 않았어요. 나를 화학자로 여긴 이는 캘빈과 그리고 또 한 사람이 있었지요."

그녀의 눈빛이 날카로워졌다.

"바로 헤이스팅스의 화학과장 도나티 박사입니다. 그자는 제가 화학자라는 것을 알았을 뿐만 아니라 대단한 연구를 하고 있다는 것도 알았습니다. 그자는 제 연구를 훔쳤습니다. 그러고는 자기 이름으로 출판했죠."

로스는 눈이 휘둥그레졌다.

"저는 그날 연구소를 그만뒀어요."

"왜 출판사에 말하지 않았습니까? 왜 그 논문을 당신이 썼다고 이의를 제기하지 않았죠?"

엘리자베스는 로스가 마치 다른 별에서 온 외계인이라도 되는 듯 쳐다보았다.

"지금 농담하시는 거죠?"

로스는 문득 부끄러워졌다. 당연히 그렇겠지. 누가 화학과장인 남자를 두고 한낱 여자의 말을 들어주겠는가? 솔직히 자신이 출판사 측이었어도 엘리자베스의 말을 믿었을 것 같지 않았다.

"저는 캘빈을 사랑하게 되었어요. 캘빈은 총명하고 상냥하기도 했지만, 나를 진지하게 대해준 최초의 남자였으니까요. 모든 남자가 여자들을 진지하게 받아준다고 생각해 보세요. 교육이 바뀔 겁니다. 노동력에는 일대 혁명이 일어날 겁니다. 결혼 정보 회사는 파산할 겁니다. 제 말이 무슨 뜻인지 아시나요?"

로스는 그녀의 말을 이해했다. 하지만 한편으로는 이해하고 싶지 않았다. 그의 아내는 최근 그를 떠났다. 로스가 주부이자 어머니인 그녀의 직업을 존중하지 않는다면서. 하지만 주부와 어머니가 무슨 직업이란 말인가? 그건 역할이라 봐야 하는데. 어쨌든 아내는 집을 나갔다.

"저는 「6시 저녁 식사」를 통해서 화학을 가르치고 싶었어요. 여자들이 화학을 이해한다면, 세상이 어떻게 움직이는지 이해하기 시작할 테니까요."

로스는 어리둥절한 얼굴이 되었다.

"저는 원자와 분자에 대해서 말하는 거예요, 로스 씨. 물리적 세계를 지배하는 진짜 규칙 말이죠. 여자들이 이 기본적인 개념을 이해하면 '그들'을 위해 창조된 세상의 그릇된 한계를 보게 될 겁니다."

"'그들'이라는 건 남자를 말하는 거로군요."

"남성을 단성적single-sex 지도력을 갖춰야 하는 부자연스러운 역할로 몰아넣는 인위적인 문화와 종교 이야기를 하는 겁니다. 화학에 대해 기본적인 지식만 있어도 이런 일방적인 접근이 얼마나 위험한지 알 수 있습니다."

로스는 자신이 이제껏 단 한 번도 그런 식으로 생각해 본 적이 없다는 걸 깨달았다.

"글쎄요, 사회에 아쉬운 점이 많다는 데는 동의하지만, 종교는 인간을 겸손하게 만드는 역할을 한다고 생각하고 싶습니다. 이 세상에서 우리의 자리가 어디쯤인지 가르쳐준달까요?"

로스의 말에 엘리자베스는 깜짝 놀랐다.

"정말입니까? 저는 종교가 우리를 곤경에서 빼내준다고 생각합니다. 종교는 사실 우리의 잘못은 아무것도 없다고 가르치죠. 무언가, 또는 누군가 다른 존재가 문제의 원인이라고 말입니다. 궁극적으로 우리는 이 세상의 상태에 책임이 없다고요. 상황을 개선하기 위해서 그저 기도만 하면 된다고 믿게 됩니다. 하지만 우리는 이 세상의 문제에 아주 큰 책임이 있습니다. 그걸 고칠 힘도 갖고 있고요."

"하지만 온 우주의 문제를 인간이 고쳐야 한다고 말씀하시는 건 아니겠죠?"

"저는 '우리'를 고쳐야 한다고 말하고 있는 겁니다, 로스 씨. 우리의 실수 말예요. 자연은 인간보다 더 높은 지적 영역에서 작용합니다. 우리는 더 배우고 더 나아갈 수 있습니다. 그러기 위해서는 먼저 문을 열어젖혀야 합니다. 명석한 사람들이 너무 많은데 성차별과 인종차별이라는 무식한 편견 때문에 과학 연구를 못 하고 있어요. 저는 그 점에 무척 분노하고, 당신도 마땅히 분노해야 해요. 과학은 기아와 질병, 멸종 등 큰 문제를 해결해야 합니다. 이기적이고 시대에 뒤떨어진 문화적 관념으로 일부러 다른 이의 앞길을 막는 자들은 부정직할 뿐 아니라 참으로 게으른 인간들이에요. 헤이스팅스 연구소는 그런 인간이 가득한 곳이죠."

로스는 글쓰기를 멈추었다. 문득 드는 생각이 있었다. 그는 널리 인정받는 잡지사에서 일하고 있긴 했지만, 지금 새로 온 편집장은 《더 할리우드 리포터》, 그러니까 쓰레기 같은 잡지사 출신이었다. 로스는 퓰리처상 수상 기자인데도 현재 그의 밑에서 일하고 있었다. 편집장은 뉴스를 '지라시'라고 부르며 모든 이야기의 중심은 '쪽팔린 내용'에 있다고 주장했다. 편집장은 허구한 날 로스에게 "언론은 돈벌이라고! 독자는 추잡한 이야기를 읽고 싶어 한단 말이야!"라고 지껄여댔다.

엘리자베스는 무거운 한숨을 쉬었다.

"저는 무신론자입니다, 로스 씨. 사실 인본주의자죠. 하지만 솔직히 인정하건대, 인류를 생각하면 가끔 구역질이 날 때가 있어요."

그녀는 일어서서 커피 잔을 가져다가 '눈 세척기'라고 쓰인 곳 곁에 놓았다. 로스는 이제 인터뷰가 끝났다는 느낌을 강하게 받았지만, 잠시 후 엘리자베스가 다시 이쪽을 돌아보았다.

"제 학부에 대해 말씀드리면, 저는 대학교를 나오지 않았습니다. 대학교를 졸업했다고 주장한 적도 없고요. 저는 독학으로 공부해서 대학원에 입학했고 마이어스 교수 밑에서 석사 학위를 땄습니다. 마이어스 교수로 말하자면요."

그녀는 연필을 머리에서 빼내며 굳은 목소리로 말했다.

"알아두셔야 할 점이 있습니다."

이어서 그녀는 모든 내막을 들려주었다. 강간을 당하는 바람에 UCLA를 떠나야 했고, 학교 측은 남자가 여자를 강간하는 일이 생기면 여자가 입을 다물어 주기를 바란다고.

로스는 마른침을 삼켰다.

"제 배경에 대해서 말씀드리자면, 저를 키운 건 오빠입니다. 오빠는 제게 글 읽는 법을 가르쳐줬고 도서관이 얼마나 놀라운 곳인지 알려줬으며, 돈에 대한 부모님의 집착을 배우지 않도록 지켜줬어요. 헛간 서까래에 목을 매 죽은 존 오빠를 발견했을 때, 아버지는 경찰이 사건 현장에 오는 것도 기다리지 않고 나가버렸죠. 소위 설교라는 수금 행위에 늦고 싶지 않아서요."

엘리자베스는 아버지 이야기를 했다. 자신의 아버지는 종말론을 주창하던 부흥사였으며, 현재는 기적을 행하다가 세 사람을 죽인 죄로 25년형을 살고 있다는 이야기였다. 그녀가 보기에 진짜 기적은 이제 아버지가 더는 사람을 죽이지 못하게 된 것이라고도 덧붙였다. 어머니는 만나지 않은 지 12년째이며, 브라질로 이주해 새로운 가정을 꾸리고 있다고 말했다. 탈세야말로 어머니 평생의 과업이었다.

"하지만 캘빈의 어린 시절이 저보다 더 불우했다고 생각합니다."

그녀는 캘빈이 어릴 적 부모를 잃은 다음 고모를 잃었다고 설명했다. 결국 천주교 소년 보육원에 보내졌는데, 자기 방어를 할 수 있을 만큼 자랄 때까지 사제들에게 학대당했다. 엘리자베스가 프래스크와 함께 훔친 캘빈의 소지품 상자 속 오래된 일기장에서 찾아낸 사실이었다. 캘빈이 어릴 적 날려 쓴 글씨는 읽기 힘든 부분이 종종 있었지만 그 슬픔만은 진하고도 여실했다.

엘리자베스가 로스에게 말하지 않은 것도 있었다. 그녀는 일기장

중간중간 캘빈이 평생 품은 원한의 근원을 찾아냈었다. 캘빈은 어쩌면 다른 삶이 가능했었다는 암시를 써놓았다. "나는 여기 있어서는 안 되는 사람이었어. 난 그 남자를 절대 용서하지 않을 거야. 살아 있는 한, 절대로 그자를 용서하지 않을 거야." 후에 엘리자베스는 캘빈이 웨이클리와 주고받은 편지를 읽고 그 남자가 바로 캘빈이 죽었으면 좋겠다고 썼던 아버지라는 것을 깨달았다. 죽는 날까지 미워하겠다고 다짐했던 단 한 사람. 캘빈은 그 다짐을 지켰다.

로스는 탁자를 내려다보았다. 그는 정상적인 가정에서 자랐다. 어머니와 아버지가 다 있고 자살이나 살인이 일어난 적 없는 가정이었다. 성당 사제로부터 이상한 손길을 받은 적 역시 한 번도 없었다. 그런데도 자신은 참 불평불만이 많지 않은가. 대체 난 뭐가 문제지? 다른 이의 문제와 비극은 별것 아닌 것으로 치부하면서 자신의 상황에는 감사할 줄 모르는 나쁜 습관을 지닌 숱한 사람들과 다를 게 없지 않은가. 아니, 꼭 그렇지는 않다. 이젠 아내가 보고 싶으니까.

"캘빈이 죽은 건 백 퍼센트 제 책임입니다."

엘리자베스가 그날의 사건과 개 목줄, 경보음에 대해 설명하자 로스는 얼굴이 하얗게 질렸다. 그녀는 그 이후로 다시는 그 누구도 어떤 식으로든 제지하지 않기로 마음먹었다고 했다. 엘리자베스가 보기에는 캘빈의 죽음으로 연이어 다른 문제가 나타났다. 도나티가 기습적으로 논문을 훔쳐서 연구를 포기했고, 딸이 세상에 적응할 수 있도록 돕기 위해 학교에 입학시켰지만 결국 아이는 적응하지 못했으며, 더 나쁘게도 자신은 절대로 되고 싶지 않았던 존재, 즉 아버지 같은 연기자가 되어버렸다. 아, 엘리자베스는 필 레벤스멀이 심장 마비에 걸리도록 둔 책임도 있다고 했다.

"물론 사실 그걸 잘못이라고 생각하지는 않습니다."

공항으로 가는 길에 사진 기자가 물었다.

"둘이 무슨 이야기 했어요? 혹시 제가 놓친 이야기가 있어요?"

"그런 건 없어요."

로스는 거짓말했다.

로스는 택시에 타기 전부터 엘리자베스에게 들은 내용을 발설하지 않겠다고 마음먹었다. 물론 마감과 양식에 맞춰서 뭔가 쓰긴 하겠지만 필요한 만큼만 쓰고 그 외에는 한 글자도 보태지 않을 작정이었다. 잔뜩 쓰긴 썼는데 내용은 없는 그런 글 말이다. 엘리자베스를 언급하더라도 그녀의 진실은 절대 밝히지 않을 작정이었다. 즉, 마감을 맞추는 것만 생각하자고 결론을 내렸다. 언론계에선 그것만 지켜도 99퍼센트는 먹고 들어간다.

비행기 안에서 그는 이렇게 썼다.

엘리자베스 조트가 말한 대로, 「6시 저녁 식사」는 그저 화학 입문 강의가 아니다. 그것은 일주일에 다섯 번씩 30분 동안 이어지는 인생 강의다. 그 강의에서는 우리가 누구이며 무엇으로 이루어졌는지 배우는 게 아니라, 우리가 무엇이 될 수 있는지 배운다.

로스는 엘리자베스의 개인사 대신 화학진화를 설명하는 데 2천 자를 쓰고, 이어서 코끼리가 어떻게 먹이를 소화하는지 그 신진대사 과정에 대해 5백 자 썼다.

하지만 새로 온 편집장은 초고를 읽고서 이런 평을 했다.

"이건 이야기가 아니잖아! 조트의 더러운 구석은 뭐 없나?"

"전혀 없었습니다."

로스는 이렇게 대답했다.

그로부터 딱 두 달 뒤 엘리자베스는 《라이프》 표지에 나왔다. 가슴께에 팔짱을 끼고 우울한 얼굴을 한 그녀 옆에 "왜 우리는 그녀가 내놓는 것을 먹을까"라는 제목이 커다랗게 박혀 있었다. 여섯 쪽짜리 기사에는 엘리자베스의 사진이 열다섯 장 실렸다. 방송을 진행하는 모습, 로잉 머신을 타는 모습, 화장하는 모습, 여섯시-삼십분을 쓰다듬는 모습, 월터 파인과 회의하는 모습, 머리를 매만지는 모습 등이었다. 기사는 로스가 쓴 글로 시작했다. 엘리자베스 조트는 의심할 바 없이 오늘날 텔레비전에서 가장 영향력 있고 똑똑한 사람이다, 라는 문장 말이다. 하지만 편집장은 '똑똑한'이라는 말을 지우고 대신 '매력적인'이란 단어를 넣었다. 이어서 기사는 엘리자베스의 방송 중 가장 인기 많은 편을 짧게 묘사했다. 소화기 편과 독버섯 편, '나는 신을 믿지 않습니다' 편 등 수많은 회차가 나왔다. 엘리자베스의 방송은 인생 수업이라는 로스의 말로 끝을 맺었다. 그렇다면 나머지 기사는 무슨 내용으로 채워졌을까?

"걔는 저승사자 같은 앱니다. 악마의 새끼죠. 그리고 건방져요."

싱싱 교도소 면회실에서 조트의 아버지는 이렇게 말했고, 특종에 굶주린 신입 기자는 그 말을 인용했다.

신입 기자는 UCLA의 마이어스 교수에게서도 한마디 받아낼 수 있었다. 마이어스는 조트를 가리켜 '분자보다 남자에 더 관심이 많던 둔한 학생'이라고 평했다. 실제로 보면 TV에서만큼 예쁘지는 않다는 말도 덧붙였다.

신입 기자가 도나티에게 찾아가서 조트의 근무 이력에 대해 묻자 도나티는 이렇게 되물었다.

"누구요? 조트? 아, 잠깐, 혹시 맛좋은 리지 말씀입니까? 우리는 모두 그 애를 맛이 좋다고 했죠. 사실 개는 앙탈이 좀 심하긴 했는데, 알잖습니까. 여자들은 겉으로 싫다고 하면서 속으로는 아닌 거."

도나티는 미소 지으며 엘리자베스가 입던 실험실 가운을 가리켰다. 거기에는 그녀의 머리글자인 E. Z.가 보란 듯이 박혀 있었다.

"맛좋은 리지는 훌륭한 연구 보조원이었습니다. 과학계에 들어오고 싶어 하지만 그럴 머리가 안 되는 사람들한테 주는 자리죠."

마지막 말은 머드포드 선생님이 해주었다.

"여자란 자고로 집에 머물러야 해요. 엘리자베스 조트가 집에 없어서 아이의 발달에 지장이 있다는 사실은 뻔하죠. 그 여자는 아이의 능력을 종종 과대평가해요. 사회적 지위를 의식하는 부모에게 대번에 나타나는 특징이죠. 그 딸이 제 학생이 되었으니, 당연히 저는 그 영향으로부터 아이를 바로잡기 위해 노력했어요."

머드포드의 인터뷰와 더불어 실린 것은 바로 매들린이 그린 가계도였다. 머드포드는 가계도 맨 위에 "거짓말이구나! 끝나고 남아!"라고 써놓았다.

기사 내용 중에서 가장 해로웠던 게 바로 그 가계도였다. 매들린은 월터를 친척이라고 적어놓았는데, 독자들은 그걸 곧바로 엘리자베스가 PD와 잔다는 뜻으로 받아들였다. 게다가 아이는 죄수복을 입은 할아버지, 브라질에서 타말리*를 먹는 할머니, 『올드 옐러』**를

- 옥수수 가루, 다진 고기, 고추로 만드는 멕시코 요리.
- 1956년에 미국에서 출간된 아동 소설로, 떠돌이 개가 농장에 들어가 곤경에 처한 아이들을 구하고 가족의 일원이 되는 이야기다.

읽는 큰 개, '요정 대모님'이라는 이름이 붙은 도토리, 남편을 독살하는 해리엇, 죽은 아버지 무덤에 있는 묘비, 목에 올가미를 건 아이를 그려놓았고 네페르티티, 소저너 트루스, 어밀리아 에어하트의 이름에도 왜인지 알 수 없게 연결선을 그어놓았다.

　잡지는 24시간도 되지 않아 품절되었다.

제 3 8 장

브라우니

어떤 관심이든 관심 자체는 절대 나쁠 게 없다는 말이 있다. 이 경우에는 그 말이 맞았다. 「6시 저녁 식사」의 인기는 폭발적으로 늘어났다.

월터는 자신의 사무실에서 얼굴이 딱딱하게 굳은 엘리자베스를 마주 보며 말했다.

"엘리자베스, 이 기사에 화가 났다는 건 알아요. 우리도 모두 화가 났거든요. 하지만 좋은 쪽으로도 생각해 보자고요. 새로운 광고주들이 줄을 섰어요. 당신 이름을 신제품에 붙이게 해달라고 애걸하는 회사도 몇 군데 있고요. 냄비랑 칼이랑 온갖 제품에요!"

그녀는 입을 꾹 다물었다. 월터는 문제가 생겼다는 걸 알아챘다.

"마텔 사*에서도 여자아이용 화학 세트를 만들고 싶다는 제품 기획안을 보냈는데—"

"화학 세트요?"

그녀의 얼굴이 살짝 펴졌다. 월터는 조심스럽게 서류를 건넸다.

"물론 그저 기획안일 뿐이에요. 염두에 두고 봐요. 바꾸고 싶은 게 있으면—"

엘리자베스는 소리 내 읽었다.

"소녀 여러분! 나만의 향수를 만들어보세요⋯⋯. 과학 지식을 써보세요! 세상에, 월터! 이게 뭐죠? 왜 세트 상자가 분홍색이죠? 당장 이 사람들에게 전화해요. 이 플라스틱 시험관 따위 자기들 코에나 꽂으라고 말해주고 싶군요."

월터는 달래듯 말했다.

"엘리자베스, 전부 승낙할 필요는 없지만, 이 중에는 평생 안전한 수익을 보장할 만한 제품도 있어요. 우리뿐만 아니라 딸들을 위해서요. 우리만 생각하지 말고 애들 생각도 해봐요."

"생각하고 말고 할 것도 없어요, 월터. 이건 못된 상술이라고요."

그때 비서가 말했다.

"파인 씨, 로스 씨가 2번 전화에서 연결을 기다리고 있습니다."

엘리자베스는 중상모략에 얼마나 상처받았는지 여전히 드러나는 얼굴로 경고했다.

"그 전화 받지 마요."

•   미국의 대표적인 장난감 회사. 바비 인형의 제조사다.

몇 주 뒤, 방송에서 엘리자베스는 인사했다.

"안녕하세요. 「6시 저녁 식사」의 진행을 맡은 엘리자베스 조트입니다."

그녀는 눈부시게 화려한 식재료들이 쭉 쌓인 도마 뒤에 서서 커다란 자줏빛 채소를 들어 올리며 말했다.

"오늘 저녁 재료는 가지입니다. 영어로는 에그플랜트와 오버진이라는 두 가지 이름이 있습니다. 가지는 아주 영양가가 높지만 페놀화합물을 함유하고 있어서 쓴맛이 납니다. 쓴맛을 없애려면……."

그녀는 갑자기 멈춰 섰다. 그러고는 손에 든 가지가 전혀 만족스럽지 않다는 듯이 이리저리 돌려보았다.

"다시 말하겠습니다. 가지가 쓴맛을 내는 현상을 방지하기 위해서는……."

그녀는 다시 멈춰 서더니 커다랗게 한숨을 쉬었다. 그러고는 가지를 옆으로 던졌다.

"가지 요리는 그만둡시다. 그렇지 않아도 인생은 참 씁쓸하죠."

엘리자베스는 돌아서더니 뒤쪽 찬장을 열고 아예 다른 재료를 꺼냈다.

"새로운 요리를 하겠습니다. 오늘은 브라우니를 만들 겁니다."

TV 앞에 엎드린 매들린은 허공에 다리를 들어 꼬았다.

"오늘 밤에도 또 브라우니를 만들 건가 봐요, 해리엇. 벌써 닷새째예요."

엘리자베스가 고백했다.

"저는 일진이 사나운 날에 브라우니를 만듭니다. 자당*이 행복의 필수 요소라고 둘러댈 마음은 없지만, 개인적으로 저는 자당을 먹으면 기분이 좋아집니다. 그럼 시작하시죠."

엘리자베스의 목소리가 들려오는 가운데 해리엇은 립스틱을 고쳐 바르고 머리를 매만지면서 아이를 불렀다.

"매드, 나 잠깐 나갔다 와야 하는데 괜찮지? 누가 문 두드리거나 전화해도 절대로 문을 열거나 전화 받지 마. 집에서 나가면 안 돼. 너희 엄마가 오기 전에 돌아올게. 알겠니, 매드? 내 말 들리니?"

"네."

"이따 봐."

문이 달칵 닫혔다. 엘리자베스의 목소리가 이어졌다.

"브라우니는 고품질의 코코아 가루나 제빵용 다크 초콜릿으로 만드는 것이 제일 좋습니다. 저는 네덜란드산 코코아 가루를 선호합니다. 폴리페놀 함량이 높기 때문이죠. 여러분도 아시다시피 그 말은 신체를 산성화하는 요소를 줄여준다는 뜻입니다⋯⋯."

매들린은 TV에 가까이 다가가 엄마가 볼에 녹인 버터와 설탕에 코코아 가루를 넣고 나무 수저로 휘젓는 모습을 바라보았다. 어찌나 맹렬하게 휘젓던지 볼이 깨질 것 같았다. 《라이프》가 가판대에 나왔을 때 매들린은 참 자랑스러웠다. 우리 엄마야! 표지에 나왔어! 하지만 매들린이 잡지를 미처 읽어보기도 전에 엄마는 자신이 나온 잡지를 쓰레기 봉지에 버렸다. 해리엇의 것도 마찬가지로 버린 다음 묵직한 봉지를 길가에 내놓았다. 그러고는 매들린에게 말했다.

•   설탕의 다른 말.

"너는 이런 거짓말을 읽으면 *안 돼*. 알았니? 무슨 일이 있어도 읽지 마."

매들린은 고개를 끄덕였지만 다음 날 곧바로 도서관에 가서 잡지를 빌려다가 손가락으로 문장을 짚어가며 쭉 읽었다.

"아니야, 아니야, 아니란 말이야."

매들린의 목이 메더니 이윽고 눈물이 뚝뚝 떨어졌다. 눈물은 마치 온종일 머리 손질이나 하는 사람처럼 나온 엄마의 사진 위를 온통 적셨다.

"우리 엄마는 과학자야. 화학자란 말이야."

매드는 다시 텔레비전을 보았다. 엄마는 호두를 다지고 있었다.

"호두에는 비타민E가 감마 토코페롤의 형태로 많이 들어 있습니다. 심장을 보호하는 효능이 있다고 알려졌지요."

엄마는 계속 호두를 다져댔지만 아무리 봐도 그 호두가 엄마의 아픈 심장을 보호해 줄 것 같지는 않았다.

그때 난데없이 초인종이 울려서 매드는 깜짝 놀랐다. 해리엇은 누가 찾아와도 절대 대답하지 말라고 했지만 지금은 해리엇이 없다. 매드는 낯선 이가 왔으리라 생각하고 창문을 몰래 내다보았는데, 찾아온 사람은 웨이클리였다.

아이가 문을 열어주자 웨이클리 목사가 말했다.

"매드, 정말 걱정했단다."

텔레비전에서 엘리자베스 조트의 설명이 흘러나왔다. 설탕 결정의 거친 표면에 섞인 공기가 얇은 지방층에 둘러싸이면서 거품을 형성하는 원리를 설명하고 있었다.

"여기에 달걀을 넣으면 단백질이 지방으로 둘러싸인 공기 방울을 보호해서, 가열해도 거품이 붕괴되지 않게 해줍니다. 그럼 잠시 광고 후에 뵙겠습니다."

엘리자베스는 볼을 내려놓고 말했다.

"내가 들러도 괜찮은 거였으면 좋겠구나. 네 어머니가 방송하시는 동안 집에 오면 너를 볼 수 있으리란 생각이 들었단다. 그런데 정말로 저녁 식사로 브라우니를 만드시는 거니?"

웨이클리가 물었다.

"엄마는 오늘 기분이 안 좋아서요."

"그《라이프》기사 때문이구나. 얼마나 속상하실까 짐작이 간다. 베이비시터 분은 어디 계시니?"

"해리엇은 조금 있으면 돌아올 거예요."

매드는 물어봐도 괜찮을지 잘 알 수 없어서 망설이다 물었다.

"웨이클리 아저씨, 저녁 먹고 갈래요?"

그는 멈칫했다. 만약 그날 일진에 따라 식단을 정해야 한다면 그는 평생 매끼 브라우니를 먹어야 할 터였다.

"불쑥 저녁 식사 자리에 끼어들 마음은 없단다, 매드. 그저 네가 괜찮은지 확인하고 싶어서 온 거야. 네 가계도 그리기를 더 이상 도와줄 수 없어서 정말 마음이 좋지 않구나. 난 네가 참 자랑스러워. 너는 가족을 아주 정직하고 광범위하게 정의했어. 가족이란 생물학의 범위를 넘어서는 것이지."

"알아요."

웨이클리는 책으로 가득한 작은 방을 슬쩍 둘러보다가 로잉 머신을 바라보았다. 그는 경이로운 목소리로 말했다.

"저기 있구나, 로잉 머신. 잡지에서 봤어. 네 아빠는 손재주가 아주 좋았구나."

매드는 단박에 말했다.

"엄마 손재주가 좋은 거예요. 우리 엄마는 주방을—"

매드가 실험실을 보여주기도 전에 텔레비전에서 엘리자베스가 이제 돌아왔다고 말했다. 그녀는 반죽에 밀가루를 부었다.

"제가 요리에서 좋아하는 부분은 바로 요리가 본질적으로 유용한 것이라는 점입니다. 우리는 음식을 만들며 그저 먹거리를 생산하는 것만이 아니라 세포에 에너지를 주고 생명을 유지하는 무언가를 창조합니다. 요리는 다른 이들이 창조하는 것과는 아주 다릅니다. 예를 들자면……."

그녀는 카메라를 똑바로 바라보며 눈을 가늘게 떴다.

"잡지 같은 것과는 비교할 수가 없죠."

"어머니가 참 안되셨어."

웨이클리가 고개를 저으며 말하는 순간 뒷문이 벌컥 열렸다.

"해리엇 왔어요?"

매드가 묻자 피곤한 목소리가 대답했다.

"아니야, 아가. 나야. 일찍 집에 왔단다."

웨이클리는 그만 얼어붙었다.

"너희 어머니가 오신 거니?"

그는 아직 엘리자베스 조트를 만날 마음의 준비가 되지 않았다. 캘빈 에번스가 한때 살던 집에 온 것만도 벅찬데, 에번스의 장례식에서 위로해 주려다 실패한 여자까지 갑자기 봐야 하다니? 그것도 저 유명한 TV프로그램의 무신론자 진행자를? 최근에 《라이프》표지에 나온 사람을? 그럴 수 없다. 당장 나가야 했다. 저 여자가 텅 빈 집에 자신의 어린 딸과 단둘이 있는 그를 보기 전에. 맙소사! 대체 무슨 정신으로 여기에 머물렀지? 남 보기에 이보다 더 이상한 장면이 있을까?

"잘 있어."

그는 매드에게 속삭이고는 얼른 현관 쪽으로 돌아섰다. 그러나 그가 문을 채 열기도 전에 여섯시-삼십분이 곁에 다가왔다.

'웨이클리!'

"매드?"

엘리자베스는 실험실에 가방을 털썩 내려놓고 거실로 들어왔다.

"어디 있…… 아아."

그녀는 목사 옷차림을 하고 현관문 손잡이를 잡은 남자를 보고 놀라서 우뚝 멈춰 서서 눈살을 찌푸렸다.

매들린은 아무렇지 않은 척 말했다.

"엄마, 왔어? 이분은 웨이클리 아저씨야. 내 친구야."

웨이클리는 마지못해 문손잡이를 놓고 손을 내밀며 말했다.

"웨이클리 목사라고 합니다. 제1장로교구를 맡고 있습니다. 폐를 끼쳐 정말로 죄송합니다, 조트 부인."

그는 말을 줄줄 뱉었다.

"정말, 정말 죄송합니다. 오늘 지친 하루를 보내셨으니 피곤하실 테지요. 매들린과 저는 얼마 전에 도서관에서 만났습니다. 아이 말대로 우리는 친구입니다. 우리는, 그러니까 저는 지금 막 떠나려던 참이었습니다."

"웨이클리 아저씨는 내가 가계도 그리는 걸 도와줬어."

"정말 끔찍한 숙제죠. 완전히 그릇된 생각이었어요. 저는 가족의 사생활을 침해하는 이런 숙제가 아주 옳지 못하다고 생각합니다. 아니, 사실 저는 아무런 도움이 못 됐습니다. 제가 도와줄 수 있었다면 얼마나 좋았을까요. 캘빈 에번스는 제 삶에 막대한 영향을 준 사람입니다. 에번스의 연구, 음, 사실 제가 몸담은 직업이 직업이니만큼 좀 이상하게 들릴 수도 있겠습니다만, 저는 에번스를 우러러보던 사람입니다. 말하자면 팬이랄까요. 에번스와 저는 사실―"

그는 말을 멈췄다.

"다시금 깊은 애도의 뜻을 전합니다. 저는 정말이지―"

웨이클리는 자신이 말이 강물처럼 걷잡을 수 없게 흘러가고 있다는 걸 알아챘다. 말을 마구 주워섬길수록 엘리자베스 조트는 무시무시한 눈초리로 바라볼 뿐이었다.

"해리엇은 어딨어?"

그녀는 매들린을 돌아보며 물었다.

"일 보러 나갔어."

텔레비전에서 엘리자베스 조트의 목소리가 들려왔다.

"이제 질문 한두 개 받겠습니다."

방청객 중 누군가가 물었다.

"당신 정말로 화학자입니까? 《라이프》를 읽어보니―"

엘리자베스가 버럭 소리쳤다.

"네, 저는 화학자가 맞습니다. 누구 제대로 된 질문을 하실 분은 없습니까?"

거실에 선 엘리자베스 조트는 무척 당황한 표정으로 말했다.

"이제 저거 끄자."

그녀가 다이얼에 손을 대기도 전에 방청객 중 누군가가 기어코 말했다.

"당신 딸이 사생아라는 게 사실이에요?"

웨이클리가 텔레비전으로 성큼성큼 다가가 직접 껐다.

"저런 말은 무시하렴, 매드. 세상은 무식한 사람들로 가득하지."

그는 두고 가는 물건이 없는지 확인하려는 듯 주위를 슬쩍 둘러보고서 말했다.

"불쑥 찾아와서 정말 죄송합니다."

그가 다시금 현관문 손잡이에 손을 얹은 순간 엘리자베스 조트가 손을 뻗어 그의 옷소매를 잡았다. 그러고는 더없이 슬픈 목소리로 말했다.

"웨이클리 목사님, 우리 전에 만난 적 있죠?"

"나한테는 그런 말 한 적 없잖아요. 왜 아빠 장례식에 갔다고 말하지 않았어요?"

매들린은 브라우니를 두 개째 집으며 물었다.

"그건 말이다, 나는 그저 장례식 참석자였을 뿐이었거든. 너희 아빠를 무척 존경했지만 그렇다고 잘 알고 지낸 사이는 아니었고. 난 그날 그저 돕고 싶었을 뿐이었어. 너희 엄마가 무척 슬퍼하시기에 어떻게든 위로해 보고 싶었는데 그러지 못했지. 알겠지만 난 사실 너희 아빠를 실제로 만난 적도 없단다. 그래도 너희 아빠를 이해했다는 느낌이 들었어. 좀 건방진 소리처럼 들리겠지만."

웨이클리는 이렇게 말하고는 엘리자베스를 돌아보았다.

"죄송합니다."

저녁 식사 내내 엘리자베스는 거의 말이 없었지만 웨이클리의 고백을 듣고 어쩐지 마음이 흔들린 것처럼 고개를 끄덕였다.

"매드, 사생아라는 건 혼인 관계에서 태어난 아이가 아니라는 뜻이야. 그러니까 네 아빠랑 내가 결혼하지 않았다는 뜻이지."

"나도 그 뜻은 알아. 하지만 그게 뭐가 문제인지 모르겠어."

매드가 대꾸하자 웨이클리가 끼어들었다.

"아주 멍청한 사람에게나 문제가 되는 거란다. 나는 종일 그런 멍청한 사람들과 이야기를 하지. 그래서 잘 알아. 목사로서 그 멍청함을 조금이라도 교정해 보고자 하는 희망을 품은 적도 있었지. 사람들이 스스로 저지른 행동이 참 쓸데없었음을 깨닫게 하려고…… . 어쨌든 너희 어머니가 기사에서 말씀하신 구절 있잖니. 우리 사회가 전반적으로 신화에 기반을 두고 있고 문화와 종교, 정치가 진실을 왜곡한다는 말은 전적으로 옳단다. 혼외자라는 것도 그릇된 신화에 불과하지. 그러니 잘못된 말에 신경 쓰지 마. 그런 말을 쓰는 사람에겐 관심도 주지 말고."

엘리자베스는 놀라서 고개를 들었다.

"《라이프》 기사에는 그런 말이 없었습니다."

"뭐가 없다고요?"

"그 신화 이야기 말입니다. 진실을 왜곡한다는 말요."

이젠 웨이클리가 놀랐다.

"아, 맞아요. 《라이프》 얘기가 아니에요. 로스의 새로운…… ."

그는 매드를 바라보았다. 자신이 왜 여기에 들렀는지 이제야 기억이 난 모양이었다.

"오, 이런 맙소사."

그는 허리를 굽혀 가방에서 봉하지 않은 노란 서류봉투를 꺼내 엘리자베스 앞에 놓았다. 봉투 앞면에는 단 세 마디만 적혀 있었다. "엘리자베스 조트 씨만 보시오."

매드가 다급하게 말했다.

"엄마, 로스가 며칠 전에 왔었어. 엄마가 누가 찾아와도 대답하지 말라고 해서 난 없는 척했어. 찾아온 사람이 로스여서 더더욱 그랬어. 해리엇이 로스는 공공의 적 1호라고 했거든."

아이는 말을 멈추고 고개를 푹 떨구더니, 고백했다.

"나 사실은 《라이프》 기사 읽었어. 엄마가 읽지 말라고 했지만 읽어버렸어. 정말 끔찍한 내용이었어. 어쩌다가 로스 아저씨가 내 가계도를 구했는지는 모르겠지만 기사에 실어버렸어. 내 잘못이야."

매드의 뺨에 눈물이 줄줄 흘렀다. 엘리자베스는 아이를 무릎에 앉히고 목소리를 낮추어 말했다.

"아가, 아니야. 절대로 네 잘못이 아니야. 그 무엇도 네 잘못이 아니야. 넌 잘못한 거 없어."

매드는 엄마가 머리를 쓰다듬는 손길을 받으며 목멘 소리로 대답했다.

"아니야. 내가 잘못했어."

아이는 웨이클리가 식탁에 놓은 노란 서류봉투를 가리켰다.

"저건 로스 아저씨가 줬어. 그 아저씨가 집 앞에 두고 갔길래 내가 열어봤어. 엄마만 보라고 써놨지만 내가 읽었어. 그리고 웨이클리 아저씨한테 갖다줬어."

"아니, 매드, 왜 너는……."

엘리자베스는 말을 하다 말고 깜짝 놀라 웨이클리를 바라보았다.

"잠깐, 당신도 읽었단 말입니까?"

"매드가 기사를 갖고 왔을 때 저는 자리에 없었어요. 제 타자수가 매드가 왔었고 아주 속상해했다고 말해줬죠. 솔직히 말하자면 저도 읽었습니다. 사실 제 타자수도 읽었고요. 기사가 아주—"

웨이클리의 설명을 듣자 엘리자베스는 버럭 화를 냈다.

"이럴 수가! 대체 다들 왜 이러죠? 봉투에 나만 보라고 써놓은 거 안 보입니까?"

그녀는 식탁에서 봉투를 홱 잡아챘다. 웨이클리는 엘리자베스가 화를 내는데도 태연했다.

"하지만 매드, 왜 그렇게 속상해했니? 적어도 로스 씨는 일을 바로잡으려고 노력했는데 말이다. 그분은 진실을 쓰셨잖니."

"진실이라니 그게 무슨 소리죠? 그 남자는 아무것도 모르는—"

엘리자베스는 이렇게 말하며 봉투를 열고 내용물을 꺼냈다. 그러고는 곧바로 말을 멈췄다. "왜 그들의 마음이 중요한가"라는 제목의 기사는 《라이프》 기사와 아주 다른 내용이었다.

그건 조판만 되었지 아직 인쇄되지 않은 기사였다. 표제 아래에는 엘리자베스가 집 안 연구실에서 고글을 쓴 여섯시-삼십분과 함께 서 있는 사진이 실려 있었다. 그녀 주위에 전 세계의 여성 과학자들 사진이 연구실 벽을 따라 쭉 걸린 모습이었다. 소제목은 "과학의 편견, 이 여자들은 무엇을 하고 있는가"였다.

기사 맨 위에는 쪽지가 클립으로 끼워져 있었다.

죄송합니다, 조트. 나는 《라이프》를 그만두었습니다. 아무도 원하지

않더라도 난 여전히 진실을 밝히고 싶습니다. 이 기사를 과학 잡지 열 군데에 보냈지만 지금까지 전부 거절당했습니다. 저는 베트남이라는 곳에서 일어나는 일을 취재하러 떠납니다. 로스 드림.

엘리자베스는 새 기사를 읽으면서 숨을 죽였다. 그 기사에는 그녀의 목표와 그동안 해왔던 실험이 모두 담겨 있었다. 엘리자베스 이전에 존재했던 과학계 여성들과 그들의 업적에 관한 내용도 있었다. 엘리자베스에게 힘을 주었던 선배들의 치열한 싸움과 영감을 얻어 발전했던 이야기였다.

매들린은 울고 있었다.

"아가, 이해가 안 돼. 뭐 때문에 속상한 거니? 로스 씨는 좋은 글을 쓰셨잖니. 이건 좋은 기사야. 너에게 화나지 않았어. 네가 이걸 읽어서 기쁘단다. 로스 씨는 나와 다른 과학계 여성들 이야기를 충실하게 써주셨는걸. 이게 출판되었으면 좋겠어. 어딘가에서 말이야."

엘리자베스는 로스가 남긴 쪽지를 다시 읽었다. 벌써 과학 잡지사 열 군데에서 거절당했다고? 정말로?

매들린은 콧물을 닦으며 말했다.

"알아. 하지만 그래서 슬퍼, 엄마. 엄마는 실험실에 있어야 하는 사람이잖아. 그런데 TV에서 저녁을 만들고…… 그리고…… 그게 다 나 때문이잖아."

엘리자베스는 부드럽게 말했다.

"아니야. 그렇지 않아. 모든 부모는 생활비를 벌어야 해. 그게 어른이란다."

"하지만 나 때문에 연구실에서 나온 건 맞잖아……."

"아니라니까……."

"아니야, 맞아. 웨이클리 아저씨네 타자수가 그랬어."

엘리자베스는 입을 떡 벌렸다. 웨이클리는 두 손으로 얼굴을 가리고 말았다.

"하나님 맙소사."

"뭐죠? 당신 타자수가 누구죠?"

엘리자베스가 묻자 웨이클리는 대답했다.

"당신도 아는 사람 같습니다만."

"잘 들어, 매드. 똑똑히 들어. 엄마는 여전히 화학자야. 다만 텔레비전에 나오는 화학자라고."

"아니야. 엄마는 화학자가 아니야."

매드는 슬픈 목소리로 대답했다.

담당자 귀하

이틀 전, 프래스크는 열심히 타자기를 치고 있었다. 보통 그녀는 분당 145 단어쯤 칠 수 있었다. 그건 평균보다 단연 빠른 속도긴 하지만, 세계 기록은 그보다 훨씬 빠른 분당 216 단어였다. 그런데 오늘 다이어트 보조제를 커피와 함께 세 알 들이켜자 어쩐지 그 기록을 깰 수 있을 것 같았다. 신기록 달성을 아슬아슬하게 목전에 둔 그녀의 손가락이 마구 자판을 때리고 있는데, 스톱워치가 마지막 몇 초를 남겨둔 찰나에 예상치 못한 말이 들려왔다.

"실례합니다."

"이런 제길!"

프래스크는 버럭 소리를 지르면서 책상에서 일어섰다. 왼쪽으로 고개를 휙 돌리니 빼빼 마른 아이가 노란 서류 봉투를 들고 있었다.

"안녕하세요."

아이의 말에 프래스크는 숨을 헉 들이마셨다.

"이건 또 뭐야!"

"선생님, 타자를 정말 빨리 치시네요."

프래스크는 튀어나오려는 심장을 저지하듯 가슴에 손을 얹고 간신히 말했다.

"그, 그래. 고맙구나."

"동공이 확대되셨어요."

"뭐, 뭐라고?"

"웨이클리 아저씨 있나요?"

프래스크는 의자에 털썩 앉았다. 심장이 제멋대로 뛰는 게 느껴졌다. 아이는 몸을 숙이고 타자기에 끼워진 종이의 내용을 살펴보았다.

"너 뭐 하니?"

프래스크가 묻자 아이가 설명했다.

"계산 중이에요."

이윽고 아이는 놀라며 몸을 젖혔다.

"우아, 스텔라 파쥬나스의 경지에 이르셨군요."

"아, 아니, 네가 어떻게 스텔라가 누군지―"

"세상에서 타자가 제일 빠른 사람이잖아요. 분당 216 단어―"

아이의 말에 프래스크는 눈이 휘둥그레졌다.

"그런데 제가 방해했으니까 그것도 참작해야 하고―"

"너 누구니?"

프래스크가 대뜸 물었다.

"선생님, 땀을 흘리고 계세요."

프래스크는 손으로 축축한 이마를 슥 훔쳤다.

"선생님은 분당 180 단어를 치셨어요. 대략요."

"너 이름이 뭐니?"

"매드요."

아이가 대답하자 프래스크는 그 애를 찬찬히 들여다보았다. 부푼 보랏빛 입술과 어설프게 긴 팔다리를 보고 그녀는 아무 생각 없이 이렇게 내뱉었다.

"혹시 성은 에번스 아니니?"

두 사람은 똑같이 놀란 표정으로 서로를 빤히 쳐다보았다.

프래스크는 다이어트 쿠키를 가운데 두고 매드에게 설명했다.

"나는 헤이스팅스에서 너희 엄마아빠랑 같이 일했어. 나는 인사과에 있었고 너희 엄마랑 아빠는 둘 다 화학과에 있었지. 네 아빠는 아주 유명했어. 그건 너도 알지? 이젠 네 엄마도 유명하고."

"《라이프》 때문이에요."

아이가 고개를 푹 숙이며 말하자 프래스크는 단호하게 부정했다.

"아니야. 물론 그것도 있긴 하지만."

"우리 아빠는 어떤 분이었어요?"

매드는 쿠키를 조금 깨물며 물었다.

"그분은……."

프래스크는 곧바로 말을 잇지 못했다. 캘빈이 어떤 사람이었는지 전혀 모르고 있었다는 걸 이제야 깨달았다.

"그분은 너희 엄마를 다시없이 사랑했지."

매들린의 얼굴이 밝아졌다.

"정말요?"

프래스크는 난생처음 질투심 없이 설명을 이어갔다.

"네 어머니도 네 아버지를 다시없이 사랑했어."

"또 어땠어요?"

매드는 간절히 물었다.

"둘은 아주 행복했단다. 네 아버지가 죽기 전까진 참 행복했지. 그분은 세상을 떠나면서 네 어머니에게 선물을 남겼어. 그 선물이 뭔지는 알겠지?"

프래스크는 매드에게 고갯짓했다.

"바로 너야."

매들린은 눈을 살짝 굴렸다. 어른들은 실상은 더 어두운 이야기를 대충 덮고 넘어가고 싶을 때 이런 말을 구사하곤 했다. 아이는 예전에 웨이클리가 사서에게 사촌 조이스의 죽음에 대해 이야기하는 걸 들은 적이 있었다. 조이스가 A&P슈퍼마켓에서 심장을 부여잡고 쓰러졌지만 고통 없이 세상을 떠났다는 말이었다. 정말? 조이스가 아팠는지 안 아팠는지 누가 직접 물어보기나 했어?

"그런 다음에는 어떻게 됐어요?"

아이의 물음에 프래스크는 생각했다. 어떻게 됐냐고? 음, 내가 너희 엄마에 대한 나쁜 소문을 퍼뜨려서 결국 네 엄마는 해고되었단다. 네 엄마는 곧바로 땡전 한 푼 없는 처지가 됐지. 나중에는 어쩔 수 없이 다시 헤이스팅스로 돌아왔다가 여자 화장실에서 날 만나서 마구 소리를 지르지 뭐니. 그런데 알고 보니 우리가 둘 다 강간당한 적이 있다는 사실을 알게 됐단다. 그래서 박사 학위도 받지 못하고 쫓겨났다는 걸, 별수 없이 원치도 않는 일자리를 얻어서 무능력한 개새끼들이 상사로 있는 회사에 다니게 됐다는 걸 말이야. 상황이 그렇게 됐단다.

하지만 대신 프래스크는 다른 말을 했다.

"음, 너희 엄마는 집에 있으면서 널 기르는 게 더 재미있겠다고 생각했어."

매들린은 쿠키를 내려놓았다. 또 시작이군. 어른들은 진실과 종잡을 수 없는 관계를 맺고 있다. 어떤 때는 진실을, 또 어떤 때는 거짓을 택하는 게 어른이다.

"그게 어째서 더 재미있을 수 있을까요. 전혀 모르겠어요."

"무슨 소리니?"

"엄마는 슬퍼하지 않았어요?"

프래스크는 눈길을 돌렸다.

"나는 슬플 때 혼자 있고 싶지 않거든요."

"쿠키 더 먹을래?"

프래스크는 마지못해 물었지만 매들린은 계속 말했다.

"집에 엄마 혼자서, 아빠도 없고, 일도 없고, 친구도 없었을 거잖아요."

프래스크는 갑자기 『일용할 양식』이라는 기독교 묵상집을 읽고 싶다는 충동이 들었다.

"진짜로는 어떻게 된 거예요?"

매드가 다그쳤다. 프래스크는 자기가 하는 말이 어떤 여파를 불러올지도 생각하지 않고 불쑥 말해버렸다.

"해고됐어. 네 엄마는 널 임신했기 때문에 해고됐단다."

매들린은 등에 총을 맞은 것처럼 쓰러지고 말았다.

프래스크는 장장 10분 동안 흐느껴 우는 아이를 달랬다.

"애, 네 잘못이 아니라니까. 정말이야. 헤이스팅스에 있는 사람들이 얼마나 꽉 막혔는지 네가 몰라서 그래. 완전 바보들이라니까."

프래스크는 자기도 그 바보 중 하나였다는 걸 떠올리며 나머지 쿠키를 먹었다. 매드는 우느라 숨을 헐떡이는 와중에도 쿠키에 식용 색소인 타르트라진이 들어 있어서 간과 신장 기능이 저하될 수 있다고 지적했다.

"어쨌든 네가 잘못 생각하고 있는 거야. 네 어머니는 너 때문에 헤이스팅스에서 쫓겨난 게 아니야. 오히려 네 덕분에 나올 수 있었다고 봐야 해. 물론 나중에는 너무나 잘못된 결정을 내리는 바람에 다시 돌아오긴 했는데, 그건 또 다른 이야기니까."

매들린은 한숨을 쉬고서 시계를 보더니 코를 풀며 말했다.

"가야겠어요. 선생님의 타자 기록 경신을 방해해서 죄송해요. 이걸 웨이클리 아저씨에게 전해주시겠어요?"

아이는 봉인되지 않은 봉투를 내밀었다. 그 위에는 "엘리자베스 조트 씨만 보시오"라고 적혀 있었다.

"그럴게."

프래스크는 약속하며 아이를 꼭 안아주었다. 하지만 아이가 나가며 문이 닫히자마자 부탁을 무시하고 봉투를 열었다. 그러고는 로스의 최신 기사를 읽으며 분통을 터뜨렸다.

"이런 젠장, 조트는 정말 제대로잖아."

30초 뒤 그녀는 분노하며 타자기로 《라이프》의 편집자에게 편지를 썼다.

"담당자 귀하, 저는 엘리자베스 조트에 관해서 당신네가 쓴 말도 안 되는 특집 기사를 읽었습니다. 사실관계를 분명히 짚고 넘어가야 한다는 생각이 들었죠. 저는 엘리자베스 조트를 잘 압니다. 한때 엘리자베스 조트와 같은 직장에서 일했으니까요. 이 기사 내용은 전부 거짓이라는 걸 확실히 알고 있습니다. 저는 도나티 박사와도 같이 일했답니다. 그 인간이 헤이스팅스에서 저지른 짓을 알아요. 그 사실을 입증할 문서도 갖고 있습니다."

프래스크의 편지는 계속 이어졌다. 우선 엘리자베스가 화학자로서 세운 업적을 줄줄 읊었는데, 로스의 새로운 기사를 읽고서야 발견한 사실이 대부분이긴 했다. 헤이스팅스에서 엘리자베스 조트가 겪었던 부당한 대우에 초점을 맞추어 서술하기도 했다.

"도나티는 조트의 연구 자금을 멋대로 갖다 썼어요. 그러고는 이유도 없이 그녀를 해고했죠. 제가 그걸 아는 이유는 저 역시 그 일에 일조했기 때문입니다. 제가 지금 그때 지은 죄 때문에 회사에서 쫓겨나 먹고살려고 설교문을 타이핑하면서 속죄하고 있거든요."

그녀는 이어서 도나티가 조트의 연구 업적을 훔쳤을 뿐만 아니라 거물 투자자들을 속여 넘겼다고 설명했다. 마지막으로 《라이프》가 자신의 편지를 실을 배짱은 없다는 걸 알지만 어쨌든 편지를 써야겠다는 마음이 들었다는 말로 마무리했다.

그 편지는 곧바로 다음 호에 실렸다.

해리엇은 《라이프》 최신호를 두 손으로 쥔 채 신나서 소리쳤다.

"엘리자베스, 이것 좀 읽어봐요! 전국의 여자들이 《라이프》에 항의 편지를 썼어요. 이건 혁명이에요. 모두가 당신 편이라고요. 심지어 당신과 헤이스팅스에서 같이 일했다는 사람이 쓴 글도 있어요."

"관심 없어요."

엘리자베스는 매들린이 가져갈 도시락 안에 넣을 쪽지를 쓴 뒤 뚜껑을 닫은 다음 분젠 버너를 만지며 바쁜 척을 했다. 지난 몇 주간 그녀는 정신을 차리려고 최선을 다했다. 기사는 무시해, 평소 하던 대로 해, 그렇게 스스로 되뇌며 말이다. 그건 이제껏 그녀가 자살, 강간, 거짓말, 절도 그리고 사랑하는 이의 죽음을 견디며 생존한 방식이었다. 이번에도 통할 거라 생각했다. 그런데 안 됐다. 이번에는 제 아무리 정신 차리려고 고개를 꼿꼿이 들어도 《라이프》가 왜곡한 스스로의 모습에 완전히 얻어맞고 쓰러지기만 했다. 이 피해는 낙인처럼 영영 계속될 것 같았다. 다시는 극복하지 못할 낙인이었다.

해리엇은 편지를 크게 읽어주었다.

"만약 엘리자베스 조트가 아니었다면 —"

"해리엇, 관심 없다고 했잖아요."

그녀는 쏘아붙였다. 이제 무슨 상관인가? 내 인생은 끝났는데.

해리엇은 엘리자베스의 어조를 무시한 채 말했다.

"그럼 출간되지 않은 로스의 기사는 어때요? 과학에 대한 글 말이에요. 나는 당신이랑 퀴리 부인 말고도 여성 과학자가 있다는 걸 이제야 알았어요. 그 기사를 처음부터 끝까지 두 번이나 읽었는데 흥미진진했어요. 뭔가 있는 기사였다고요. 그러니까, 과학 말이에요."

엘리자베스는 풀죽은 목소리로 대답했다.

"그 기사는 이미 열 군데의 과학 잡지에서 반려당했어요. 사람들은 과학계 여성에게 별 관심이 없으니까요."

그녀는 차 키를 집었다.

"매드에게 인사하고 나갈게요."

"부탁 하나만 해도 돼요? 이번에는 애 깨우지 말아요."

"해리엇, 내가 언제 아이를 깨웠던 적 있어요?"

엘리자베스가 되물었다.

엘리자베스의 플리머스가 진입로를 나가는 소리가 들리자, 해리
엇은 매들린의 도시락 통을 열고 이번에는 엘리자베스가 뭐라고 썼
는지 읽어보았다. 맨 위 쪽지에는 이렇게 쓰여 있었다.

"*사람들은 대부분 아주 못됐어. 그렇다는 생각이 들면 네 생각이 맞
아.*"

해리엇은 걱정스러운 마음에 머리를 눌렀다. 연구실을 돌아다니
며 상판을 닦다가 이제껏 알아채지 못했던 점을 깨달았다. 곳곳에
엘리자베스의 우울증이 심각하다는 증거가 널려 있었다. 한 장도 쓰
지 않은 연구 공책 더미, 손도 대지 않은 화학 장비, 깎지 않은 연필
등이 보였다. 망할 놈의 《라이프》. 제목은 라이프건만 그 잡지 때문
에 사람이 죽어가잖아. 그 기사는 엘리자베스의 삶을 훔쳤다. 아니
끝내버렸다. 도나티와 마이어스 같은 사람들의 헛소리를 적잖이 실
었기 때문이었다.

매드가 문가에 나타나자 해리엇은 말했다.

"어머, 아가. 엄마 때문에 깼니?"

"날이 밝았잖아요."

둘은 나란히 앉아서 아침 일찍 엘리자베스가 구워놓은 아침 식사
용 머핀을 먹었다.

"나 정말 걱정돼요, 해리엇. 엄마 때문에요."

"음, 엄마는 기분이 꽤 가라앉아 있어, 매드. 하지만 곧 괜찮아질 거야. 두고 봐."

"정말요?"

해리엇은 시선을 떨궜다. 정말인지는 자신도 알 수 없었다. 살면서 이토록 장담할 수 없는 일이 또 있었던가. 사람은 저마다 한계점이 있게 마련이다. 엘리자베스도 마침내 그 한계점에 도달한 건 아닌지 걱정이 되었다.

그녀는《레이디스 홈 저널》최신호를 읽었는데 기사 제목이 "여러분의 미용사를 얼마나 믿으시나요?"였다. 다른 기사 제목은 "명품 블라우스의 해"였다. 그녀는 한숨을 쉬면서 다시 머핀을 집었다. 엘리자베스에게《라이프》와 인터뷰를 하라고 권했던 게 자신이었다. 누군가를 탓해야 한다면 그건 바로 해리엇이었다.

둘은 말없이 자리에 앉아 있었다. 매드가 머핀에서 유산지를 떼어내는 동안 해리엇은 엘리자베스의 말을 떠올렸다. 과학계 여성에 대한 글에는 아무도 흥미가 없다고 했던 그 말은 일리가 있었다. 아니, 정말 그럴까?

해리엇은 고개를 갸웃거렸다. 뭔가 좋은 생각이 천천히 떠오르기 시작했다.

"잠깐만, 매드. 제기랄, 잠깐만 기다려."

제 4 0 장

정상적인

"나는 죽음에 대해 많이 생각해요."

어느 쌀쌀한 11월의 저녁, 엘리자베스는 웨이클리에게 고백했다.

"저도 그렇습니다."

웨이클리가 대답했다. 두 사람은 뒤뜰 계단에 나란히 앉아 목소리를 죽인 채 대화를 나누었다. 매들린이 안에서 TV를 보고 있었기 때문이다.

"정상적인 생각은 아닌 것 같아요."

"그럴 수도 있죠. 하지만 나는 정상적이라는 게 정확히 뭔지도 모르겠어요. 과학은 정상성을 인식하나요? 당신은 정상성을 어떻게 정의하는데요?"

"음, 내 생각에 정상적이라는 건 평균적인 게 아닌가 싶어요."

"잘 모르겠습니다. 정상성이라는 건 날씨처럼 말할 수 있는 게 아니니까요. 그러니 무언가를 두고 그게 정상이이라 기대할 수는 없지요. 심지어 정상적인 걸 만들 수도 없습니다. 제 생각을 말씀드리자면 정상성이란 애초에 존재하지 않을 수도 있어요."

엘리자베스는 웨이클리를 곁눈질로 바라보았다.

"성경을 정상적이라고 생각하셔야 하는 분이 그런 말씀을 하시다니 이상하군요."

"전혀 이상할 것 없습니다. 단언컨대 성경에는 정상적인 사건이 하나도 없거든요. 성경이 인기 있는 이유가 바로 그게 아닐까 싶어요. 보이는 그대로에다 신기할 거 하나 없는 삶을 누가 믿고 싶겠습니까?"

엘리자베스는 그를 호기심 어린 눈초리로 바라보았다.

"하지만 당신은 성경 내용을 믿으시잖아요. 설교도 하고."

웨이클리는 그녀의 말을 고쳐주었다.

"다는 아니고 몇 가지는 믿습니다. 대부분 희망을 버리지 마라, 어둠에 지지 말라는 내용이죠. 전 '설교'보다 '이야기를 들려준다'는 표현이 더 좋습니다. 어쨌든 제가 무얼 믿는가는 이 주제와 무관해요. 제가 보기엔 말이죠, 죽음에 대한 생각을 자꾸 하는 사람일수록 '곧 죽겠구나' 하고 생각하는 것 같아요. 하지만 그런 생각을 하는 사람은 죽지 않고 오히려 아주 생생하게 살아 있죠. 그래서 상황이 어려워지는 거예요."

"그게 무슨 말씀이시죠?"

"무슨 말인지 아시잖습니까."

"참 이상한 목사님이시네요."

"아뇨, 저는 이상한 게 아니라 형편없는 목사입니다."

그는 고개를 저었다. 엘리자베스는 주저하다가 말했다.

"솔직하게 털어놓을 게 있어요, 웨이클리. 당신의 편지를 읽었어요. 당신과 캘빈이 주고받은 편지요. 사적인 내용이라는 걸 분명 알면서도 캘빈의 소지품 중에 있어서 읽었어요. 몇 년 전에요."

웨이클리는 고개를 돌려 그녀를 보았다. 문득 옛 친구에 대한 그리움이 왈칵 밀려들었다.

"에번스가 그 편지를 간직하고 있었습니까?"

"아실지 모르겠지만 캘빈이 헤이스팅스에서 일하기로 한 건 당신 때문이었어요."

"뭐라고요?"

"당신이 캘빈에게 커먼스의 날씨가 아주 좋다고 말해서요."

"제가 그랬다고요?"

"캘빈이 날씨에 얼마나 민감한지 아시잖아요. 얼마든지 여기가 아닌 다른 곳에 가서 큰돈을 벌 수도 있었겠지만 이곳 커먼스에 왔어요. '세상에서 제일 날씨가 좋은 곳'이라는 말 때문에요. 그는 당신이 그렇게 표현했다고 기억하고 있었어요."

웨이클리는 경솔했던 충고의 무게를 실감했다. 그의 말 때문에 에번스는 커먼스에 왔고 커먼스에서 죽었다. 그는 어쩐지 변명을 해야 한다는 의무감을 느끼며 설명했다.

"하지만 여기 날씨는 날이 밝고서야 좋아지는데요. 아침이 되어야 안개가 걷히니까요. 캘빈이 햇빛을 받으며 조정을 하려고 여기에 왔다는 생각은 들지 않아요. 적어도 조정 선수들이 배를 타는 시간에는 해가 떠 있지 않다고요."

"저도 알아요. 굳이 설명하실 필요 없어요."

"제 책임이군요. 다 제 잘못입니다."

웨이클리는 더럭 겁이 났다. 캘빈이 일찍 세상을 뜨는 데 자신이 일조했다는 걸 뼈저리게 느꼈으니까. 엘리자베스는 한숨을 쉬었다.

"아니, 아니에요. 그 목줄을 산 건 저였어요."

그들은 가만히 앉아서 매들린이 TV 속 로고송을 따라 부르는 소리를 들었다. *말은 그냥 말이야. 당연당연해, 그러니 말은 말 못 해. 당연당연해. 하지만 에드 씨는 말을 해, 유명한 말이야!*

웨이클리는 도서관에서 매들린을 처음 만난 날 그 애가 귓가에 속삭였던 말을 떠올렸다. *"우리 개는 981개의 단어를 알아요."* 그때 웨이클리는 깜짝 놀랐다. 왜 매들린처럼 진실에 집착하는 아이가 그런 말도 안 되는 거짓말을 했을까?

자신은 아이에게 무어라 답했나? 참으로 최악의 대답을 했다. '*나는 신을 안 믿는단다.*'

엘리자베스는 잠시 눈을 감더니 목을 가다듬고 말했다.

"저는 오빠가 있었어요, 웨이클리. 오빠도 죽었죠."

그녀의 어조는 마치 죄를 고백하는 듯했다. 웨이클리는 눈살을 찌푸렸다.

"오빠가요? 정말 마음이 아프네요. 언제 돌아가셨습니까? 어쩌다 가요?"

"오래전 일이에요. 그때 난 열 살이었어요. 오빠는 목을 맸죠."

"하나님 맙소사."

웨이클리의 목소리가 덜덜 떨렸다. 불현듯 매들린이 그린 가계도가 떠올랐다. 맨 아래에는 목에 올가미를 감은 아이 그림이 있었다.

"저도 예전에 죽을 뻔한 적이 있어요. 채석장에서 뛰어내렸죠. 그때는 수영을 못 했어요. 지금도 못 하고요."

"뭐라고요?"

"오빠는 내가 채석장에 고인 지하수에 뛰어들자 같이 뛰어내렸어요. 그러고는 어찌어찌 나를 끌어냈죠."

웨이클리는 천천히 그녀의 죄책감을 해석했다.

"알겠습니다. 오빠가 당신을 구했군요. 당신도 오빠를 구했어야한다고 생각하시는 거죠? 맞습니까?"

엘리자베스는 공허한 얼굴로 그를 바라보았다.

"하지만 엘리자베스, 당신은 수영을 못 하잖습니까. 그래서 오빠가 물에 뛰어든 거고요. 자살은 다르다는 걸 이해하셔야 합니다. 자살은 훨씬 더 복잡해요."

"웨이클리, 오빠도 그땐 수영할 줄 몰랐어요."

두 사람은 입을 다물었다. 웨이클리는 뭐라 말해야 할지 몰라 절망에 빠졌고, 엘리자베스는 어쩔 줄 모르고 우울해지고 말았다. 여섯시-삼십분은 뒷문으로 나와 엘리자베스에게 몸을 딱 붙였다.

웨이클리는 한동안 말을 잇지 못하다가 마침내 입을 열었다.

"이제껏 스스로를 용서하지 못하셨군요. 하지만 당신이 용서해야하는 건 오히려 당신의 오빠입니다. 그 사실을 받아들여야 해요."

엘리자베스는 슬픈 소리를 냈다. 마치 타이어에서 천천히 공기가 빠져나가는 것 같았다.

"당신은 과학자 아닌가요? 당신의 직업은 사물에 의문을 제기하고 답을 찾는 거죠. 하지만 때로는 답이 없을 때도 있어요. 답이 없다는 걸 제가 잘 알아요. 이런 기도문 알죠? '주여, 우리에게 우리가 바꿀 수 없는 것을 평온하게 받아들이는 은혜를 허락하소서*'라는 첫머리로 시작하는 기도문요."

엘리자베스는 얼굴을 찌푸리며 고개를 갸웃했다.

"참 당신답지 않은 말이군요."

"화학의 기본은 변화잖습니까. 변화는 당신의 신념 체계의 바탕을 이루고요. 변화는 좋은 겁니다. 우리에겐 더 많은 변화가 필요해요. 우리는 현 상태를 받아들이길 거부하거나 두려워하곤 하죠. 하지만 때로 받아들이기 힘든 상황이, 당신의 경우에는 오빠의 자살과 캘빈의 죽음 같은 일은 사실 언제나 일어나요. 엘리자베스, 사건 사고는 항상 생깁니다. 아무 이유 없이 말이죠."

엘리자베스는 조용히 인정했다.

"가끔 왜 오빠가 세상을 떠났는지 이해가 돼요. 이런 일이 다 일어나고 보니, 나도 가끔은 떠나고 싶은 마음이 들거든요."

웨이클리는《라이프》의 기사가 얼마나 충격적이었는지 떠올리며 대답했다.

"그 마음 압니다. 하지만 저를 믿으세요. 당신의 문제는 그게 아니에요. 문제는 당신이 이 세상을 뜨고 싶어 한다는 데 있지 않아요."

엘리자베스는 어리둥절한 얼굴로 그를 바라보았다.

"당신이 이 세상에 들어가 살고 싶어 한다는 게 문제입니다."

제 4 1 장

다시 돌아가라

"안녕하세요. 「6시 저녁 식사」의 진행을 맡은 엘리자베스 조트입니다."

PD 자리에 앉은 월터는 눈을 감고 엘리자베스를 처음 만난 그날을 떠올렸다.

그녀는 하얀색 실험 가운을 입고 머리를 뒤로 질끈 묶은 채 비서를 지나쳐 돌진해서는 낭랑한 목소리로 말했다. 월터는 그 모습에 압도당했던 기억이 났다. 그래, 참 매력적이었지. 하지만 그 매력은 엘리자베스의 외모와 무관했다는 것을 그는 이제야 깨달았다. 매력의 원천은 바로 자신감이었다. 자신이 누군지 확실하게 아는 자가 내보이는 분명한 기색. 엘리자베스는 그 자신감을 씨앗처럼 뿌렸고 그것이 마침내 상대방에게 뿌리내려 자라도록 했다.

"오늘 방송에 앞서 중요한 발표를 먼저 하려고 합니다. 저는 이제 「6시 저녁 식사」를 그만둡니다. 오늘부로요."

방청석에서 믿을 수 없다는 듯한 웅성거림이 흘러나왔다. 사람들은 서로에게 물어댔다.

"뭐? 지금 뭐라고 했어?"

"오늘이 제 마지막 방송이 될 겁니다."

그녀가 다시금 확실하게 말했다.

리버사이드에 있는 목장형 주택에 사는 한 여자가 바닥에 달걀판을 떨어뜨렸다.

"설마 진심은 아니시겠죠!"

세 번째 줄에 앉은 방청객 하나가 소리쳤다.

"저는 언제나 진심입니다."

그녀의 말에 괴로워하는 반응이 방청석을 휩쓸었다.

당황한 엘리자베스는 월터를 바라보았다. 월터는 격려하듯 고개를 끄덕여주었다. 지금 그 역시 무너지기 직전인지라, 고개를 끄덕이는 것이 최선이었다.

그녀는 어젯밤 예고 없이 월터의 집으로 차를 몰고 갔다. 그는 하마터면 문을 열어주지 않을 뻔했다. 한창 즐거운 시간을 보내는 중이었으니까. 현관 외시경으로 바깥을 바라보자 엘리자베스가 서 있었다. 매드는 도로에 대놓은 차 안에서 자고 있고, 여섯시-삼십분은 마치 도주 중인 운전자처럼 운전대 뒤에서 몸을 바짝 수그린 채였다. 월터는 무슨 일이 있나 걱정된 나머지 문을 활짝 열어버렸다.

그는 두근대는 가슴을 억누르며 말했다.

"엘리자베스, 왜 그래요? 무슨 일 있어요?"

뒤에서 걱정스러운 목소리가 들려왔다.

"엘리자베스가 왔다고요? 어머 세상에나, 무슨 일이래요? 매드 때문이에요? 애가 다쳤나요?"

"*해리엇?*"

엘리자베스는 너무 놀라 한 발짝 물러서며 물었다.

세 사람은 잠시 우두커니 서 있었다. 마치 모든 배우가 다음 대사를 잊어버린 연극의 한 장면 같았다.

"우리는 당분간 비밀로 할 마음이었어요."

마침내 월터가 간신히 말하자 해리엇이 불쑥 덧붙였다.

"내 이혼이 마무리될 때까지요."

월터는 해리엇의 손을 잡았다. 그 순간 엘리자베스는 놀라서 비명을 질렀고, 그 바람에 깜짝 놀란 여섯시-삼십분이 실수로 클랙슨을 세차게, 그것도 반복적으로 누른 나머지 매들린이 잠에서 깼고, 그러자 어맨다도 깼고, 궁극적으로는 그날 밤 어쩌다가 일찍 잠자리에 든 옆집 사람들마저 모조리 깨고 말았다.

엘리자베스는 문가에 못 박힌 듯 서서 계속 중얼거렸다.

"전혀 몰랐어요. 어떻게 모를 수 있었을까? 내가 그렇게 눈치가 없나요?"

해리엇과 월터는 그 말은 옳다는 듯 서로를 쳐다보았다. 그렇다. 엘리자베스는 눈치가 전혀 없다.

"우리도 곧 다 털어놓으려고 했어요. 그런데 여긴 왜 왔어요? 지금 저녁 9시잖아요. 무슨 문제라도 생겼어요?"

월터가 물었다. 사실 엘리자베스는 초대받지 않았는데 이렇게 불쑥 나타난 적이 한 번도 없었다.

"문제는 없어요. 그런데 내가 여기 온 이유가 이유인지라 마음이 안 좋네요. 여러분의 소식은 참 긍정적인데 내 소식은 그렇지가 못해서요……."

"뭐라고요? 뭔데요?"

엘리자베스는 즉석에서 대답을 수정했다.

"사실 생각해 보면 내 소식도 긍정적이긴 해요."

월터는 그녀를 제지하려는 듯 다급하게 손을 저었다.

"난…… 난 방송을 그만둘 거예요."

"뭐라고요?"

월터가 숨을 헉 몰아쉬자 엘리자베스는 덧붙였다.

"내일이 마지막이에요."

"안 돼!"

해리엇이 소리쳤지만 엘리자베스는 되풀이했다.

"그만둡니다."

그녀의 목소리에는 진심이 실려 있었다. 제아무리 성급하게 내린 결정일지라도 번복하지 않으리라고 결심한 게 분명했다. 협상은 무의미했다. 계약이 어떠니, 앞으로 벌 돈이 얼마나 되니, 당신이 나가면 그 자리를 어떻게 채우느니 하는 사소한 문제를 들먹여도 소용없을 터였다. 엘리자베스는 최종 결정을 내렸고, 그래서 월터는 울기 시작했다.

해리엇 역시 그녀의 어조를 알아차렸다. 자식이 돈을 지지리도 못

버는 분야에 평생 헌신하겠노라 선언하는 말을 들은 어머니가 속내를 감춘 채 자랑스러운 척하는 모습으로 그녀도 울음을 터뜨렸다. 그러면서 두 팔을 벌려 월터와 엘리자베스를 꼭 끌어안았다.

엘리자베스는 카메라를 바라보며 말을 이어갔다.

"저는 「6시 저녁 식사」를 무척 즐겁게 진행해 왔습니다. 하지만 이제는 다시 과학 연구를 하기로 결심했습니다. 이 기회를 빌려 모두에게 감사드리고 싶습니다. 우선 이 방송을 시청해 주셔서 감사드립니다."

그녀는 수런거리는 소리에 묻히지 않도록 소리를 높여서 말했다.

"여러분이 보내주신 우정에도 감사드립니다. 우리는 지난 2년간 함께 많은 것을 이루었습니다. 믿으실지 모르겠지만 수백 끼의 식사를 만들었죠. 하지만 우리가 만든 것은 저녁 식사만이 아닙니다. 숙녀분들, 우리는 역사를 이루었습니다."

순간 방청객들이 일제히 일어서서 열화와 같은 성원을 보내자 엘리자베스는 깜짝 놀라 한걸음 물러섰다. 이제는 크게 소리쳐야 했다.

"떠나기 전에 여러분이 들으면 좋아하실 소식을 전하려 합니다."

그녀는 두 손을 들어 방청객을 진정시켰다.

"혹시 조지 필리스 부인을 기억하시는 분이 있습니까? 용기 있게 심장 전문의가 되고 싶다고 우리에게 말씀하셨던 여성분 말입니다. 기억나십니까?"

그녀는 앞치마 주머니에서 편지 한 통을 꺼냈다.

"그분의 근황을 전해드리겠습니다. 필리스 부인은 의대 예비과정을 기록적으로 짧은 시간에 마치셨을 뿐만 아니라 현재 의대에 입학하셨다고 전해왔습니다. 축하합니다, 조지 필리스 부인, 아니, 죄송합니다. 마저리 필리스. 우리는 당신의 성공을 조금도 의심하지 않았습니다."

그 소식을 들은 방청객들은 곧바로 활기를 되찾았다. 엘리자베스는 평소 언제나 진지한 태도를 견지해 왔음에도 장차 필리스 박사가 수술실에 들어가기 전에 손을 씻을 모습을 떠올리자 결국 미소 짓고 말았다.

엘리자베스는 다시금 목소리를 높였다.

"마저리도 이 점엔 분명히 동감하겠지요. 제일 어려운 일은 학업을 다시 시작하는 게 아니라 그럴 용기를 갖는 거란 사실을요."

그녀는 종이를 얹은 이젤로 성큼성큼 걸어가서 마커를 쥐고 "화학은 변화다"라는 문장을 쓰고서 방청객을 돌아보았다.

"자신에 대한 의심이 들 때마다, 두려움을 느낄 때마다 이것만 기억하십시오. 용기는 변화의 뿌리라는 말을요. 우리는 화학적으로 변화할 수 있게 만들어진 존재입니다. 그러니 내일 아침 일어나면 다짐하십시오. 무엇도 나 자신을 막을 수 없다고. 내가 뭘 할 수 있고 할 수 없는지 더는 다른 사람의 의견에 따라 규정하지 말자고. 누구도 더는 성별이나 인종, 경제적 수준이나 종교 같은 쓸모없는 범주로 나를 분류하게 두지 말자고. 여러분의 재능을 잠재우지 마십시오, 숙녀분들. 여러분의 미래를 직접 그려보십시오. 오늘 집에 가시면 본인이 무엇을 바꿀 수 있는지 스스로에게 물어보십시오. 그리고 시작하십시오."

전국 방방곡곡의 여성들은 엘리자베스의 말에 흥분해 소파에서 뛰어내리고 식탁을 쿵쿵 치는 동시에 이제는 그녀가 방송을 떠난다는 사실에 비통해져 고함을 질렀다.

엘리자베스는 방청석의 소음에 맞서 큰 소리로 말했다.

"저는 떠나기 전에 아주 특별한 친구에게 고맙다는 말을 하고 싶습니다. 그분의 이름은 해리엇 슬로운입니다."

엘리자베스네 집 거실에 있던 해리엇은 입을 떡 벌리고 말았다. 매드는 숨을 몰아쉬었다.

"해리엇! 유명해지셨어요!"

엘리자베스는 다시금 손을 휘저어 청중들을 진정시키며 말했다.

"아시다시피 저는 프로그램을 끝내면서 아이들에게 상을 차리라고 말했습니다. 여러분이 자기만의 시간을 가질 수 있게끔요. '자기만의 시간'이라는 말은 해리엇을 처음 만났을 때 그분이 제게 해준 조언입니다. 그 조언에 따라 저는 결과적으로 「6시 저녁 식사」를 그만두기로 결심했습니다. 해리엇은 그 시간에 나만의 욕구를 충실하게 추구하라고, 나의 진정한 방향성을 규정하고 내 본연의 모습으로 돌아가라고 말해주었죠. 해리엇 덕분에 저는 드디어 그럴 수 있게 되었습니다."

"성모님, 맙소사."

해리엇은 얼굴이 하얗게 질려버렸다.

"아, 파인 아저씨가 해리엇을 죽일 거예요."

매드가 말했다.

화면 속 엘리자베스는 시청자에게 고개를 숙였다.

"고맙습니다, 해리엇. 여러분 모두 고맙습니다. 그럼 마지막으로 여러분의 자녀에게 상을 차리라고 말하고 싶군요. 모든 분이 빠짐없이 자기만의 시간을 갖고 본연의 모습으로 돌아가시길 바랍니다. 도

전하세요, 여러분. 화학 법칙을 이용하여 현재를 바꿔갑시다."

방청객은 다시 자리에서 일어섰다. 우레와 같은 박수가 터졌다. 엘리자베스가 무대에서 나가려고 돌아섰지만 방청객들은 꿈쩍하지 않을 게 분명해 보였다. 마지막 지시를 받지 않는 한 그들은 움직이지 않을 작정이었다. 엘리자베스는 어찌할 바를 모르고 월터를 바라보았다. 월터는 좋은 생각이 있다는 듯 손짓하더니 큐 카드에 무어라 휘갈겨 쓴 다음 높이 들어 보여주었다. 그녀는 고개를 끄덕이고 다시 카메라를 바라보았다.

"이것으로 화학 입문 강의를 마치겠습니다. 수업 끝."

제 4 2 장

인사과

1962년 1월.

모두들 엘리자베스가 곧 일자리 제안을 넘치게 받으리라 여겼다. 해리엇도, 월터도, 웨이클리도, 메이슨도, 엘리자베스 본인도 그렇게 생각했다. 대학교와 연구실, 어쩌면 국립보건원에서도 연락이 올 거라고. 제아무리 《라이프》가 그녀의 삶을 조롱거리로 삼았다 해도 엘리자베스는 유명인사, TV 스타가 확실했으니까.

하지만 일자리 제안은 없었다. 사실 전혀 없었다. 전화 한 통 받지 못했을 뿐 아니라 연구 경력 기술서도 철저히 외면받았다. 낮 시간대 TV프로그램에서 그토록 인기가 많았지만 과학계는 계속해서 엘리자베스가 학문적으로 적격한 인재인지 의심했다. 마이어스 교수, 도나티 박사 등 대단히 저명한 화학자들이 엘리자베스는 진짜 과학자가 아니라고 한 발언이 《라이프》에 실렸기 때문이다. 그것만으로도 상황은 종결되었다.

그리하여 엘리자베스는 유명세에 대한 자명한 진리를 하나 더 깨달았다. 명성이란 참으로 덧없는 것이다. 사람들이 관심 갖는 엘리자베스 조트란 결국 앞치마를 두른 모습뿐이었다.

어느 날 도서관에서 빌린 책을 한 아름 안고 여섯시-삼십분과 함께 뒷문으로 들어오는 엘리자베스에게 해리엇이 말했다.

"당신은 언제든 방송에 복귀할 수 있어요. 말만 하면 당장 오늘이라도 월터가 당신을 무대에 세울 거라는 거 알죠?"

엘리자베스는 책을 내려놓으며 말했다.

"알아요. 하지만 그럴 수 없어요. 적어도 복귀 준비는 잘되고 있거든요. 커피 마실래요?"

그녀가 분젠 버너에 불을 붙이며 물었다. 해리엇은 앞치마 주머니에서 메모지를 꺼내며 대답했다.

"그럴 시간이 없어요. 변호사랑 만나기로 했거든요. 이거 받아요. 메이슨 박사님이 여자팀 새 유니폼에 대해 상의하고 싶다고 전화 왔고요, 그리고 마음의 준비 하고 들어요. 헤이스팅스에서 전화 왔어요. 그만 끊어버릴 뻔했지 뭐예요. 상상이나 돼요? 감히 헤이스팅스가. 배짱이 얼마나 두둑하면 전화를 다 했을까 몰라."

"전화 건 사람이 누군데요?"

엘리자베스는 목소리에 걱정이 묻어나지 않게 조심하며 물었다.

지난 2년 반 동안 그녀는 헤이스팅스에서 캘빈의 소지품 상자가 없어졌다며 전화가 오지는 않을까 기다리고 있었기 때문이다.

"인사과장이라던데요. 하지만 걱정 마요. 내가 그 여자한테 지옥에나 가라고 욕해줬거든요."

"여자였다고요?"

해리엇은 메모지를 뒤져보았다.

"여기 있네요. 프래스크라는 여자예요."

엘리자베스는 안심하며 대답했다.

"프래스크는 헤이스팅스에서 일 안 해요. 오래전에 해고됐어요. 지금은 웨이클리 씨 밑에서 설교문을 타이핑하는 일을 해요."

"재밌네요. 뭐, 어쨌든 자기가 헤이스팅스 인사과장이라던데요."

해리엇의 말에 엘리자베스는 눈살을 찌푸렸다.

"프래스크가 유치한 농담을 좋아하거든요."

해리엇의 차가 진입로에서 빠져나가자 엘리자베스는 커피를 한 잔 따른 다음 전화를 걸었다.

"프래스크 사무실 비서 핀치입니다."

들려오는 목소리에 엘리자베스는 피식 웃었다.

"프래스크 사무실이라고요?"

"네?"

들려온 되묻는 목소리에 엘리자베스는 망설이다 대답했다.

"죄송합니다. 그런데 전화 받으신 분은 누구시죠?"

"그러는 그쪽은 누구신데요?"

목소리가 대뜸 요구했다.

"아, 알았습니다. 장단 맞춰드리죠. 저는 엘리자베스 조트입니다. 프래스크와 통화하고 싶습니다."

그러자 수화기 저편 사람이 말했다.

"엘리자베스 조트라니. 그것 참 재밌네요."

"무슨 문제라도 있습니까?"

엘리자베스가 물었다. 그녀 특유의 어조로. 그러자 수화기 너머의 여자가 단번에 그 말투를 알아듣고서 숨을 들이마셨다.

"어머, 정말이군요. 정말 죄송합니다, 조트 씨. 저 진짜로 팬이에요. 이렇게 통화하게 되어 영광이에요. 잠시만 기다려주세요."

잠시 후 목소리가 들려왔다.

"조트, 왜 이렇게 늦게 연락했어요?"

"안녕하세요, 프래스크. 그런데 헤이스팅스 인사과장이라고요? 이런 장난 전화 거는 거 웨이클리 씨도 알아요?"

프래스크는 급히 말했다.

"알려줄 게 세 가지 있어요, 조트. 첫째, 나 그 기사 너무 맘에 들어요. 당신이 언젠간 어떤 잡지에든 표지에 실릴 줄 알았지만 그 잡지에 날 줄은 몰랐다니까? 정말 수완이 대단하네요. 천재적이야. 그래, 성가대 노래가 듣고 싶으면 교회에 가는 게 맞지."

"뭐라고요?"

"둘째, 나 당신네 가정부 정말 맘에 들어요ㅡ"

"해리엇은 가정부가 아니라ㅡ"

"헤이스팅스에서 전화했다고 말하자마자 나한테 지옥으로 꺼지라고 하더라니까요. 그 소리 듣고 아주 기분이 좋더라고요."

"프래스크ㅡ"

"셋째, 최대한 빨리 여기로 와줘요. 오늘 안에요. 가능하면 한 시간 뒤에 봤으면 좋겠어요. 그 팔자 늘어진 투자자 기억나요? 그 사람이 돌아왔어요."

엘리자베스는 한숨을 쉬었다.

"프래스크, 재미있는 장난이라면 나도 참 좋아하긴 하지만―"

그러자 프래스크가 웃었다.

"당신이 장난을 좋아한다고요? 지금 내가 장난치는 것 같아요? 아니에요, 조트. 잘 들어요. 나 헤이스팅스에 복귀했어요. 사실 지금 나 여기 과장 자리에 올랐어요. 당신 투자자가 내가 《라이프》에 쓴 편지를 보고 연락했거든요. 어떻게 된 건지 나중에 자세히 알려줄게요. 지금은 시간이 없어서요. 사무실 청소를 해야 하거든요. 세상에, 내 사무실이 되니 청소하는 것도 너무 좋아! 그래서 올 거예요, 말 거예요? 내가 이런 말을 하게 될 줄은 정말 몰랐는데, 그 망할 놈의 개도 데려올 수 있어요? 투자자가 그 개도 보고 싶대요."

해리엇은 손을 부들부들 떨면서 핸슨앤드핸슨 법률사무소로 들어갔다. 지난 30년 동안 그녀는 지금껏 신부에게 고해성사만 해왔다. 남편이 술을 마시고, 욕을 하고, 미사에 한 번도 참석하지 않았으며, 자신을 노예처럼 취급하고, 험한 말을 퍼부었다고 말이다. 지난 30년간 그 고해성사를 들어온 신부는 고개를 끄덕이면서 설명했다. 어쨌거나 이혼은 절대 안 되지만 여러 해결책이 있다고. 예를 들어 더 좋은 아내가 될 방법을 찾게 해달라고 기도할 수도 있고, 스스로를 돌아보면서 내가 어떤 부분에서 남편을 화나게 하는지 원인을 알아볼 수도 있고, 외모에 좀 더 신경을 쓸 수도 있다고 말이다.

해리엇이 온갖 종류의 여성 잡지를 구독한 이유도 그 때문이었다. 여성지는 자기계발의 성서와 같아서 그녀에게 이런저런 방법을 알려주었다. 하지만 어떤 충고를 따라도 해리엇과 남편 사이는 개선되지 않았다. 설상가상으로 그 충고 때문에 사이가 더 나빠질 때도 있었다. 어떤 여성지에서 "아름다운 내 모습에 남편이 깜짝 놀라 고쳐 앉게 해보세요"라고 해서 시키는 대로 파마를 했다. 하지만 결과는 어땠던가. 남편은 해리엇에게 끔찍한 파마약 냄새가 난다며 끝도 없이 불평했다. 엘리자베스 조트가 해리엇의 삶에 들어온 뒤 그녀는 마침내 깨달았다. 자신에게 필요한 것은 새 옷이나 헤어스타일이 아닐 수도 있다는 것을, 어쩌면 정말 필요한 건 직업일지도 모른다는 것을. 특히 잡지 분야의 직업 말이다.

이 세상에 해리엇보다 잡지에 대해 많이 아는 사람이 있을까? 있을 리 없다. 이 점을 증명하려면 어디서부터 시작해야 할지 그녀는 정확히 알고 있었다. 바로 로스가 썼지만 아직 출판되지 않은 기사였다.

해리엇의 관점에서 보자면 로스는 기사를 투고할 때 아주 전형적인 오류를 범했다. 그는 과학계 여성에 대한 기사는 오로지 과학 잡지에서만 관심 있을 거라고 생각했지만 해리엇이 생각하기에 그건 아주 그릇된 판단이었다. 그녀는 로스에게 전화해서 자기 의견을 전달하려 했지만 자동응답기는 로스가 아직도 그 어디냐, 베트남인가에 있다고 읊어댔다. 결국 해리엇은 로스의 허락 없이 그의 기사를 투고하기로 했다. 안 될 게 뭔가? 기사가 채택되면 자신에게 고마워할 텐데. 안 되더라도 밑져야 본전이고.

해리엇은 기사가 담긴 봉투를 우체국으로 가져가 무게를 달고 자신의 주소를 적은 다음 속히 응답 바란다는 도장을 봉투에 찍었다. 그러고는 성모송을 세 번 바치고 성호를 두 번 그은 다음 심호흡을 한 번 하고 우체통에 소포를 넣었다.

하지만 2주가 지나도록 아무런 연락이 없었다. 해리엇은 걱정이 되었다. 네 달이 지나도록 감감무소식이었다. 거절당했다는 게 불 보듯 뻔해지자 그녀는 현실을 애써 받아들였다. 어쩌면 내가 생각보다 잡지를 잘 모르는 걸지도 몰라. 어쩌면 아무도 해리엇과 로스의 기사를 원치 않는지도 모르지. 아무도 엘리자베스와 화학진화 연구를 원치 않는 것처럼.

어쩌면 해리엇이 새로 찾은 행복이 못마땅했던 슬로운 씨가 온갖 다채로운 방법으로 그녀를 벌주려 했는지도 모르고. 그래서 편지를 버렸을지 누가 안담.

"조트 양, 프래스크 양에게 오셨다고 전할게요."

헤이스팅스 연구소 로비 안내원이 감격에 겨워 소리쳤다. 그녀는 얼른 전화를 어디론가 연결하더니 "왔어요! 왔다고요!"라고 새된 비명을 질렀다. 그러고는 『다윈의 비글호 항해기』를 들고 엘리자베스에게 물었다.

"혹시 괜찮으시다면 여기에 사인해 주시겠어요? 저 야간 학위 과정에 다니기 시작했거든요."

"그럼요, 해드리겠습니다. 잘되셨네요."

엘리자베스는 표지에 사인했다. 젊은 안내원은 감격해서 말했다.

"모두 조트 씨 덕분이에요. 혹시 너무 실례되지 않는다면 제 잡지에도 사인해 주시겠어요?"

"아뇨.《라이프》는 두 번 다시 보고 싶지 않습니다."

엘리자베스가 거절하자 그녀는 고개를 저었다.

"아, 죄송해요. 저도 《라이프》는 읽지 않아요. 그거 말고 조트 씨가 나온 최신호 잡지 얘기였어요."

그녀는 두껍고 매끄러운 잡지를 내밀었다.

엘리자베스는 이쪽을 똑바로 바라보는 본인의 얼굴이 실린 표지를 놀란 눈으로 내려다보았다.

"왜 그들의 마음이 중요한가"라는 제목이 커다랗게 달린 잡지는 바로 《보그》였다.

여성들의 구두 굽 소리가 복도에 뚜벅뚜벅 울려 퍼졌다. 연구실에서 들려오는 발전기와 냉각팬이 둔한 소리와 대조를 이루는 소리였다. 프래스크는 엘리자베스에게 캘빈이 쓰던 연구실에 모두 모일 거라고 알려주었다.

"왜 하필이면 거기죠?"

"팔자 좋은 투자자께서 꼭 거기서 보셔야겠대요."

"만나서 반갑습니다. 조트 양."

윌슨은 기다란 팔다리를 풀며 의자에서 일어서더니 엘리자베스에게 손을 내밀었다. 그녀는 윌슨을 구석구석 살펴보았다. 그는 조심스럽게 다듬은 은발에 옅은 회녹색 눈동자를 지녔으며, 핀스트라이프 모직 정장을 걸치고 있었다. 여섯시-삼십분도 남자의 냄새를 살살이 맡은 다음 엘리자베스를 바라보았다.

'확인 완료.'

"아주 오래전부터 만나 뵙고 싶었습니다. 우리가 이토록 급하게 연락을 드렸는데 기꺼이 와주셔서 감사합니다."

윌슨의 말에 엘리자베스는 깜짝 놀랐다.

"우리라뇨?"

"나까지 포함해서죠."

50대로 보이는 여자 하나가 연구실 물품 보관함 쪽에서 클립보드를 들고 나왔다. 한때 금발이었을 그녀의 머리카락은 이제 나이가 들어 군데군데 희끗희끗했다. 윌슨처럼 정장을 입고 있었는데 그녀의 정장은 밝은 파란색이었다. 물론 섬세하게 재단된 고급품이었지만, 옷깃에 단 데이지꽃 모양 싸구려 브로치가 다소 격식이 없었다. 그녀는 엘리자베스의 손을 잡으며 초조한 기색으로 말했다.

"에이버리 파커라고 해요. 만나서 반가워요."

여섯시-삼십분은 이미 윌슨의 조사를 마친 참이라 곧장 에이버리 파커를 분석하기 시작했다. 개는 그녀의 다리 냄새를 맡았다.

"안녕, 여섯시-삼십분아."

에이버리는 개에게 인사하며 허리를 굽혔다. 탐색하듯 에이버리의 냄새를 맡던 개는 깜짝 놀라 고개를 젖혔다. 그녀는 다시 개를 끌어당기며 말했다.

"내가 키우는 개 냄새를 맡았나 봐요."

그러더니 다시 여섯시-삼십분을 바라보았다.

"빙고는 네 열렬한 팬이란다. 네가 나오는 방송을 아주 좋아해."

'참으로 똑똑한 인간이로군.'

에이버리는 프래스크를 바라보며 말했다.

"모든 실험실의 재고 목록을 작성해 주세요."

그녀는 좀 더 공손한 말투로 엘리자베스에게 말을 걸었다.

"당신한테 뭐가 필요한지도 알아야겠군요, 조트 양. 연구에 필요한 물품 말이죠. 이곳 헤이스팅스에서 연구하시게 될 테니까요."

이어서 월슨이 말했다.

"화학진화 연구를 계속하시라는 뜻입니다. 마지막 방송에서 다시 연구할 의향이 있다고 선언하셨지요. 그렇다면 이보다 더 좋은 곳이 어디 있겠습니까?"

엘리자베스는 고개를 비딱하게 기울이고 대답했다.

"여기보다 좋은 곳은 많습니다만."

마지막으로 이 연구실에 왔을 때 프래스크도 함께 있었다. 그때 프래스크는 캘빈의 물건을 줄 수 없으며 여섯시-삼십분은 출입 금지라고 했다. 엘리자베스는 매들린을 임신한 상태였다.

엘리자베스는 누군가 다른 이의 글씨가 잔뜩 써진 우울한 색의 칠판을 가만히 바라보다 다시 월슨을 보았다. 그는 캘빈이 쓰던 의자에 천 뭉치처럼 풀썩 주저앉아 있었다.

"여러분의 시간을 낭비하고 싶은 마음은 조금도 없지만, 저는 헤이스팅스로 돌아올 생각이 전혀 없습니다. 개인적인 사정이 있어서 말입니다."

엘리자베스가 말하자 에이버리 파커가 대꾸했다.

"그 마음 이해해요. 이제껏 일어난 온갖 일을 생각하면 아무도 당신의 결정에 뭐라고 하지 못할 거예요. 그래도 한 번만 다시 생각해보면 어때요?"

엘리자베스는 연구실을 둘러보다가 캘빈이 예전에 걸어두던 안내판을 찾아냈다. "들어오지 마시오"라고 쓴 간판이었다.

"죄송합니다. 그렇게 말씀하셔도 소용없습니다."

에이버리 파커는 윌슨을 바라보았다. 윌슨은 프래스크를 보았다. 프래스크는 명랑한 목소리로 불쑥 말했다.

"일단 다 같이 커피 한잔하시는 게 어때요? 제가 금방 끓여드릴게요. 기다리시는 동안 파커 재단 측에서 엘리자베스에게 앞으로의 계획을 말씀하시는 게 좋겠어요."

프래스크가 미처 말을 끝맺기도 전에 연구실 문이 벌컥 열렸다.

"윌슨! 오셨다는 소식을 방금 들었습니다!"

도나티는 아주 오랜만에 만난 반가운 친구에게 인사하듯 소리쳤다. 그는 안으로 들어오더니 열정 넘치는 외판원처럼 손을 뻗었다.

"만사 제쳐두고 곧바로 달려왔지요. 엄밀히 말해서 저는 지금 휴가 중입니다만……"

그는 갑자기 말을 멈추더니 낯익은 얼굴을 보고 놀랐다.

"프래스크? 아니 당신이 왜—"

이어서 그는 고개를 돌리고 클립보드를 든 채 눈살을 찌푸리고 앉아 있는 중년 여성을 보았다. 중년 여성 바로 뒤에 있는 사람은 엘리자베스 조트였다. *이게 무슨 일이야?*

"안녕하세요, 도나티 박사. 이름으로만 듣던 사람을 마침내 만나니 반갑군요."

에이버리가 손을 떨군 도나티에게 손을 내밀며 말했다.

"죄송하지만 누구신지……?"

그는 한껏 거드름을 피우며 물었지만 마치 개기일식을 보지 않으려는 사람처럼 최대한 조트를 외면하려 애쓰고 있었다.

에이버리는 손을 거두며 대답했다.

"나는 에이버리 파커예요."

하지만 도나티가 여전히 어리둥절한 표정을 하자 덧붙였다.

"파커라고요. 파커 재단을 운영하는 파커."

도나티는 겁에 질려 멍하니 입을 벌렸다.

"도나티 박사, 휴가 중이었다니 방해해서 미안하지만 좋은 소식이 있어요. 이제부터는 마음껏 쉬실 수 있습니다."

도나티는 고개를 젓다가 돌아서서 윌슨을 바라보았다.

"말씀드렸잖습니까. 오실 줄 알았더라면 ―"

윌슨은 친절하게 설명했다.

"하지만 우린 당신 몰래 오고 싶었거든요. 당신을 놀래키고 싶어서요. 아니, 엄밀히 말하자면 허를 찌르는 것에 가깝겠군요."

"무, 무슨 말씀이신지?"

윌슨은 반복했다.

"허를 찌른다고 했습니다. 아시다시피 당신이 우리 투자금을 유용해서 우리의 허를 찌른 것처럼 똑같이 돌려주려 했죠. 아니, 당신이 조트 양의 허를 찌른 방식이라고 해야 할까요. 아, 조트 양이 아니라 조트 씨라고 해야 하나? 어쨌든 당신이 그분 연구 성과를 훔쳤잖습니까."

방 저편에 있던 엘리자베스가 놀라서 눈썹을 치켜떴다.

그러자 이제 도나티는 엘리자베스에게 삿대질을 하며 말했다.

"보세요, 저 여자가 뭐라고 했는지는 몰라도 분명히 말씀드리는데요……."

그는 문득 말을 멈추더니 이제는 프래스크를 가리키며 물었다.

"당신은 여기 왜 있지? 《라이프》에 온통 거짓말투성이 편지를 쓴 주제에. 내 변호사가 당신을 고소하겠다고 벼르고 있어."

그는 윌슨을 다시 바라보았다.

"윌슨, 잘 모르시겠지만 우리는 프래스크를 오래전에 해고했습니다. 뭔가 꿍꿍이가 있는 여자예요."

윌슨은 고개를 끄덕였다.

"맞습니다. 아주 치밀한 꿍꿍이가 있지요."

"바로 그렇습니다."

도나티의 대답에 윌슨이 이어서 말했다.

"저도 잘 압니다. 제가 프래스크 양 변호사거든요."

도나티는 눈을 휘둥그레 떴다. 에이버리 파커는 가방에서 종이 한 장을 꺼내며 말했다.

"도나티, 무례하게 굴고 싶지는 않지만 지금 시간이 없네요. 여기에 어서 서명하고 그만 나가줬으면 해요."

그녀가 내민 서류에는 두 단어만이 커다랗게 적혀 있었다. 바로 "계약 종료 통지서"였다.

도나티는 말문이 막혀 서류를 바라보았다. 그동안 윌슨은 파커 재단이 최근 헤이스팅스 연구소의 주식 대부분을 매입했다고 설명했다. 프래스크가 《라이프》에 쓴 편지 덕분에 재단이 철저한 조사에 들어갔으며, 이러쿵저러쿵해서 부정행위를 밝혀냈고 이런저런 논의 끝에 연구소 전체를 인수하기로 결정했다는 것이다. 도나티의 귀에는 그의 말이 들어오지 않았다. *여기 캘빈 에번스가 쓰던 연구실 아니야?* 저 멀리 어딘가에서 윌슨이 "방만한 경영", "실험 결과 위조", "표절"이라고 말하는 목소리가 아스라이 들려왔다. *맙소사. 술 한잔 해야겠어.*

"우리는 몇 사람을 해고하기로 했어요."

프래스크의 말에 도나티가 쏘아붙였다.

"우리라니 무슨 소리야?"

"아, 정확히 말하면 내가 몇 사람을 해고하기로 했죠."

프래스크의 말을 들은 도나티는 이런 장난에 질렸다는 듯 한숨을 쉬었다.

"당신은 일개 행정 직원이잖아. 게다가 이미 해고된 거 잊었어?"

"프래스크는 새로 인사과장으로 부임했습니다. 새로운 화학과장을 초빙하라고 우리가 지시해 놓았죠."

윌슨이 이 소식을 알려주자 도나티는 고개를 저었다.

"하지만 화학과장은 바로 납니다."

"우리는 이미 다른 사람에게 그 자리를 넘기기로 했어요."

에이버리 파커가 이렇게 말하며 엘리자베스에게 고개를 끄덕여 보였다.

엘리자베스는 깜짝 놀라 뒷걸음질을 쳤다.

"말도 안 되는 소리!"

도나티가 버럭 소리쳤다. 에이버리 파커는 손에 축 늘어진 계약 종료 통지서를 들고서 말했다.

"말이 되는지 안 되는지 당신에게 묻지 않았는데. 어쨌든 원한다면 당신의 실제 연구 성과를 잘 아는 사람에게 당신을 계속 데리고 있을 필요가 있는지 처분을 맡기도록 하지."

그녀는 다시 한번 엘리자베스 쪽으로 고갯짓을 했다.

모두가 엘리자베스를 바라보았다. 하지만 그녀는 모두의 눈길을 눈치채지 못한 것 같았다. 지금 엘리자베스는 침을 마구 튀기는 도나티에게만 시선을 고정하고 있었다. 허리춤에 손을 얹고서 살짝 몸을 숙인 그녀는 현미경을 보듯 눈을 가늘게 떴다. 그렇게 잠깐 침묵이 흘렀다.

이윽고 엘리자베스는 다 봤다는 듯 허리를 폈다. 그러고는 도나티에게 펜을 건네며 말했다.

"도나티, 미안하지만 당신은 그만큼 똑똑하지가 않습니다."

제 4 3 장

사산

"파커 부인, 저는 좀처럼 놀라는 일이 없는데 부인께선 저를 무척
놀라게 하셨습니다."

엘리자베스가 도나티를 데리고 나가는 프래스크를 바라보며 입
을 열었다. 에이버리 파커는 고개를 끄덕였다.

"좋네요. 화학과장 제안은 진짜예요. 우리는 당신이 맡아주기를
바라고 있어요. 그건 그렇고, 나는 결혼하지 않았으니 파커 부인이라
고 부르지 말아요. 사실 한 번도 결혼한 적이 없거든요."

"저도 그렇습니다."

엘리자베스가 대답하자 에이버리 파커는 목소리를 한껏 낮추고
말했다.

"그래요, 알고 있어요."

엘리자베스는 어조의 변화를 알아채고 순간적으로 짜증이 일었다. 《라이프》 덕분에 이제는 온 세상 사람들이 매들린이 사생아라는 사실을 알게 되었고, 그 때문에 엘리자베스는 언제나 이런 말을 듣게 되었다.

"당신이 파커 재단에 대해서 얼마나 아시는지는 잘 모르겠어요."

윌슨은 연구실을 거닐다가 서류철에 붙은 설명을 읽으려고 걸음을 멈추었다. 엘리자베스는 그를 돌아보았다.

"여러분의 재단이 과학 연구를 주로 지원한다는 걸 압니다. 하지만 근본은 천주교 재단이지요. 성당과 성가대, 보육원 지원을……."

순간 엘리자베스는 지금 자신이 한 말에서 어떤 사실을 번뜩 알아채고선 말을 멈추고 윌슨을 뚫어져라 바라보았다.

"맞습니다. 우리 재단은 주로 천주교 관련 사업에 힘을 쏟아왔죠. 하지만 지금은 종교 지원을 완전히 접었어요. 현재는 현시대의 가장 중요한 문제를 놓고 일하는 최고의 인재를 찾아내는 사업을 하고 있습니다."

윌슨은 서류철을 아무렇게나 내려놓았다. 들고 있던 서류는 방금 말한 최고의 인재와 전혀 상관없다는 듯한 손짓이었다.

"7년 전 우리가 당신을 지원했을 때 당신이 하던 연구인 화학진화가 그렇듯이요. 아는지 모르겠지만 우리가 애초에 헤이스팅스에 온 이유는 바로 당신 때문이었어요, 조트. 당신과 캘빈 에번스 때문이죠."

캘빈의 이름을 듣자 엘리자베스는 가슴이 죄어들었다. 윌슨은 이야기를 이어갔다.

"그런데 에번스 관련 사항이 좀 이상하더라 이겁니다. 아무도 그의 연구가 어떻게 되었는지 전혀 모르는 듯했습니다."

그가 아무렇지 않게 던진 말에 엘리자베스는 마치 태풍에 휩싸인 듯한 충격을 느꼈다. 그녀는 의자를 하나 가져다가 앉은 다음, 윌슨이 고고학자처럼 서류철보다 훨씬 더 대단한 무언가를 찾겠다는 듯이 연구실 구석구석을 살펴보는 모습을 지켜보았다.

"당신이 이미 입장을 분명히 밝히긴 했지만, 그래도 제 생각엔 우리 계획에 관심이 있으실 것 같군요. 많은 장비를 업그레이드해 드리겠습니다."

그는 아무도 쓰지 않는 구식 증류 장치가 놓인 선반을 가리켰다. 윌슨이 팔을 들자 정장 소매에서 커프스단추가 반짝였다.

"예를 들면 이 장비 좀 보세요. 오랫동안 아무도 건드리지 않은 것 같군요."

엘리자베스는 대답하지 않았다. 다만 얼굴이 돌처럼 딱딱하게 굳었을 뿐이었다.

캘빈은 자신이 열 살이었을 때 부자로 보이는 키 큰 남자가 반짝이는 커프스단추를 달고서 화려한 리무진을 타고 보육원에 왔었다고 일기에 썼다. 당시 아이는 그 남자가 보육원에 새 과학책을 주었다고 생각한 것 같았다. 하지만 캘빈은 그 책을 읽고 기뻐하지 않았다. 오히려 절망해서 일기장에 이렇게 썼다. *"나는 여기 있을 사람이 아니었어. 난 그 남자를 절대로 용서하지 않을 거야. 살아 있는 한, 절대로 그자를 용서하지 않을 거야."*

엘리자베스는 가라앉은 목소리로 말했다.

"윌슨 씨, 당신네 재단이 이제 종교적인 사업은 하지 않는다고 하셨죠. 그렇다면 교육 사업은 하십니까?"

"교육 사업요? 물론 하고 있습니다. 우리는 여러 대학교와—"

"아뇨. 제 말은, 학교에 도서 지원을 하신 적이 있느냐는—"

"가끔 하지만—"

"보육원에도 도서 지원을 하신 적이 있습니까?"

순간 윌슨은 놀라서 움직임을 멈추고는 파커를 쳐다보았다.

엘리자베스의 머릿속에 캘빈이 웨이클리에게 쓴 편지가 떠올랐다. **"난 아버지가 미워. 아버지가 죽었으면 좋겠어."**

"천주교 보육원 말입니다."

엘리자베스가 정확히 짚어주자 윌슨은 다시 파커를 보았다.

"아이오와주 수 시티에 있는 보육원을 아시지요?"

방 안에 무거운 침묵이 내려앉았다. 갑자기 돌기 시작한 환기팬의 모터 소리만이 울려 퍼졌다.

엘리자베스는 전혀 친절하지 않은 얼굴로 윌슨을 응시했다.

순간 모든 것이 명확해졌다. 저들이 제안한 일자리는 계략이다. 저들이 여기 온 이유는 단 하나, 바로 캘빈의 연구 성과를 가로채려는 것이다.

그 상자 때문이었어. 저들은 상자의 존재를 알고 있었다. 어쩌면 프래스크가 벌써 말했는지도 모른다. 아니면 어느 정도만 아는 상태에서 추측했을 수도 있다. 어쨌든 윌슨과 파커는 헤이스팅스를 인수했다. 그러고는 자신을 칭찬하고 지원을 약속하며 입에 발린 말로 살살 구슬려 어디로 갔는지 모를 상자를 빼앗으려는 생각인 것이다.

하지만 그게 효과가 없을 경우, 마지막으로 남은 비장의 카드를 꺼
내야 했다.

바로 캘빈 에번스에게 혈육이 있다는 걸 밝히는 것이다.

파커는 떨리는 목소리로 말했다.

"윌슨, 잠깐 자리를 비켜주겠어? 조트 양과 둘이서만 이야기하고
싶어."

엘리자베스는 날카롭게 말했다.

"안 됩니다. 저는 묻고 싶은 게 있습니다. 진실을 알고 싶단―"

하지만 파커는 풀죽은 얼굴로 윌슨을 바라보았다.

"괜찮아, 윌슨. 잠깐만 둘이 있게 해줘."

문이 달칵 닫히자 엘리자베스는 에이버리 파커를 보았다.

"이게 다 무슨 일인지 알겠군요. 어째서 당신들이 나를 여기로 오
라고 한 건지 알겠다고요."

"우리가 당신을 부른 이유는 일자리를 제안하기 위해서예요. 목
적은 그뿐이에요. 오랫동안 당신의 연구를 무척 응원했거든요."

파커의 대답을 들은 엘리자베스는 그녀의 얼굴을 찬찬히 바라보
며 속임수가 있는지 살폈다. 그러고는 한결 차분한 목소리로 말했다.

"보세요, 저는 당신에게 아무런 질문이 없습니다. 제가 질문하고
싶은 사람은 윌슨입니다. 그 남자를 알고 지낸 지 얼마나 되셨죠?"

"우리는 근 30년 가까이 함께 일해왔어요. 그러니 윌슨을 잘 안다
고 할 수 있죠."

"그 사람에게 아이가 있습니까?"

에이버리는 엘리자베스를 묘한 눈초리로 바라보았다.

"그게 무슨 상관인지 모르겠지만, 아이는 없어요."

"확실합니까?"

"물론이죠. 윌슨은 내 변호사예요. 파커 재단은 내 소유예요, 조트 양. 하지만 윌슨이 전면에 나서서 일을 처리하죠."

"왜 그렇습니까?"

엘리자베스가 따져 묻자 에이버리 파커는 눈도 깜빡이지 않고 그녀를 바라보았다.

"그런 질문을 다 하다니 정말이지 놀랍군요. 내가 상당한 자산가이긴 하지만 온 세상 여자가 대부분 그렇듯이 손이 묶여 있거든요. 윌슨이 함께 서명하지 않으면 나는 수표 한 장 쓸 수 없어요."

"어떻게 그럴 수가 있죠? 파커 이름이 붙은 재단인데요. 윌슨 재단이 아니잖습니까."

엘리자베스가 지적했지만 에이버리는 코웃음을 쳤다.

"그래요. 내가 상속받은 재단이긴 하지만 내 '남편'이 모든 금전적 결정을 해야 한다는 단서가 붙어 있어요. 나는 결혼하지 않은 상태였기 때문에 이사회가 윌슨을 신탁재산 관리인으로 임명했어요. 현재도 결혼하지 않았기에 윌슨이 고삐를 계속 쥐고 있죠. 조트 양만 승산 없는 싸움을 하고 있었던 게 아니에요."

에이버리는 일어서서 정장 재킷을 힘껏 잡아당겼다.

"하지만 나는 운이 좋아요. 윌슨은 괜찮은 사람이거든요."

에이버리 파커는 돌아서서 걸어 나갔다. 엘리자베스가 다른 질문을 던졌지만 무시했다. 대체 엘리자베스 조트는 무슨 생각을 하고 있는 거지? 그녀는 헤이스팅스에 복귀할 의사가 없어 보였다. 게다가 하고많은 질문을 놔두고 윌슨에 대해서만 날 선 질문을 하는 걸 보니, 그냥 그녀가 복귀를 하지 않는 게 낫겠다 싶기도 했다. 에이버리는 심란한 마음으로 싸구려 데이지꽃 브로치를 어루만졌다. 난 왜 이리도 멍청하게 굴었을까? 헤이스팅스를 인수하고 여기까지 와서 조트를 만나려고 하다니. 그래, 인정한다. 에이버리는 이제껏 조트의 연구에 푹 빠져 있었다. 그녀 역시 한때는 과학자가 되기를 꿈꾸었으니까. 하지만 그 대신 오로지 하나의 목적만을 위해서 키워졌다. 바로 착한 사람이 되는 것이었다. 참으로 안타깝게도 에이버리의 부모와 천주교 교단에 따르면 그녀는 착한 사람조차 되지 못했다.

"파커 양—"

엘리자베스가 계속 부르자, 에이버리는 동정심이 들어 돌아섰다.

"조트 양, 내가 실수했네요. 당신은 헤이스팅스에 복귀하고 싶어 하지 않는군요. 좋아요. 더는 애걸하지 않을게요."

엘리자베스는 숨을 헉 들이마셨다. 에이버리는 이어 말했다.

"나는 평생 애걸하며 살았거든요. 이젠 지긋지긋해요."

엘리자베스는 흘러내린 머리카락을 뒤로 넘긴 뒤 격앙된 말투로 말했다.

"당신이 원하는 건 저라는 사람이 아닙니다. 그렇죠? 그 상자를 되찾으려고 오신 거 아닌가요?"

에이버리는 잘못 들었나 싶은 기색으로 고개를 갸웃거렸다.

"상자라뇨?"

"이해는 갑니다. 당신이 헤이스팅스를 인수하셨으니 그 상자들도 당신 소유가 되죠. 하지만 이런 장난질은—"

"무슨 장난질을 말하는 거예요?"

"……올 세인츠 보육원에 대해서 알려주십시오. 저는 알 권리가 있습니다."

"뭐라고요? 조트 양에게 권리가 있다고요? 권리라는 말이 나왔으니 말인데, 내가 비밀 하나 알려줘요? 이 세상에 권리란 건 없어요."

하지만 엘리자베스는 계속 우겼다.

"아뇨. 권리는 존재합니다. 다만 그걸 행사할 수 있는 게 부유층뿐이라 그렇죠. 파커 양. 윌슨에 대해 말해주세요. 윌슨과 캘빈에 대해서요."

에이버리 파커는 당황했다.

"윌슨과 캘빈이라니? 아니, 아니에요……."

"다시 말씀드리지만 저는 알 권리가 있다고 생각합니다."

에이버리는 실험대 상판을 두 손으로 꾹 눌렀다.

"오늘 이런 말을 할 마음까진 없었는데."

"무슨 말을요?"

"나는 먼저 당신에 대해 알아보고 싶었어요. 그게 내 권리라고 생각했으니까. 당신이 어떤 사람인지 알아보는 거요."

엘리자베스는 팔짱을 끼고서 되물었다.

"이해가 안 됩니다만."

에이버리는 칠판지우개에 손을 뻗었다.

"있죠, 내가…… 이야기 하나 해줄게요."

"저는 이야기에는 관심 없습니다."

하지만 에이버리는 아랑곳하지 않고 말을 이었다.

"열일곱 살 난 소녀가 있었어요. 그 애는 젊은 남자와 사랑에 빠

265

졌죠."

그녀는 쓰라린 어조로 말했다.

"흔한 결과지만, 여자애는 임신했어요. 유명 인사였던 부모님은 딸의 난잡한 행동에 수치심을 느끼고 그 애를 천주교 재단에서 운영하는 미혼모 시설에 보내버렸죠."

에이버리는 엘리자베스를 바라보았다.

"그런 시설에 대해서 들어본 적 있겠죠, 조트 양? 교도소 같은 곳이에요. 임신이라는 똑같은 문제에 처한 젊은 여자로 가득한 곳이죠. 다들 출산 후엔 아기를 포기했어요. 서명을 해야 하는 공식 서류를 받으면 대부분 서명했죠. 서명을 거부하면 협박을 받았어요. 출산할 때 전혀 도와주지 않겠다고, 그러면 죽을 수도 있다고요. 하지만 열일곱 살 소녀는 그런 경고를 듣고도 끝끝내 서명을 거부했어요. 자기한텐 아이를 지킬 권리가 있다고 줄기차게 우겼죠."

파커는 말을 멈추고, 아직도 그 소녀의 순진함을 믿을 수가 없다는 듯 고개를 저었다.

"경고한 것처럼, 진통이 시작되자 사람들은 그 애를 방에 혼자 넣고 문을 잠갔어요. 소녀는 종일 혼자 고통스럽게 소리를 지르며 갇혀 있었죠. 그러다 시끄러운 나머지 짜증이 난 의사가 이젠 됐겠지 싶어 방에 들어와 소녀에게 마취를 했어요. 몇 시간 뒤에 깨어난 소녀는 끔찍한 소식을 들었죠. 아이가 사산되었다고요. 충격받은 소녀는 아기의 시신을 보여달라고 요구했지만, 의사는 벌써 처리했다고 대답했어요."

에이버리 파커는 굳은 얼굴로 엘리자베스를 바라보며 말했다.

"10년 뒤 미혼모 시설의 간호사가 스물일곱 살이 된 소녀에게 연락했어요. 돈을 주면 진실을 알려주겠다고요. 그때 아기는 죽지 않았고, 다른 아기들과 마찬가지로 입양되었다고 했어요. 특이하게도 소녀가 낳았던 아기의 양부모는 비극적 사고를 당해 사망했고, 그 뒤 아기를 기르던 고모 역시 사망했다더군요. 그래서 아기는 아이오와주에 있는 올 세인츠 보육원이라는 곳으로 보내졌고요."

엘리자베스는 얼어붙고 말았다. 에이버리 파커는 이제 슬픔에 겨운 목소리로 말했다.

"바로 그날, 스물일곱 살 여자는 아들을 찾는 여정을 시작했죠."

그러고는 잠시 말을 잇지 못하다가 털어놓았다.

"내 아들을요."

얼굴의 핏기가 싹 가신 엘리자베스는 뒤로 물러섰다. 회색 눈망울에 눈물이 그렁그렁해진 에이버리 파커는 천천히 말했다.

"나는 캘빈 에번스의 생물학적 어머니예요. 그리고 조트 양이 허락해 준다면, 내 손녀딸을 꼭 만나고 싶답니다."

도토리

방 안에 있던 공기가 싹 빠져나간 듯했다. 엘리자베스는 무슨 말을 해야 할지 몰라 에이버리 파커를 빤히 바라보았다. 사실일 리 없어. 캘빈의 일기장에는 생모가 출산 중에 사망했다고 나와 있었잖아.

엘리자베스는 시뻘건 숯이 널린 길을 디디듯 조심스레 말했다.

"파커 양, 오랫동안 수많은 사람이 캘빈을 이용하려고 했습니다. 본인이 오래전에 헤어진 식구라고 주장한 사람도 많았죠. 당신이 들려주신 이야기는……."

그러다 문득 캘빈이 보관했던 편지를 떠올린 엘리자베스는 말을 멈췄다. 마음 아파하는 어머니라는 분이 여러 번 편지를 보냈었지.

"캘빈이 그 보육원에 있다는 걸 알았다면, 왜 아이를 데리러 가 않았죠?"

에이버리 파커가 대답했다.

"데리러 갔었어요. 아니, 정확히 말하자면 월슨을 보냈죠. 고백하기 부끄럽지만, 차마 직접 갈 용기가 없었거든요."

그녀는 일어서서 실험대를 따라 쭉 걸음을 옮겼다.

"이해해줘요. 오랫동안 아이가 죽었다고 생각하고 살아왔는데 갑자기 아이가 살아 있다는 소식을 들으면 어땠겠어요? 감히 희망을 품기가 무서웠어요. 캘빈처럼 나 역시 사기 편지를 수없이 받는 처지였어요. 내 친척이라고 주장하는 사람만 수십 명이었죠. 그래서 나는 월슨을 보냈어요."

그녀는 다시 말하면서 바닥을 바라보았다. 그 결정을 적어도 쉰 번은 떠올린 듯한 표정이었다.

"바로 다음 날 월슨을 올 세인츠 보육원으로 보냈죠."

실험실 진공 펌프가 다시금 돌기 시작했다. 기계에서 나는 쉿소리가 실험실에 울려 퍼졌다.

"그래서 어떻게……?"

엘리자베스가 넌지시 재촉하자 에이버리는 말을 이었다.

"그런데 그곳 주교가 월슨에게, 캘빈이……."

그녀가 머뭇거리자 엘리자베스는 다시 재촉했다.

"뭐라고 말했죠, 네?"

중년 여인의 얼굴이 일그러졌다.

"죽었다고 했어요."

엘리자베스는 어안이 벙벙해져 털썩 주저앉았다. 보육원은 돈이 필요했고 주교는 캘빈을 통해 추모 기금을 만들 가능성을 보았던 것이다. 에이버리의 입에서 흘러나온 사실이 둔하고 무감각하게 밀려들었다.

문득 에이버리가 무미건조한 목소리로 물었다.

"가족 중 세상을 떠난 사람이 있나요?"

"네, 오빠가 세상을 떠났습니다."

"지병이 있었나요?"

"자살했습니다."

"세상에나, 그렇다면 당신은 누군가의 죽음이 내 탓으로 느껴지는 마음을 이해하겠군요."

엘리자베스는 그 말에 긴장했다. 에이버리의 말이 자신의 발에 맞게 끈을 묶은 운동화처럼 꼭 들어맞았기 때문이었다.

"하지만 캘빈을 죽인 건 당신이 아니잖아요."

엘리자베스는 무거운 마음으로 말했다. 에이버리는 후회에 사무친 목소리로 대꾸했다.

"그래요. 내가 죽이진 않았죠. 하지만 난 그보다 더 심한 짓을 했어요. 아이를 묻어버렸으니까요."

연구실 북쪽에서 타이머가 울렸다. 엘리자베스는 몸을 부르르 떨면서 타이머를 껐다. 그러고는 고개를 돌려 칠판 앞에 선 여자를 가만히 바라보며 오른쪽으로 몸을 기울였다. 여섯시-삼십분이 일어나더니 에이버리에게 가서 머리를 다리에 부볐다.

'사랑하는 사람을 잃은 기분이 어떤 건지 나도 알아요.'

에이버리 파커는 칠판지우개를 만지작거리며 입을 열었다.

"우리 부모님은 오랫동안 미혼모 시설과 보육원을 지원했어요.

그러면 본인들이 좋은 사람이 되리라 생각하셨죠. 그런데 천주교에 대한 맹목적인 믿음 덕에 내 아들까지 고아로 만들어버린 거예요."

그녀는 잠시 말을 잇지 못하다 얕은 숨을 내쉬며 힘겹게 말했다.

"나는 아들이 죽기도 전부터 추모 기금을 지원했어요, 조트 양. 그 앨 두 번이나 묻어버린 거나 마찬가지죠."

엘리자베스는 순간 구역질이 일었다.

"윌슨이 보육원에서 돌아온 뒤 나는 심한 우울증에 빠졌어요. 이제 다시는 내 아들을 볼 수 없겠구나, 다시는 안아볼 수 없고 목소리도 들을 수 없겠구나 하는 생각뿐이었죠. 게다가 나는 아이가 고생했었다는 사실을 뒤늦게 안 채로 살아가야 했어요. 아이는 나를 잃고, 양부모를 잃고, 결국은 쓰레기처럼 보육원에 버려지는 신세가 됐죠. 누군가를 잃을 때마다 천주교의 주도하에 문서가 서명되고, 봉인되고, 전달되었더라고요."

에이버리는 갑자기 벌떡 일어서더니 새빨개진 얼굴로 말했다.

"조트 양은 과학적인 이유로 신을 믿지 않죠?"

그녀는 분노를 터뜨렸다.

"나는요, 개인적인 이유로 신을 믿지 않아요."

엘리자베스는 뭐라도 말하고 싶었지만 아무 말도 할 수 없었다. 에이버리 파커는 어떻게든 목소리를 차분히 하려고 애썼다.

"그때 내가 내린 결정은 단 하나였어요. 추모 기금은 반드시 과학 교육에 쓰여야 한다는 거였죠. 생물학과 화학, 물리학에요. 운동도 시키고요. 캘빈의 아버지, 그러니까 생부는 조정 선수였어요. 그래서 올 세인츠 보육원 아이들은 모두 조정을 배웠어요. 그이를 기리기 위한 일종의 기념 표지였어요."

그 순간 엘리자베스는 캘빈의 환상을 보았다. 자신과 함께 페어로 배를 탄 캘빈은 아침 햇살을 받아 얼굴이 환하게 빛나고 있었다. 캘빈은 미소를 지으며 한 손으로 노를 잡고 다른 손은 엘리자베스에게 내밀었다.

엘리자베스는 환상이 눈앞에서 천천히 사라지는 것을 바라보며 말했다.

"그래서 캘빈이 케임브리지 대학교에 갈 수 있었던 겁니다. 조정 장학금으로요."

에이버리는 칠판지우개를 떨어뜨렸다.

"그건 몰랐어요."

그간 몰랐던 세부사항이 드러나며 서서히 앞뒤가 맞기 시작했다. 하지만 아직도 엘리자베스는 마음에 걸리는 부분이 있었다.

"그런데…… 결국 어떻게 캘빈이 어디 있는지 알아내셨는지 —"

파커는 엘리자베스 옆에 있는 의자에 슬그머니 앉으며 말했다.

"《케미스트리 투데이》 표지에 캘빈의 얼굴이 실렸어요. 아직도 그날이 기억나네요. 윌슨이 잡지를 펄럭이며 내 사무실로 달려왔죠. '믿을 수 없는 일이 일어났어요!'라더군요. 나는 당장 주교에게 전화를 걸었어요. 주교는 그저 동명이인일 뿐이라고 했죠. '에번스는 아주 흔한 이름이잖습니까'라고요. 나는 거짓말이라는 걸 알고 소송을 하려 했지만, 윌슨이 그러지 말라고 설득했어요. 그러면 재단의 명성이 손상될 뿐만 아니라 캘빈에게도 민망한 일이라고요."

에이버리는 의자에 등을 기대고 한숨을 푹 내쉬더니 말을 이었다.

"나는 당장 기금 후원을 끊었어요. 그리고 캘빈에게 직접 편지를 썼죠. 여러 번 썼어요. 최선을 다해서 상황을 설명했고, 만나고 싶다고, 연구에 자금을 대고 싶다고 했어요."

그녀의 목소리가 우울해졌다.

"캘빈이 무슨 생각을 했는지는 그저 짐작만 할 뿐이에요. 어떤 부인이 난데없이 편지를 써서 자기가 어머니라고 주장하다니 어처구니없다고 생각했을지도 모르고, 아니, 정말로 그렇게 생각한 게 틀림없어요. 캘빈은 아무 답도 주지 않았으니까요."

엘리자베스는 깜짝 놀랐다. 마음 아파하는 어머니라는 사람이 보낸 편지가 다시금 눈앞에 떠올랐다. 편지 아래에 있던 서명이 잔인하리만큼 선명하게 번뜩였다. *에이버리 파커.*

"하지만 당신이 만날 일정을 잡았더라면 만날 수 있었을 거예요. 캘리포니아로 오셔서 —"

그러자 에이버리의 낯빛이 어두워졌다.

"봐요, 아이를 미친 듯이 찾아다니는 일도 쉽지 않지만, 그 애가 다 자란 성인이라면 얘기가 달라져요. 나는 천천히 움직이기로 마음먹었어요. 내가 살아 있을 가능성을 그 애가 받아들일 시간을 주기로요. 그 애가 내 재단에 대해 알아본 뒤, 내가 일부러 그 애를 나 몰라라 할 이유가 전혀 없었다는 사실을 깨닫게 해주려고 했어요. 그러기까지 몇 년은 걸릴 터였죠. 나는 인내심을 가지려고 애쓰면서 기다렸어요. 하지만 그 뒤에 어떻게 되었는지 생각하면……."

에이버리는 공책 더미를 가만히 바라보며 덧붙였다.

"난 그때도 너무 성급했던 거예요."

"아, 하느님 맙소사."

엘리자베스는 그녀답지 않은 감탄사를 내뱉으며 두 손으로 머리를 감싸 쥐었다. 파커는 단조로운 목소리로 말을 이어갔다.

"그래도 그 애의 연구에 대해 알아봤어요. 어쩌면 기회가 있겠다고, 그 애를 도울 방법이 있겠다고 생각했죠. 하지만 그 애에게는 내 도움이 필요 없었어요. 오히려 당신이 필요했죠."

"하지만 캘빈과 제 사이를 어떻게 아시고……."

에이버리의 입가에 서글픈 미소가 떠올랐다.

"둘이 같이 산다는 걸 어떻게 알았냐고요? 다들 그 이야기만 하던걸요. 윌슨이 헤이스팅스에 발을 디딘 순간부터 들려오는 소리라고는 캘빈 에번스의 추악한 사생활을 쉬쉬하는 내용뿐이었어요. 윌슨이 도나티에게 화학진화 연구 자금을 대고 싶다고 하자 도나티가 사력을 다해 다른 연구로 지원을 돌리려고 하더군요. 캘빈이나 그 주변 사람이 성공하는 꼴을 볼 수가 없었겠죠. 당신이 여자라는 사실도 한몫했을 거고요. 도나티는 대부분의 투자자가 여자 연구자에게 자금을 지원하지 않을 거라 생각했거든요. 도나티의 생각이 과히 틀린 것도 아니고요."

"하지만 다른 사람도 아닌 당신이 그걸 그냥 넘어가셨다고요?"

"정말 부끄럽지만, 고백하자면 도나티를 그런 상황에 밀어 넣고 그가 어떻게 하는지 지켜보며 재미를 느꼈어요. 도나티는 어마어마한 노력을 들여서 윌슨에게 당신이 여자라는 사실을 숨기더군요. 하지만 윌슨은 도나티 모르게 당신을 직접 만날 계획을 세웠죠. 사실 비행기 표까지 다 예약해 놓은 상태였는데 그때……."

에이버리는 말을 잇지 못했다.

"그때?"

"그때 캘빈이 죽었어요. 그러자 당신 연구도 같이 죽어버린 것 같더라고요.”

엘리자베스는 뺨을 맞기라도 한 것처럼 그녀를 바라보았다.

“파커 양, 저는 해고당했습니다.”

에이버리 파커는 한숨을 쉬었다.

“이젠 알아요. 프래스크 양이 알려줬으니까. 하지만 그땐 당신이 다른 주제를 연구하나 보다고 생각했어요. 당신과 캘빈은 결혼하지 않았잖아요. 당신이 내 아들과 같은 마음은 아니었나 보다고 생각했어요. 모두들 캘빈이 무척 대하기 어려운 남자라고, 원한을 심하게 품는다고 말했으니까요. 게다가 당신이 임신한 줄도 몰랐어요. 《LA 타임스》에 실린 캘빈의 부고 기사에는 당신이 캘빈을 잘 모른다고 했던 말이 실렸고요.”

에이버리는 숨을 깊이 들이마셨다.

“아무튼, 나도 거기 있었어요. 캘빈의 장례식에요.”

엘리자베스는 눈을 크게 떴다.

“윌슨과 나는 당신과 조금 떨어진 곳에 서 있었어요. 이젠 정말로 내 아들을 땅에 묻으러 왔던 거죠. 당신과 대화를 나누고 싶었지만 내가 미처 용기를 내기도 전에 당신이 자리를 뜨더군요. 장례식이 끝나기도 전에 나가버렸어요.”

에이버리는 눈물을 줄줄 흘리며 얼굴을 두 손에 묻었다.

“그래도 내 아들을 사랑한 사람이 있었다고 믿고 싶었는데…….”

그 말을 들은 엘리자베스는 에이버리가 얼마나 심각한 오해를 하고 있는지 깨달았다. 그녀는 버럭 소리쳤다.

“난 파커 양의 아드님을 사랑했어요! 지금도 온 마음을 다해 사랑하고 있어요.”

엘리자베스는 두 사람이 처음 만났던 연구실을 둘러보았다. 그녀는 다시 진한 슬픔이 서린 얼굴과 목멘 소리로 말했다.

"캘빈 에번스는 내 삶에 들어온 존재 중 최고였어요. 더없이 총명하고 사랑이 넘치는 남자였죠. 너무나 친절하고, 재미있고……."

엘리자베스는 말을 잇지 못했다. 다시 입을 열었을 땐 목소리가 갈라졌다.

"우리 사이엔 화학이 존재했다고밖에 설명할 수 없어요. 우리는 서로 화학 작용을 일으켰어요. 그건 우연한 사고가 아니었다고요."

마침내 '사고'라는 말이 나와버렸다. 잃어버린 존재의 어마어마한 무게가 다시 온몸을 짓누르는 바람에, 엘리자베스는 에이버리 파커의 어깨에 고개를 묻고서 태어나 처음으로 흐느껴 울기 시작했다.

제 4 5 장

6시 저녁 식사

연구실 안의 시간이 멈춘 것 같았다. 여섯시-삼십분은 고개를 들고 두 여자를 바라보았다. 나이 든 여자가 엘리자베스를 보호하듯 고치처럼 감싸고 있었다. 그녀는 사랑하는 사람을 잃은 엘리자베스의 슬픔을 절절히 아는 듯했다. 여섯시-삼십분은 화학자는 아니어도 개였기에, 개라는 종이 지닌 특유의 능력으로 누군가에 대한 영원한 유대감을 이해했다.

파커는 덜덜 떠는 엘리자베스를 꼭 끌어안고 말했다.

"나는 내 아들이 어떻게 사는지 모르는 채로 인생 대부분을 살았어요. 그 애의 양부모가 어떤 사람이었는지, 주교의 이야기가 어디까지 거짓이고 어디까지가 진실인지도 몰라요. 캘빈이 어쩌다가 헤이스팅스에 왔는지도 모르죠. 솔직히 말하자면 아직도 아는 게 거의 없어요. 그런데 재단 사서함을 확인하다가 몇 달치가 쌓인 스팸 메일 아래에서 특이한 편지를 발견했어요."

그녀는 가방에서 편지 한 장을 꺼냈다.

엘리자베스는 그 필체를 바로 알아보았다. 매들린의 것이었다.

"당신 딸이 가계도를 만들었다며 윌슨에게 편지를 썼어요.《라이프》에 나온 그 가계도 말이에요. 아이는 자기 아버지가 수 시티에 있는 보육원에서 자랐다고 했어요. 윌슨이 거기에 기부했다는 사실도 어떻게 알고 있더라고요. 아이는 윌슨에게 개인적으로 감사 인사를 하고 싶다면서, 파커 재단을 자기 가계도에 넣었다고 했어요. 처음엔 장난 편지라고 생각했지만 아이가 너무 자세한 사항을 알고 있어서 놀랐어요. 입양은 보통 불문에 부치는 경우가 많거든요. 참으로 비정한 관행이죠. 하지만 매들린이 알려준 정보를 토대로 마침내 사립 탐정이 진실을 캐냈어요. 내가 자료를 가져왔어요. 이걸 봐요."

에이버리는 가방에서 커다란 서류철을 꺼냈다. 그러고는 미혼모 시설 지침에 협조하지 않은 소녀에 대한 앙갚음으로 위조된 에이버리 파커의 사망 진단서를 내밀면서 화난 목소리로 말했다.

"이게 바로 모든 사건의 원흉이에요."

엘리자베스는 에이버리 파커의 사망 진단서를 받아 들었다. 매들린이 전에 웨이클리의 말을 전해준 적이 있었다. 과거는 그저 과거로 남겨두는 게 좋은 법이라고, 과거에서만 모든 게 말이 되기 때문이라고. 웨이클리의 말에는 진실이 담겨 있을 때가 많았다. 엘리자베스는 이번에도 그렇다는 걸 깨달았다. 하지만 그녀가 캘빈이었다면 친어머니에게 묻고 싶었을 마지막 질문을 하기로 했다. 그래서 조심스레 물었다.

"파커 양, 캘빈의 친아버지는 어떻게 되셨나요?"

에이버리 파커는 다시 서류철을 펴고 다른 사망 진단서를 꺼냈다. 그건 진짜 진단서였다.

"그이는 캘빈이 태어나기도 전에 결핵으로 죽었어요. 사진도 있어요."

그녀는 지갑을 열고 빛바랜 사진 한 장을 꺼냈다.

"하지만 이 분은—"

엘리자베스는 아주 앳된 에이버리 옆에 서 있는 젊은이를 보고 숨을 헉 들이마셨다.

"캘빈과 정말 똑 닮았죠? 나도 그렇게 생각해요."

에이버리는 낡은 《케미스트리 투데이》를 꺼내 젊은이의 사진 옆에 나란히 놓았다. 두 여자는 나란히 앉아 캘빈의 얼굴과 아들보다 훨씬 젊은 아버지의 얼굴을 바라보았다. 서로 다른 시대를 살았던 똑같은 얼굴의 두 남자를.

"그분은 어떤 분이었나요?"

"야성적인 남자였죠. 음악가였어요. 아니, 음악가가 되고 싶어 했다고 해야 할까. 우리는 우연한 사고로 만났어요. 그이가 자전거로 날 쳤거든요."

"그래서 다치셨어요?"

"네, 다행히도요. 그이가 나를 번쩍 들어 자전거 핸들에 앉히더니, 나더러 꽉 잡으라고 말한 뒤 자전거를 무시무시하게 빨리 몰더라고요. 그때 난 열 바늘을 꿰맸어요."

에이버리는 팔에 난 오래된 흉터를 가리켰다.

"우리는 사랑에 빠졌어요. 그이가 내게 이 브로치를 선물했고요. 아직도 이걸 매일 달고 다녀요."

그녀는 옷깃에 달려 있는 찌그러진 데이지꽃 모양 브로치를 가리킨 뒤 연구실을 둘러보았다.

"여기서 만나자고 해서 미안해요. 생각해 보니 당신이 여길 보고 마음이 아팠으리라는 걸 이제야 깨달았어요. 미안해요. 난 그저 이 방에 와보고 싶어서……."

그녀는 말을 맺지 못했다. 엘리자베스는 고개를 끄덕였다.

"이해해요. 사실 정말로 마음이 아프긴 하지만, 그래도 여기서 만나서 다행이에요. 캘빈과 제가 처음 만난 곳이거든요. 바로 여기서, 비커가 필요했던 제가 캘빈의 비커를 훔쳤어요."

엘리자베스는 어딘가를 가리키며 말했다. 에이버리는 고개를 끄덕였다.

"그것참 기발한 만남이군요. 첫눈에 반했나요?"

엘리자베스는 캘빈이 자신을 과학자로 봐주지 않고 상관에게 전화하라고 했던 일을 떠올렸다.

"그건 아니지만 결국은 우리만의 행복한 사건이 있었답니다. 나중에 말씀드릴게요."

"꼭 듣고 싶어요. 내가 캘빈을 직접 봤더라면 얼마나 좋았을까요? 하지만 이제라도 조트 양을 통해서 캘빈에 대해 알게 되겠죠."

에이버리는 떨리는 숨을 들이마시고 목을 가다듬으며 말했다.

"조트 양, 나도 정말로 당신과 가족이 되고 싶어요. 내가 너무 주제넘은 청을 하는 게 아니면 좋겠어요."

"이제 엘리자베스라고 불러요. 에이버리, 우리는 이미 한 가족이에요. 매들린은 오래전부터 그걸 알고 있었어요. 그 애가 가계도에 그린 건 윌슨이 아니에요. 바로 에이버리였어요."

"무슨 말인지 모르겠는데요."

"에이버리가 바로 도토리라고요."

에이버리는 눈물이 그렁그렁한 회색 눈동자를 들어 방 안을 응시하더니 이내 중얼거렸다.

"그 요정 대모님이라고 쓴 도토리가 나였구나."

바깥에서 발소리가 들리더니 이내 급하게 문을 두드리는 소리가 이어졌다. 이윽고 연구실 문이 활짝 열리며 윌슨이 들어왔다.

"방해해서 죄송하지만, 일이 잘 풀렸는지 확인하고 싶어서―"

조심스러운 윌슨의 말에 에이버리 파커가 대답했다.

"그래, 마침내 잘 끝났어."

그러자 윌슨은 가슴에 손을 얹으며 말했다.

"천만다행이군요. 정말이지 이 상황에 갑자기 일 이야기를 꺼내고 싶지는 않지만, 에이버리. 내일 떠나기 전에 봐주셔야 할 게 아주 많습니다."

"곧 갈게."

윌슨이 다시 문을 닫고 나가자 엘리자베스는 놀라서 물었다.

"내일 떠나신다고요?"

"아쉽게도 가야 해요. 아까도 이야기했지만, 이 모든 걸 오늘 밝힐 생각은 아니었거든요. 일단 서로 좀 더 가까워진 다음에 말할 계획이었어요."

그러더니 에이버리는 희망찬 얼굴로 덧붙였다.

"빨리 돌아올게요. 약속해요."

엘리자베스는 그녀를 보내고 싶지 않은 마음에 말했다.

"그러면 오늘 6시에 저녁 식사를 같이 해요. 우리 집 실험실에서 모두 함께요. 에이버리와 윌슨, 매드와 여섯시-삼십분, 해리엇, 월터와 어맨다까지 모여서요. 조만간 웨이클리와 메이슨도 만나보셔야 할 거예요. 온 가족을 보셔야죠."

에이버리 파커는 미소를 지었다. 캘빈과 아주 비슷한 미소였다. 그녀는 돌아서서 엘리자베스의 손을 잡았다.

"그래요, 온 가족이 모여봐요."

이윽고 에이버리가 떠난 뒤 문이 닫혔다. 엘리자베스는 몸을 숙여 여섯시-삼십분의 머리를 두 손으로 감쌌다.

"말해봐. 너 언제부터 알고 있었니?"

'2시 41분부터. 그래서 난 그분을 두시-사십일분이라고 부르려고.'

여섯시-삼십분은 이렇게 말하고 싶었지만 그 대신 몸을 돌려 반대편 실험대 위로 뛰어 올라가서는 새 공책을 한 권 물고 왔다. 엘리자베스는 머리에 꽂았던 연필을 빼내 공책의 첫 장을 펼쳤다.

"화학진화. 시작해 보자."

엘리자베스 조트
가상 인터뷰

『레슨 인 케미스트리』의 주인공 엘리자베스 조트는 기자를 매우 싫어하는 사람이다. 그러나 특별히 이 책의 독자들을 위해 몇 가지 개인적인 질문에 대답해 주기로 동의했다.

Q 자신을 세 단어로 표현한다면 어떻게 표현하시겠습니까?

A 탄소, 산소, 수소입니다.

Q 오늘날 과학계에 입문하려는 젊은 여성들을 위해 조언을 해주실 수 있을까요?

A 팔꿈치까지 오는 질 좋은 실험실용 고무장갑에는 돈을 아끼지 마십시오. 그래야 불필요한 화상을 입지 않을 수 있습니다. 또

그런 장갑을 끼고 있어야 당신에게 커피를 끝없이 내오라는 요구를 받지 않을 수 있죠. 여성들이 생물학적으로 남의 시중이나 들게 태어나지 않았다는 걸 모르는 사람들이 많으니까요. 그런 사람들이 그 사실을 알든 모르든, 커피를 안 끓여주는 게 오히려 그들을 도와주는 겁니다. 왜냐하면 사무실 커피는 끔찍하게 맛이 없으니까요.

Q 엘리자베스 당신은 일터에서 성차별에 어떻게 대처하나요?

A 폭력적인 해결 방법이 몇 가지 생각납니다만, 그 경우 동료들이 국민 참여 재판 배심원으로 들어오지 않는 이상 징역을 선고받을 위험이 있습니다. 집행 유예를 받지 못하면 결국 영치금을 받는 신세가 되겠지요. 제가 정말로 추천하는 방법은 애초에 왜 성차별이 존재하게 되었는가 생각해 보는 겁니다. 성차별은 성별을 이용해 권력과 경쟁의 영역을 좁혀가는 전략입니다. 성차별은 편견을 '생물학적 사실'이라고 조작하며 타인의 재능을 배제한다는 걸 알아두십시오. 공포에 근거한 이런 전략은 인종차별이나 동성애 차별 등 온갖 다른 차별에도 통용되고 있습니다. 이런 전략에 맞설 때 저는 한 단어만 사용합니다. "아니오"라고요. "아니오"라는 말을 지겨울 정도로 반복합니다. 결국 제 말이 통할 때까지요.

Q 처음에 캘빈 에번스의 어떤 면에 끌렸나요?

A 그의 비커에 끌렸습니다. 하지만 그다음엔 상대방의 아이디어

를 존중한다는 점과 끊임없이 문제를 파고드는 점, 실수를 인정할 줄 아는 점에 끌렸습니다. 총명한 사람이 총명한 이유는 DNA가 우연히 그렇게 배열되어서 총명함을 타고났기 때문이 아닙니다. 상대의 재능을 인정하는 포용력과 그 재능에 주눅 들지 않고 앞으로 상대가 발전할 수 있게 최선을 다해 도와주는 능력이야말로 총명한 사람의 자질입니다. 그리고 캘빈은 비누거품의 친수성 성질을 무척 좋아했습니다. 그래서 설거지는 언제나 캘빈이 했습니다.

Q 딸 매드는 어떤 책을 읽어줄 때 가장 좋아하나요?

A 매드가 아기였을 때는 보통 애들과 마찬가지로 『앵무새 죽이기』를 좋아했습니다. 하지만 크고 나니 낸시 드류 시리즈를 좋아하더군요. 주인공인 낸시가 학교에 갔다는 이야기가 한 번도 나오지 않아서 그런 것 같습니다.

Q 저녁에는 여가를 어떻게 보내시나요?

A 여섯시─삼십분과 오랫동안 산책합니다. 가장 깊은 비밀과 가장 슬픈 그리움을 함께 나눌 친구가 있다는 건 결코 무시할 수 없는 행운입니다.

옮긴이의 말

나의 취미는 베이킹이다. 가장 즐겨 만드는 건 브라우니와 마들
렌, 얼그레이 쿠키다. 시중에 파는 스콘보다는 내가 만든 스콘이 더
좋다. 특별한 선물을 해야 하거나 기분 전환이 필요할 땐 어김없이
베이킹을 한다. 고등학교 때 처음으로 쿠키를 구워 친구들에게 크
리스마스 선물로 준 다음부터 지금껏 케이크며 파이, 구움과자를 참
많이도 만들었다.

하지만 이 취미 덕분에 껄끄러운 경험도 많이 했다. 달콤한 디저
트를 열심히 만드는 나를 남들은 멋대로 해석했다. 엄마는 내가 버
터 묻은 설거지를 만들 때마다 성가셔했지만, '여자다운 구석 없는'
딸의 여성스러운 취미를 보며 안심하는 티를 냈다. 내가 쿠키를 건
네면 '오, 너에게도 이런 면이?'라고 놀라는 사람들은 그나마 귀여

웠다. 나의 케이크를 받은 어르신들은 남자에겐 요리 잘하는 여자가 최고니 너는 결혼해서 잘 살 거란 덕담을 진심으로 해주었다. 별생각 없이 대량으로 구워 돌린 쿠키라는 걸 알면서도 혼자 상상의 나래를 펼치는 남자도 없지 않았다. 그 후로는 하트 모양 틀에 손도 대지 않게 되었다.

나의 취미에 이런저런 의미가 덧붙여지면서 나는 약간 냉소적으로 변했다. 처음에는 무언가를 내 손으로 만드는 게 재미있어서 시작한 건데, 베이킹에 따라오는 얼토당토않은 딱지들이 거추장스러웠다. 직접 굽고 포장한 브라우니를 선물하면, 마치 '저에게도 여성적인 면이 있답니다. 그러니 잘 부탁드려요'라고 상대에게 날 광고한다는 느낌이었다. 아니, 아니거든요.

모든 요리가 그렇듯, 베이킹은 정신을 바짝 차려야 하는 중노동이다. 달걀은 미리 냉장고에서 꺼내 실온으로 맞춰야 하고, 초콜릿은 타지 않게 중탕해야 하며, 정확하게 계량한 밀가루는 체에 적어도 세 번 쳐야 하고, 반죽을 치대는 힘은 너무 약해서도 세서도 안 되며, 최종 반죽을 예열한 오븐에 넣고서도 표면이 황금빛으로 완성되는 시각은 레시피와 다를 수 있어서 끝까지 지켜봐야 한다. 이토록 공들여 만들었는데 결국 기분 나쁜 소리를 듣다니, 이건 아니지 않은가. 자꾸만 쌓여가는 묘한 기분에다 바쁜 일상이 겹치자 몇 년 동안 베이킹을 끊기도 했다.

세월은 흘러흘러 나는 번역가가 되었다. 번역을 맡았던 소설에서 요리나 베이킹을 하는 건 대개 여자의 일이었다. 책 속에서 예쁜 과자는 보통 여성성을 강조하는 달콤한 소품이었다. 간혹 남주인공이 요리라도 한다고 언급되면 그렇잖아도 괜찮은 남자의 매력에 크림을 바르고 체리를 얹듯 더없는 찬사로 작용했다. 난 별생각 없이 그런 글들을 옮겼다.

그런데 『레슨 인 케미스트리』는 특이했다. 첫 장부터 엘리자베스는 소리 높여 외친다. '요리는 화학이다!' 난 당황했다. 이건 또 무슨 기묘한 설정인가. 이런 화학식이 소설에 나와도 괜찮은 거 맞아? 과학적 내용 때문에 소설 가독성이 떨어지면 어떡하나 지레 걱정이 앞섰다.

하지만 소설은 전혀 문제없이 재미만 있었다. 그리고 정말로, 요리는 화학이더라.

이 소설은 가만 보면 판타지다. 일단 이 세상엔 여섯시-삼십분 같은 개가 없다. 엘리자베스 같은 4차원 성격의 천재도 드물다. 알고 보니 내 아이의 할머니가 재벌가 총수일 확률이 얼마나 될까. 무엇보다도, 엘리자베스의 요리 프로그램이 실제로 있다면 인기가 있을리 없다. 과학자가 나와서 소금을 염화나트륨이라고 지칭하며 화학기호로 설명하는 조리법을 몇십 분 동안 참고 볼 시청자는 없을 것이다. 그 점에서 나는 엘리자베스 때문에 골병이 든 월터에게 공감한다.

아니, 정말 그럴까?

소설 속에서 아들 다섯 둔 어머니 마저리 필리스는 엘리자베스의 격려를 받아 의대에 입학한다. 헤이스팅스 안내데스크 담당 직원은 「6시 저녁 식사」를 보며 용기를 얻고 야간 학교 과정에 등록한다. 엘리자베스가 조정을 추천하자 많은 여자가 조정 클럽에 가입한다. 이들이 단지 팬이라서 그랬을까? 그럴 수도 있겠지. 하지만 우리 마음속엔 언제나 무언가 이루고픈 욕망이 있다. 다만 이런저런 이유로 우리의 앞길을 막아서는 수없는 걸림돌들 때문에 발을 떼지 못할 때가 많아서 그렇지. 그런데 엘리자베스는 커다란 칼을 휘두르며 그 걸림돌을 싹 날려주었다. 자, 이제 해보세요, 하고 진지하게 이쪽을 바라봐주었단 말이다.

그래서 나도 해보았다. 다른 소설에 있었다면 눈살을 찌푸렸을 화학식과 용어들을 최대한 이해하려 애쓰며 번역했다. 시금치의 옥살산이 철분 흡수를 방해한다는 걸 기억하는 게 즐거웠다. 화학 강의를 듣다 보니 어쩐지 화학을 이해하게 된 해리엇과 시청자들처럼, 나도 조금 변했다.

엘리자베스의 신기함은 이뿐만이 아니었다. 솔직히 말하자면 평범한 로맨스 소설이든 여성주의 소설이든, 불행한 여주인공의 이야기를 읽으면 난 너무 힘이 든다. 아무리 재미있어도 속이 터져서 읽다 그만두는 경우도 많다. 그런 작품을 번역까지 하고 나면 며칠은 앓아눕는다. 하지만 엘리자베스는 나를 지치게 하지 않았다. 엘리자베스가 결코 지치지 않았기 때문이다.

엘리자베스는 그 누구 못지않게 대단히 불행한 주인공이다. 여자라는 이유로 이 화학자가 겪은 부조리에 읽는 내내 치가 떨렸다. 그러나 엘리자베스는 절대로 물러서거나 울지 않는다. 소설 속 나쁜 놈들이 '아니, 얘가 왜 안 울지?'라고 기막혀할 정도로. 누구든 목표를 포기했을 만한 좌절감을 느끼면서도 '나는 과학자야!'라고 계속 외치고, 연구소에서 쫓겨나 돌아온 집의 주방을 쇠지레로 때려 부숴 연구실로 개조하는 엘리자베스. 삶은 불행할지 몰라도, 고통에 찌들지 않고 싹 떨치고 살아가는 여자. 잘할 수 있다는 걸 자신의 삶으로 증명하는 주인공을 보며 나는 작업 내내 감탄하고 힘을 받았다. 이 이야기의 끝은 해피엔딩일 것이고, 엘리자베스는 반드시 행복해지리라는 믿음이 문단마다 그득해서 믿고 글을 옮겼다.

그렇게 작업을 마쳤더니 묘하게도 기분이 좋았다. 그래서 베이킹을 했다. 우여곡절을 겪었지만 그간 모은 쿠키 틀, 핸드믹서와 저울을 나는 버리지 않았다. 베이킹은 여전히 재미있고 보람찬 취미다.

엘리자베스는 삶이 고단할 때 브라우니를 굽는다고 했다. 일리 있는 말이다. 나도 나만의 레시피가 있는데, 달걀 두 개와 버터 백 그램, 그보다 많은 설탕과 다크 초콜릿 한 판이 들어간다. 설탕을 과잉 섭취하면 혀의 미각 수용기가 활성화되고, 쾌락 전달 물질인 도파민 $C_8H_{11}NO_2$이 분비되니 기분이 안 좋을 리 없다. 내 브라우니에는 원조 레시피와는 달리 팽창제인 탄산수소나트륨$NaHCO_3$*과 산, 녹말을 섞은 베이킹파우더가 조금 들어간다. 그래서 가운데가 살짝 부풀어 겉은 바삭하고 속은 꾸덕꾸덕한 질감을 지닌 빵이 된다.

엘리자베스 덕에 앞으로 나는 홀가분한 마음으로 베이킹을 할 것이다. 요리는 화학이니까. 그중에서도 베이킹이야말로 정교한 화학 반응의 정수다. 계량도 정확히, 온도도 정확히, 압력도 정확히 맞춰야 하는 과정이 성가시긴 하지만 이해하려고 한다. 이건 섬세한 화

----

* 베이킹 소다.

학이니까. 앞으로는 베이킹에 '여성스러운 취미' 운운하는 사람에게 엘리자베스처럼 강의를 해볼까 싶다. 이 스콘에는 박력분을 넣었습니다. 불용성 단백질인 글루텐 함량이 10퍼센트 이하인 밀가루지요. 밀가루에 수분을 넣고 반죽하면 글루테닌과 글리아딘이 결합하면서 그물망 구조를 형성합니다……. 요리는 화학이고요, 나는 천생 여자가 아니랍니다.

문득 마들렌을 한 바구니 구워 주말 오후 엘리자베스의 집에 놀러 가고 싶은 생각이 든다. 그리고 매들린과 함께 마들렌을 먹으며, 여섯시-삼십분에게 『잃어버린 시간을 찾아서』를 읽어주고 싶다. 봐, 너 이 책 별로 재미없다고 했었지? 하지만 이건 여러 번 읽어야 풍미를 느낄 수 있는 책이야, 하면서 개와 눈빛으로 토론하는 상상을 해본다. 그리고 마들렌의 향기를 내는 레몬 제스트 성분은 무엇인지 엘리자베스의 화학 강의를 듣고 싶다. 그래요, 요리는 화학이지요, 하고 고개를 끄덕이면서 우리의 삶은 반드시 행복할 것이라는 믿음을 받고 싶다.

2022년 6월
심연희

옮긴이 **심연희**

연세대학교와 동 대학원에서 영문학을 전공하고 독일 뮌헨대학교에서 언어학과 미국학을 전공했다. 현재 영어와 독일어 전문 번역가로 활동 중이며 다수의 저서를 옮겼다. 그중 대표적인 것으로 『이웃 사냥』『365일』『어둠의 눈』『빅 엔젤의 마지막 토요일』『퍼펙트 마더』『어른이 되기는 글렀어』『고양이는 내게 행복하라고 말했다』『마쉬왕의 딸』『이사도라 문』시리즈, 『캡틴 언더팬츠』시리즈 등이 있다.

레슨 인 케미스트리 2

초판 1쇄 발행 2022년 6월 9일
초판 3쇄 발행 2023년 2월 2일
개정판 1쇄 발행 2023년 10월 13일
개정판 2쇄 발행 2024년 9월 4일

지은이 보니 가머스
옮긴이 심연희
펴낸이 김선식

경영총괄 김은영
콘텐츠사업본부장 임보윤
책임편집 이상화 디자인 윤신혜 책임마케터 배한진
콘텐츠사업2팀장 김보람 콘텐츠사업2팀 박하빈, 이상화, 채윤지, 윤신혜
마케팅본부장 권장규 마케팅3팀 이고은, 배한진, 양지환
미디어홍보본부장 정명찬
브랜드관리팀 오수미, 김은지, 이소영, 서가을 뉴미디어팀 김민정, 이지은, 홍수경, 변승주
지식교양팀 이수인, 염아라, 석찬미, 김혜원, 박장미, 박주현
편집관리팀 조세현, 김호주, 백설희 저작권팀 이슬, 윤제희
재무관리팀 하미선, 윤이경, 김재경, 임혜정, 이슬기, 김지영, 오지수
인사총무팀 강미숙, 지석배, 김혜진, 황종원
제작관리팀 이소현, 김소영, 김진경, 최완규, 이지우, 박예찬
물류관리팀 김형기, 김선민, 주정훈, 김선진, 한유현, 전태환, 전태연, 양문현, 이민운

펴낸곳 다산북스 출판등록 2005년 12월 23일 제313-2005-00277호
주소 경기도 파주시 회동길 490
대표전화 02-704-1724 팩스 02-703-2219 이메일 dasanbooks@dasanbooks.com
홈페이지 www.dasanbooks.com 블로그 blog.naver.com/dasan_books
종이 아이피피 인쇄·제본 한영문화사 후가공 제이오엘앤피
ISBN 979-11-306-4677-0 (04840)